鄙の記憶

内田康夫

角川文庫
14424

目次

鄙《ひな》の記憶

プロローグ

1

花火はほんの数秒の間も置かず、ひっきりなしに上がる。日本中の花火を全部買い切ったような派手な騒ぎだ。市の広報誌にも「日本一」という文字が大きく印刷されていた。見物客もたいそうな人数だそうだ。秋田新幹線の「こまち」が開通したから、ことしは最高の人出になるだろうという。

横居《よこい》ナミは独り縁側で、木の間越しに花火の競演を眺めていた。「ばあちゃんも行かねえか」と誘われたが、この歳になると人込みに出るのが億劫《おっくう》だ。それに、花火はここからでもよく見える。河原みたいなゴチャゴチャした雰囲気よりも、こうしてのんびり眺めるほうがどれほどいいか。

地酒をグラスで、氷を浮かべて飲む。つまみはお中元にもらった昆布の佃煮《つくだに》で、これがナミの好物である。舌の上でゆっくり溶かすようにして味わう。

羽虫がくるから灯火は消して、蚊取り線香を燃やしている。月明かりと花火の明かりだけでも、けっこう物のかたちは分かるものである。

昔は盆の送りの夜などには、一族が大勢集まって、こうして縁先に座り、行く夏を惜しんだりしたものだ。それがいつの間にか廃《すた》れた。親戚《しんせき》はもちろんだが、娘や息子たちの家族も、それぞれの家庭で新しい習慣をつくったのか、あまり寄りつかなくなった。（嫌われているんだね、きっと――）と思うこともある。たしかに、ナミの性格は自分でも気がさすほど、素直ではない。強情というのか狷介《けんかい》というのか、そこまで我を張らなくても――と人が思うところで、決して引いたりはしない。いやなものはいやと、小さい頃から譲らない主義でやってきた。あと何年生きるか知らないけれど、いまさら節を曲げるつもりはない。

（だけど、真二《しんじ》も馬鹿だよ――）と、そのことを思い出すと腹立たしい。どうせ折れてくるに決まっている。殺されるかもしれないと言っていた。そこまで切羽詰まっているのなら、強情を張らずに泣きついてくればよさそうなものだ。

塀越しに、自動車のヘッドライトが県道から農道へと曲がって、こっちへ向かってくるのが見えた。

（ほら、やっぱり来たでないか――）

ナミはほくそ笑んだ。

車はエンジン音が花火にかき消されるほど静かに、ゆっくりと門を入って、玄関先に停まった。家の中が真っ暗だから、面食らっているにちがいない。ひょっとすると留守かと思うだろう。

縁側のある庭に回ってくるかと思ったら、玄関から上がった様子だ。

ふと、かすかな話し声が聞こえたような気がした。真二は一人ではないようだ。馬鹿だね、女を連れてくるなんて——と、ナミはまた腹が立った。

どうやら「客」は本当に留守だと思ったらしい。訪《とぶら》う声もないまま、足音が奥の座敷のほうへ向かった。何をするつもりなのか、やけに静かだ。

（それにしてもなんで電気をつけようとしないのかね？——）

ナミは急に不愉快な予感が湧いた。「あの馬鹿、どうしようというんだべ」と、口の中で呟《つぶや》いて、よっこらしょと立ち上がった。

案の定、奥座敷の金庫を、カチャカチャといじる音が聞こえてきた。懐中電灯の明かりを頼りにして、ダイヤルを合わせているらしい。襖《ふすま》の脇から覗《のぞ》くと、二つのシルエットが朦朧《もうろう》と浮かんでいる。

（そんなとこ探したって、端金《はしたがね》しかねえのによ——）と、ナミは腹を立てながらも、笑いを堪《こら》えるのに苦労した。

ダイヤルがカチッと合って、金庫が開いた瞬間、ナミは電灯のスイッチを入れた。

「何をやってるだ！」

怒鳴りつけると、二人の「客」は金庫の前から左右に飛びすさった。振り向いた顔は目出し帽に覆われていた。それを見てナミも息を呑《の》んだ。

「真二でねえのか？……」

訝《いぶか》る声めがけて、「客」の一人が飛び掛かった。逃げようと背を向けたナミの首にロープが巻きついて、強い力で絞め上げた。「キュッ」という奇妙な自分の声を聞きながら、ナミの意識は暗黒になった。

2

ファインダーを覗いていて、その男の顔にピントが合ったとき、久保一義《くぼかずよし》はすぐに（あれ？――）と思った。似ているのである。まさか、こんなところで――と思い直してみたが、やはり間違いない。

その男は五十代なかばといったところだろうか。久保の記憶にある顔よりは、かなり老けてみえるが、むしろさほどの変貌《へんぼう》を遂げていないというべきかもしれない。

男はやや疲れた表情で、時刻表と腕時計を交互に眺めて、さて、どうしようか――と思案している。中途半端な時間を持て余して、困っているようにも見える。

こんなとき、声をかけていいものかどうか、ふつうの人間なら迷うものだが、久保はそういう配慮に欠ける性格だ。相手の迷惑よりも、自分の好奇心のほうが、常に優先する。それがジャーナリストたる資格の第一だと信じ込んでいる。

その性格が災いして、この度の不祥事が勃発《ぼっぱつ》したし、市の記者クラブをボイコットされたが、久保はあまり気にしていない。停職三ヵ月という処分も、かえって長期休暇がもらえた——ぐらいにしか感じない。何でも自分本位に、プラス思考で考えるのが久保のやり方なのである。

久保は男に向かって歩きだした。ちょうど昼飯どきでもあるし、時間が許すなら一緒に食事でもしながら、昔話を聞かせてもらいたいものだ。どっちにしても、この思いがけない出会いを、伴島《ともしま》に知らせたら——と想像しただけで気分がうきうきしてきた。

気配を感じて振り返った男の鋭い目に向けて、久保は満面に笑みを湛《たた》えながら、十年の知己《ちき》のような親しみを込めて「どうも」と頭を下げた。

第一部　静岡・寸又峡《すまたきょう》

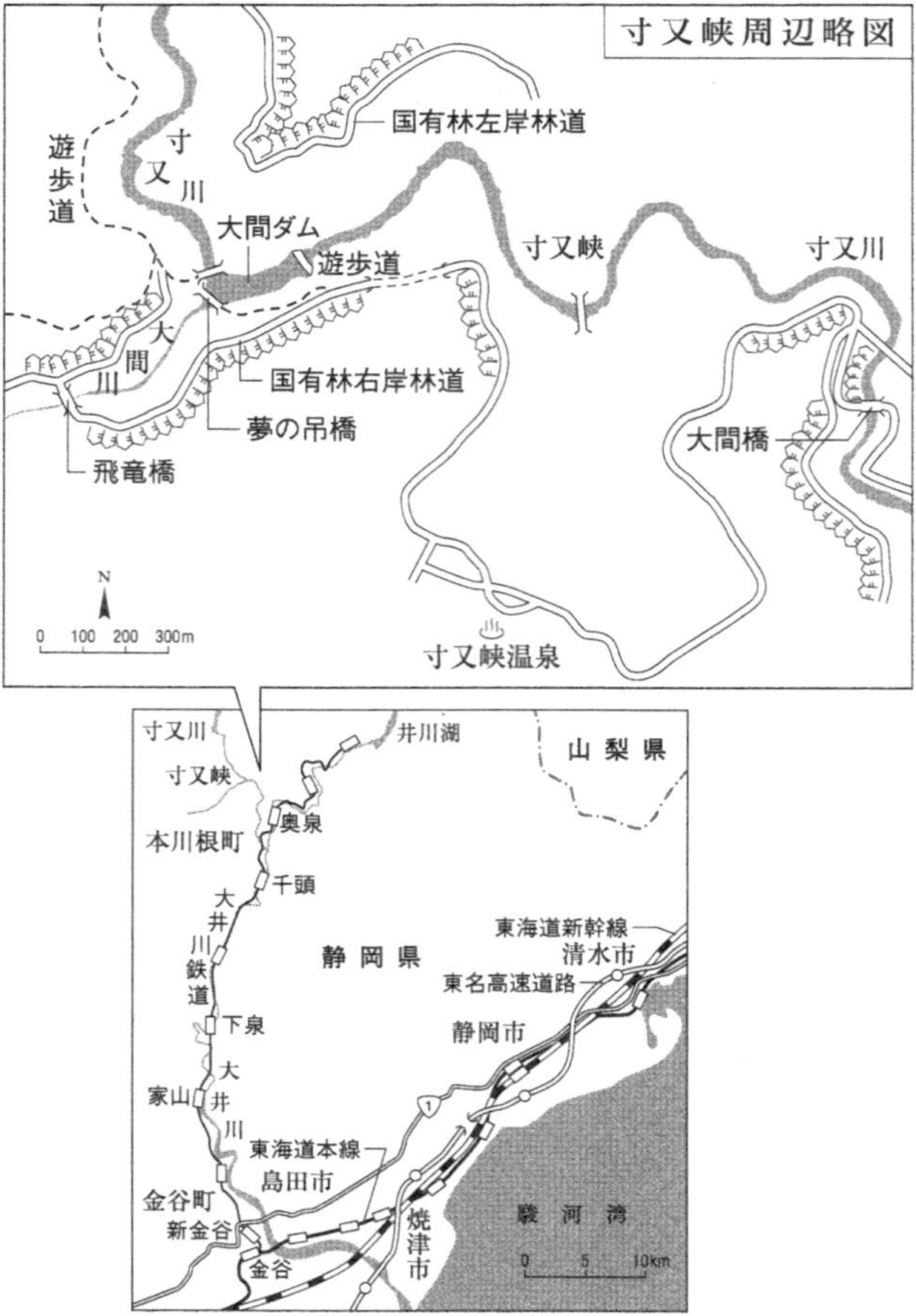
寸又峡周辺略図
国有林左岸林道
遊歩道
寸又川
大間ダム
遊歩道
寸又峡
寸又川
大間川
国有林右岸林道
夢の吊橋
飛竜橋
大間橋
N
0 100 200 300m
寸又峡温泉
寸又川
寸又峡
井川湖
山梨県
奥泉
本川根町
千頭
大井川鉄道
東海道新幹線
清水市
静岡県
東名高速道路
下泉
静岡市
大井川
家山
1
東海道本線
島田市
金谷町
新金谷
焼津市
駿河湾
金谷
0 5 10km

大井川鉄道

1

伴島武龍《ぶりゅう》が島田《しまだ》駅に着いたのは午後九時近かった。この時間になると、街の大方の店はシャッターを下ろして、街灯だけが道路を照らしている。

彼岸を過ぎると残暑も急速に衰えて、大井川《おおいがわ》を渡ってくる川風が少し冷たく感じられるようになった。

伴島の足は躊躇《ちゅうちょ》なく「蔵家《くらや》」へ向かった。島田市の飲み屋街でもっとも由緒正しい店である。名前どおり、古い土蔵をほとんどそのままの佇《たたず》まいで飲み屋にしている。

本来は馴染《なじ》みの常連客ばかりが行く店だったのだが、何かのガイドブックに載ったのがきっかけで、新規の客やら観光客まがいのイチゲンの客やらが増えて、近頃は少し居心地が悪い。しかし、悪くても良くても、ほかに行くあてがないのだから、仕方がない。

すぐ隣には「独身貴族」というのがある。対照的に小奇麗《こぎれい》な白亜の洋館だ。同じサラリーマン相手の店だが、こっちのほうは名前どおり、専《もっぱ》ら単身赴任の連中の溜《た》まり場になっている。「蔵家」よりは金回りのいい客が集まるのだそうだ。どっちにしても伴島には縁がない。

「蔵家」のおやじは伴島の顔を見るなり、キョトンとした目をして「あれ？」と言った。

「どこにいたんです？　探してましたよ」

「探してたって、誰が？」

「クラブの、セキさんと、それからフクさんたちですよ」

「ああ」

伴島は「あの連中ならどうでもいい」という顔をした。

セキというのは中静《なかしず》新聞の関川亮《せきかわりよう》、フクは同じ地元資本系列の中静放送の福沢正行《ふくざわまさゆき》のことである。どちらも島田市役所内にある記者クラブのメンバーだ。

「どうせマージャンの面子《メンツ》が足りないのだろう。そのうち、ここに来るさ」

「いえ、そうじゃなくて」

おやじはカウンターにいる他の客を妙に気にする素振りを見せながら、わざわざ伴島の前まで来て声をひそめて言った。

「夕方の開店前からずっと、何度も電話してきて、トモさんの行方が分からないって、困ってました」

「ばかばかしい、家出人じゃあるまいし」

「ええ、だからね、またこれじゃないんですかって言ったんだけど……でしょ？」

おやじは左手で片手拝みをして、右手で木魚を叩《たた》く真似をした。

伴島の「本職」は僧侶である。滋賀県長浜《ながはま》の郊外にある浄土真宗の末寺の長男として生まれたから、しぜんの成り行きでそうなっている。

寺が嫌いで――というより、父親が嫌いで、勘当同然に家を飛び出して、新聞記者になった。三十代半ばまで社会部で走り回っていたが、張り切り過ぎと飲み過ぎが祟《たた》って、二年間の闘病生活を余儀なくされた。

それがあって悟って、仕事を内勤に変えてもらい、さらにその後、志願して地方部の通信部員にしてもらった。埼玉県の東松山《ひがしまつやま》を皮切りに、秋田、岩手ときて、静岡県島田市の通信部に流れ着いた。

去年、父親が檀家の葬式の前日に倒れ、近隣の寺を駆け回ったがどうにも代役の手配がつかず、母親が伴島のところに泣きついてきた。なんとかお父さんの代わりを務めておくれ――というのである。親不孝のかぎりを尽くしてきただけに、むげな断りもできず、三十年間、簞笥《たんす》の底に仕舞いっぱなしだった衣を抱えて駆けつけ、とにもかくにも、形だけの葬儀を取り仕切った。

それがいまだに尾を引いている。法事があって、坊さんの手当てがつかないと、母親から呼び出しの電話がかかる。こっちの本業は曲がりなりにも新聞記者。第一、宮仕えの身だから――といっても通じる相手ではない。檀家総代までが頭を下げてやって来るのには閉口する。

休日で、しかも手の空いているとき――という条件付きで、滋賀の長浜までとんぼ返りで出かける「にわか僧侶」が、伴島武龍のもう一つの顔であった。

「ああそうだよ、滋賀まで行ってきた」

伴島はおしぼりを使いながら言った。

「そうか、じゃあ法事の最中に電話しやがったんだな。それとも運悪くトンネルの中とか。どっちにしても携帯は鳴らなかった。だけど、急用があるなら、うちに電話してカミさんに聞けばよさそうなもんだ」

「それが、奥さんもつかまらないって」

「えっ、ほんとかい？」

そういえば今日は一度も、自宅に電話を入れてなかった――と伴島は気がついた。

「しようがねえな、通信部の女房が留守してちゃ、商売になんねえじゃないの」

文句を呟《つぶや》きながら携帯電話を取り出して、わが家の番号を押した。

「はい、東読《とうよみ》新聞社島田通信部でございます」

春恵《はるえ》のキビキビした声が飛び出した。

「なんだ、いるじゃないか」

伴島はおやじの視線を捉え、顎《あご》で受話器を示して言った。その声に春恵は「あら、あなたなの？」と反応した。

「いまどこ？　関川さんから何度も電話が入って、探してるみたいだったけど」

「ああ、蔵家のおやじに聞いたところだ。それよりおまえ、家を空けていたそうじゃないか、どこへ行ってたんだ」

「えっ、ああ夕方時分でしょ。ちょっと買物に出かけてたのよ」

「おっそろしく長い買物だな」

「いいじゃないの、たまには。女の買物は右から左ってわけにいかないんだから。用件は留守録にちゃんと入っているし……といっても、関川さんの電話以外には、仕事の話は何も入ってなかったけど。そういえばさあ、この頃は事件も少ないわねえ。こんな調子だと島田通信部は閉鎖だなんてことにならないかしら。だからって、事件を起こすわけにいかないけどね。ははは……」

「ばか、つまんねえこと言うな」

伴島は邪険に電話を切って、そのポーズのまま記者クラブに電話してみた。春恵の台詞《せりふ》ではないが、どうせひまなのだから、いまどきクラブには誰もいまいと思ったのが、意外にも関川のダミ声が出た。

「あ、トモさん、探しましたよ」

「いま蔵家のおやじに聞いたとこだけど、何かあったのかい？」

「あれ？　おやじ、何も言ってませんか」

「いや、べつに……」

おやじを見ると、そっぽを向いて客の相手を務めている。いまのいままでこっちの様子を窺《うかが》っていた癖に、そらぞらしい。

「そうか、言ってないんですか……分かりました。じゃあ、おれたちもそっちへ行くから、待っててくれませんか」

「そりゃいいけど、何なのさ？」

「うーん……まあ、そっちへ行ってからの話にしましょう」

「なんだよ、言ったっていいじゃないか、気を持たせるようなことをするなよ」

少しいらついた口調になった。

「いや、じつはですね……」

関川は声をひそめた。

「久保が死んだんですよ」

「えっ、久保が……」

伴島は絶句した。驚くのと同時に、頭のどこかで（そういうこともありうるか——）と思わないでもなかった。

久保一義は中静新聞・中静放送とは系列の異なる、駿遠《すんえん》テレビの人間で、やはり島田市役所記者クラブに所属している。ことし三十五歳、まだ中年という歳でもないが、この世界ではベテランといっていい。そう悪い人間ではないのだろうけれど、東京の国立大学を出ていて、そのことを多少、鼻にかけたようなところがあった。

地方都市のちっぽけな記者クラブなどというものは、一種のムラ社会である。建前としてはむろん、それぞれの会社の第一線を担っているのだから、抜きつ抜かれつ——の取材合戦を繰り広げるべきなのだが、それはそれとして、長い地方部暮らしを恙《つつが》なくやってゆくには、ある程度の助け合いも必要だ。よほどのスクープでもないかぎり、ニュースネタの教えっこや写真の貸し借りなどは、相身互《あいみたが》いにやっている。事件事故の記事には被害者の顔写真が欠かせないのだが、一枚しかない「遺影」を運よく遺族などから手に入れた社が、順送りで他社に写真を融通するのは武士の情けというものである。

久保にはそういう相互扶助の精神が欠けていた。年中行事のようなどうでもいい決まりネタでも、他社を出し抜こうとする。市の広報から記者クラブにもたらされた、市長のスケジュールに関する通達事項を握りつぶし、バレるまで知らん顔をしているような、姑息《こそく》なことを平気でやったりもした。

仲間うちで何よりも不人気だったのは、要するに付き合いの悪い点だ。久保が本社勤務から、二年ちょっと前にいまのクラブに詰めるようになって以来、一度たりともテッマンに付き合ったためしがない。そのくせマージャンの腕は抜群だ。仲間うちからの情報によると有段者らしい。

クラブ内でひまつぶしに打つゲームでも、ほとんど負けを知らない。他の三人が泣こうがわめこうが、悪魔のごとく平然として勝ち逃げをやる。金銭のやり取りはきわめてシビアで、持ち金があろうとなかろうと、その日の内に清算することを要求した。

そんな日頃だから、例の一件が発覚したときには、誰ひとりとして久保を弁護する者はなかったのだ。

市役所記者クラブでいま「例の一件」といえば、「ニュースソース漏洩《ろうえい》事件」のことに決まっている。

大井川の支流の一つ、寸又川の上流域に、治水用のダムを建設する計画がある。まだ調査段階だが、その入札に絡んで地元業者数社のあいだで談合が行なわれたという噂があった。しかし、この手の噂は珍しくもなく、談合それ自体、いまや業界の常識としてまかり通っている。警察が介入しても事件になるかどうかさえ、難しい。よほどでかい話でもないかぎり、通信部が目くじら立てて追いかけても詮《せん》ないネタだ。

ところが、談合の事実を証明する録音テープつきとなると、話が違ってくる。そのテープつきのタレコミが久保の手に入った。

後で分かったことだが、それは本来、駿遠テレビ・久保に——というのではなく、どうやら中静新聞の関川か、ばくぜんと市役所記者クラブ宛てにもたらされたものであったらしい。そのとき、たまたまクラブ室に久保以外は誰もいなかった。それをいいことに、久保はそのタレコミ情報を独り占めにしようとしたのだ。

タレコミは、談合の場で不当に不利な条件を押しつけられた後藤土建という業者の社長が、腹立ちまぎれに持ち込んだ。たしかに録音状態のいいテープも付けてあった。

後藤社長は「これで北村組を叩《たた》きのめしてやってください」と息巻いた。

このネタを本社に送って、テレビニュースにするかどうか、あるいは関連会社である駿遠日報に回すかどうかを、本社サイドの判断に委《ゆだ》ねていれば、通信部の役目としては事が足りていた。うまくすれば局長賞ぐらいは出たかもしれない。

ところが久保はそうしなかった。魔がさしたということなのかもしれない。彼にしてみれば、千載一遇のチャンス到来——とばかりに、どでかいスクープをものにするつもりだったのだろう。久保はそのタレコミネタを、そっくりそのまま、後藤土建の仇《かたき》である北村組のところへ持ち込んだ。

「こういう情報をキャッチしましたが、事実関係はどうなっているのですか？」

情報の性格からいって、情報源は特定されやすいのだから、これはあまりにも不用意だった。案の定、北村は驚き、激怒した。

さらにまずいことに、北村に恐ろしい剣幕で問い詰められたあげく、久保はニュースソースである後藤の名前をバラしてしまった。二重スパイなみ——というのも愚かな、仁義もへったくれもない目茶苦茶な話だ。

報道に携わる人間が最低限、守らなければならない倫理は、第一にニュースソースの秘匿である。いのちを賭《か》けてもこの一線を守るのが、報道人たる資格の第一条件だ。実際にはなかなか理想どおりにはいかない。たとえば、司法が「捜査上必要と認め」介入してくれば、徹底抗戦するわけにもいかないのが実情だ。しかし、たとえ建前であっても、ニュースソースを死守する構えを見せるのでなければ、マスコミ界に身を置く資格はない。

それを久保はあっさりなげうつどころか、自ら進んで悪魔に魂を売ってしまったのだから、救いようがない。

地元経済界はひっくり返るような大騒ぎになった。駿遠テレビはもちろん、系列の駿遠日報をはじめマスコミ各社までがとばっちりを食らって、報道の自由にまで累《るい》が及びかねないところまで話が大きくなった。

このニュースが中央にまで飛び火しなかったのは、島田市という地方の片隅で起きた出来事だったせいもあるけれど、とにかく各社とも全力でニュースの広がりを抑えた結果による。それに、あまりにもばかばかしくて、取り上げること自体が恥ずかしかったということもあるのかもしれない。それほどに、久保の取った行為は幼稚そのものであった。

駿遠テレビは久保に対して、ただちに三ヵ月の停職処分を科した。それはそれでいいのだが、収まらないのは記者クラブである。

島田市役所記者クラブは、公式声明を発して、駿遠テレビを当分の間、除名処分にする旨を通告した。その文案は関川が書いたが、代表者には、間の悪いことに当月の月番幹事であるところの、伴島武龍が署名する羽目になった。

その久保一義が「死んだ」と聞いて、伴島は（やはり――）と思った。ぼんぼん育ちの久保が、文字どおり死にたいほどの後悔と屈辱を味わったのだから、あるいはこういうことも起こるかもしれない――と、ばくぜんと考えないではなかった。

ところが、それからまもなく「蔵家」にやって来た関川は、伴島の耳に口を寄せると、意外な事実を告げた。

2

あとから来る関川たちのために、「蔵家」のおやじは気をきかせて、奥のほうのテーブルを空けておいてくれた。

「蔵家」は純粋な飲み屋で、おやじより十六歳も若い女将《おかみ》が愛嬌《あいきょう》を振りまく以外には、まるで色気らしいものはない。その分、食い物と酒だけは、地の物を中心に吟味したものが取り揃えてあるし、料金も安い。そのせいで、小さな店の割には客が多く、それがこの店の唯一の欠点であった。

「久保は殺されたらしいです」

表情はごくふつうの顔だから、ほかの客に話の内容を怪しまれることはないが、伴島はショックを隠しきれなかった。

「えっ、ほんとか……」

思わず関川の顔を睨《にら》んだ。周囲の眼を意識して、動揺を隠すために、水割を立て続けにあおった。

「いつ、どこで?」

短く訊《き》いた。夕刊締切に間に合う時刻だとしたら、一大事だ。

「寸又峡の飛龍橋《ひりゅうきょう》の下です。一報が入ったのは、午後五時過ぎ」
「そうか……」
伴島はひとまず胸を撫《な》で下ろした。それなら、午後十時の朝刊用の原稿の送信まで
にネタを掻《か》き集めればいい。
「しかし、殺しとなると、支局の応援を求めねえっていうのはまずいな」
そのことが気にかかった。
「いや、警察はいまのところ、公式には殺しとは言ってません。いちおう、事故か自
殺とみて——という表現です」
関川はポケットから送信原稿の下書きを出して、「これ、メモみたいなもんだけど、
参考になりますか」と伴島の手に押しつけた。

二十六日午後四時半頃、寸又峡温泉奥の大間川の河原に男の人が流れ着いている
のを観光客が発見、警察に通報した。現場は寸又峡に架かる飛龍橋と通称「夢の吊《つり》
橋《はし》」との中間付近の河原で、地元駐在所と消防団が救出に当たったが、すでに死亡
していた。
島田警察署が調べたところ、この男の人は島田市に住む駿遠テレビ社員の久保一
義さん（三五）で、関係者の話や死体の状況等から、久保さんは同日午後二〜三時頃

に飛龍橋上から転落、ほぼ即死したものと考えられる。

家族や会社の同僚の話によると、久保さんは最近、仕事上のことで悩んでおり、それが原因で自殺した可能性もあり、警察は事故と自殺の両面で調べを進めている。


たしかに素っ気ないような内容だが、いまの世の中、自殺は珍しくもないのだから、こんな程度なのだろう。もしこれが駿遠テレビの社員でなければ、ひょっとするとニュースにもならないのかもしれない。

「あまりうまい文章じゃないけど、あとは適当にトモさん流に書いてください」

関川は照れ臭そうに言い、「それと、これはナナ長からもらったやつの、うちで使わなかった分です」

飛龍橋から現場を見下ろした風景写真を添えてくれた。「ナナ長」というのは、島田署の七高《ななたか》部長刑事のことである。午後五時過ぎの通報をキャッチしてからでは、現場に到着した頃は暗くて写真どころではなかった。七高が気をきかせて、駐在が撮った写真の一部を、報道関係者に回してくれたということのようだ。

「ありがとう、恩に着るよ」

伴島は関川と、この場にはいない七高部長刑事に頭を下げた。とりあえずこれだけ揃っていれば、今夜の送信分は間に合う。

「しかし、セキちゃんがさっき、殺しって言ったのはどういうわけ？」

声をひそめて訊いた。

「県警が出張《でば》ってきてるんです」

「ほう……」

事故か自殺と決まったものなら、県警が乗り込んでくることはないのがふつうだ。

「県警のデカさんたちが到着したのは、つい今しがたですから、まだはっきりしたことは分かりませんけどね、おれの勘からいうと、どうも怪しい」

「ああ、それは怪しいね」

伴島も大きく頷《うなず》いた。

「それにしても、どこから殺しのセンが出てきたのかな？　久保ちゃんが例の一件を苦にしていたのは事実だし、それからいえば、自殺と見るのがふつうだと思うが」

「当初は警察もそう考えたみたいですよ。しかし、家族や関係者にいろいろ訊いてみると、どうやら久保ちゃんには自殺しそうな気配がなかったらしい。今夜、奥さんとメシを食うことになっていて、焼津《やいづ》の『寿司松《すしまつ》』を予約していたそうです」

焼津の「寿司松」は、本マグロのどでかいトロを食わせるので有名な店だ。謹慎中の身だというのに、高級寿司店に出かけるあたりが、いかにも久保らしい――と、伴島は妙なところで感心した。

「同じ自殺するにしても、おれだったら寿司を食ってからにしますよ」

関川はニコリともせずに言った。ジョークではなく、本気でそう思っているのかもしれない。関川は三十七歳、小柄な伴島から見ると見上げるような巨漢で、声もほとんどダミ声だが、見かけによらず気の優しいところがある男だ。

「奥さん、何て言ってるのかな」

「いや、警察に口止めされているらしくて、当たり障りのないことしか言わないんですよ。その点から見ても、殺しの疑いありという印象です」

「殺しだとしても、やっぱり例の件がらみってことか」

「でしょうね。北村か後藤か、どっちか知らないけど、サツはすでに目をつけているはずです」

「殺《や》るとしたら、後藤だろうな。後藤土建はあれ以来、業者仲間からボイコットされているそうじゃないか。後藤のおやじは頭にきて、久保に会ったらぶっ殺してやるって言ってるそうだ。しかし、それだけのことで、殺すとこまでゆくかね？」

伴島は首をひねった。

「トモさん、そろそろ送らなくてもいいんですか」

関川が腕時計を示して言った。時刻はすでに九時半を回っている。

伴島は「あ、いけねえ」と立ち上がり、おやじに「勘定はおれにツケといてくれ」

と言い残して店を出た。

自宅兼オフィスである「東読新聞社島田通信部」は「蔵家」から歩いて七、八分のところにある。三軒長屋のような平屋のアパートの一戸分を会社が借り上げて、そこに代々の通信部員が居住している。築後三十年という代物だが、小さいながら部屋数はそこそこあるし、なによりもとにかく安い。

ドアを開けた春恵が「何かあったの？」と訊くのを無視して、伴島は手早く書き上げた原稿をパソコン通信で送り、事件現場の写真を電送した。

伴島の無愛想は毎度のことだから、春恵も心得たものだ。伴島がデスクの前を離れたときには、卓袱台《ちゃぶだい》の上に冷酒の入った湯呑茶碗《ゆのみぢゃわん》と、つまみのイタワサが載っていた。

「駿遠テレビの久保が死んだよ」

冷酒で喉《のど》を潤してから、伴島は言った。

「えっ、嘘……」

春恵は目を丸くした。

「なんだ、女子高生みたいな口をきくな」

「だって、嘘でしょ？」

「ほんとだよ」

「だけど、久保さんだったら、今日、電話があったわよ」

「ほんとか？　何時頃だ？」

「一時過ぎ、二時近かったかな……」

「それで、何だって？」

「あなたに話したいことがあったみたい」

「だから、何だっていうんだ」

「知らないわよ、そんなこと。ただ、面白い人に会ったから、伴島さんに伝えたかったって言ってた」

「誰だ、面白い人ってのは」

「それは言わなかった。私に言ったって、分かりゃしないからでしょ」

「ばか、名前ぐらい訊いておきゃいいじゃないか」

「そんなこと言ったって、訊こうとしたら、電話を切っちゃったんだから」

「どこからだ？　寸又峡か？」

「知らないけど、公衆電話だったみたい。硬貨の落ちるような音がしたから……え？寸又峡だったの？」

「ああ、これだ」

伴島はパソコンからプリントアウトした原稿を春恵に突きつけた。

「自殺……そう、やっぱり」

「なんだ、妙に納得したみたいだな」

「そりゃそうよ、あんな、除名みたいなことをするから、自殺に追い込まれたんじゃないの。可哀相に」

「ばか、それとは関係ない」

「あら、じゃあ、自殺じゃないっていうの？　ただの事故だったら、関川さん、電話してきたときにそう言ってるはずだわ。言わなかったところを見ると、やっぱり自殺なんでしょ？　自殺の原因ってことになれば、あれしか考えられないじゃないの。それともほかに何かあるの？　殺されたとか……」

「うるさいな、少し黙っていられないのかねえ」

伴島は春恵の手から一升ビンをひったくって、ドバドバと湯呑茶碗に注いだ。


翌日、久保の遺体は司法解剖から島田市内の自宅に帰り、その夜が通夜、次の日の午前十時から清水《しみず》市の菩提寺《ぼだいじ》で葬儀が執り行なわれるということであった。

午後には島田署内に「事故」に関する細かいデータが出揃った。久保一義の死因は全身を水面で強く打ったためのショック死と見られ、谷川に落ちたものの、水はほとんど飲んでいなかった。死亡推定時刻は午後二時から三時までのあいだ——つまり、伴島のところに電話をかけた直後といっていい時刻だ。

「事故」が発生したのは飛龍橋上とほぼ断定された。飛龍橋の欄干は低く、手をかけて上体を乗り出せば、容易に「転落」しそうな危うい設計である。たしかに警察発表どおり、「事故」とも「自殺」とも取れる状況だ。

久保の死体は転落したところから流され、三百メートルほど下流の河原に漂着して止まった。そのさらに百メートル下流に「夢の吊橋《つりはし》」が架かっていて、そこを渡っていた観光客の一人が、偶然、死体を発見した。

この時期は台風でもないかぎり水量は少ない。それが幸いしたが、あと五十センチも増水していれば、ずっと下流域まで流されて、死体の発見は大幅に遅れていただろう。

警察の記者会見場では「他殺」の話は出されなかった。伴島はもちろんだが、関川も福沢も沈黙を守っていた。いまのところ、この三名がうすうす他殺を疑っているだけで、他社は警察発表を鵜呑《うの》みにしているらしい。

通夜が執り行なわれた久保の住まいは島田市内の社宅だが、伴島の三軒長屋とは較べものにならないほど上等だ。新聞社よりはテレビ局のほうが金回りがいいとみえる。

そうはいっても狭い社宅に入れる人数には限りがある。伴島が訪れたのはかなり遅い時刻だったせいもあって、弔問客はほとんど引きあげ、久保家の中で唯一の畳敷きの部屋に設《しつら》えられた祭壇の前には、久保未亡人と両親など、数人の親族しかいなかった。

寺の宗派が同じ浄土真宗だというので、伴島は数珠をまさぐりながら短いお経を読ませてもらった。アルコールでつぶした、ほとんどダミ声といっていいバリトンは、素人が聴くと重厚でありがたそうに聞こえる。久保の両親がいたく感激して、明日の葬儀にもぜひご参会を——と誘われた。久保の実家は「羽衣伝説」で有名な三保《みほ》の松原の近く。菩提寺もそこから近いそうだ。

「ほんとうに、そうしていただければ」と久保未亡人の香奈美《かなみ》も言った。三十二歳だそうだが、子供がいないせいか、まだ娘のような若々しい美人だ。

（こんなカミさんを残しちゃ、久保は死んでも死にきれねえだろうな——）

喪服が映える未亡人を観察しながら、伴島は不謹慎なことを考えていた。

もし久保の死が自殺だとしたら、原因は例の「除名事件」以外、考えられない。さぞかし悔しい思いをしているはずだが、香奈美は恨み言をぶつけるどころか、「皆さんにご迷惑をおかけしたままで……」と詫《わ》びた。こういう優等生みたいなことを、厭《いや》味《み》でなく本心で言えるとは、伴島の常識では考えられない。もっとも、香奈美は久保と同じ大学の後輩だそうだから、もともと優等生育ちだったのかもしれない。

お悔やみのついでに、故人の最期の様子などを聞いた。関川が言っていたように、警察が関係者に箝口令《かんこうれい》をしいているらしく、香奈美も最初は口が重かったが、伴島のお経のご利益か、ポッリポッリと述懐を洩《も》らした。

彼女の話によると、久保は急に思いついたように、寸又峡へ出かけたのだそうだ。

「何か、用事でも？　人に会うとか」

「いいえ、ただの気晴らしだって言ってました。私も行きたかったんですけど、謹慎中に夫婦連れで出歩くと、また何を言われるか分からないと申しまして。でも、こんなことになるのなら、無理にでも一緒に行けばよかったと……」

「警察は自殺らしいと言ってますが、奥さんはどう思われますか？」

「分かりません。主人は何でも前向きに考える性格で、そんなに落ち込んでいるように見えませんでした。それに、夕方には焼津にお寿司を食べに行く約束でしたから、私としては絶対に自殺なんかじゃないって思うのですけど……でも、警察はそうとばかりは言えないって言うんです。ああいう不祥事があって、悩んでいたことは事実なのだから、フラッと魔がさしたということはありうるというのです」

遠慮がちだが、未亡人の無念は言外に滲《にじ》み出ている。してみると、警察は少なくとも表向きは、自殺のセンで調べを進めているらしい。「魔がさした」とは、科学警察らしくない表現だが、たしかに、魔物に魅入《みい》られた可能性はありうる——と思えなくもない。伴島も二度、飛龍橋を渡ったことがあるが、あの橋から下を覗《のぞ》くと、なんだか引き込まれそうな恐怖を感じる。

帰りがけにまた、明日の葬儀にぜひ——と誘われた。久保家の内情を探るチャンスかとも思ったが、葬儀の最中、ウロウロと取材して回るわけにもいかないだろう。ひとまず辞退して、その代わり「いずれ日を改めまして、ご挨拶《あいさつ》に伺います」と、繋《つな》がりだけは保っておくことにした。

3

久保家を出たところで七高部長刑事に出くわした。伴島よりは若いが、そうとう年季の入った刑事だ。見たことのない若い私服を連れている。「聞き込みですか？」と伴島が声をかけると、チラッと相棒の顔に視線を走らせて、「ああ、いや、ご遺族への挨拶だよ」と空っとぼけた。

「へえ、そりゃまたご丁寧ですなあ。県警の刑事さんもご一緒にご挨拶とはねえ」

「あれ？　中川《なかがわ》君を知ってるの？」

七高はあっさりひっかかった。

「いや、初対面ですけどね」

伴島は名刺を出して自己紹介をした。若い私服の名刺には「静岡県警察本部捜査一課　巡査部長　中川芳樹《よしき》」とあった。

「やはり、殺しの疑いあり、ですか」

伴島が切り込むと、二人の捜査官はギョッとして顔を見合わせた。

七高部長刑事は警戒する目で伴島を睨《にら》んでから、視線を外し、しばらく迷ったあげく、言った。

「伴島さん、あんた、何か心当たりがあるんじゃないのかね」

「そりゃまあ、ぜんぜんないこともないですよ。とくに殺しときまったようならね」

「殺しとは言ってないが、われわれとしてはあらゆる可能性を含んで捜査してはいる。もし何かあるんだったら、教えてもらいたいんですけどね」

「そうですなあ……」

伴島は腕組みをして、周囲を見渡した。競合各社はどこにも姿が見えない。

「じゃあ、私の車にいるから、用事がすんだら来てください」

「いや、いいよ、一緒に行くよ」

逃げられるとでも思ったのか、七高と中川は密着するような形で付いてきた。

助手席に七高、後部シートに中川が座り、二人とも前かがみになって伴島の口から出る言葉を待ち構えた。

「あんまり期待されると、なーんだってことになりかねないですけどね」

伴島は前置きして、久保一義が事件直前といっていい時刻に、伴島のところに電話してきたことを話した。

「女房の話だと、『面白い人に会った』って、ただそれだけしか言わなかったのだそうだけど、どっちにしても誰かと寸又峡温泉で会ったことだけは間違いないでしょう」

「しかし、それだけでは、その何者かと会った場所も、それに電話をかけてきたのも、はたして寸又峡温泉だったかどうか、はっきりしないのじゃないですか」

　中川が後ろから異議を唱えた。

「まあ、それはそうですけどね。しかし時間的なことからいって、電話をかけた場所については、ほぼ寸又峡温泉に間違いないと思いますよ。女房が電話を受けたのは午後二時少し前。久保さんの死亡推定時刻が二時から三時のあいだっていうんでしょう。かりに二時半頃としましょうか。公衆電話のありそうな寸又峡温泉の町中から飛龍橋のところまでは、だいたい三十分くらいはかかりますからね。だからって、寸又峡温泉以外の人家となると、さらに遠いし」

「何も公衆電話でなく、携帯電話でかけた可能性だってありませんか」

「いや、そりゃだめですよ。私の経験からいうと、あの辺りは圏外でしてね、携帯は使えない」

　寸又峡温泉は島田市からはほぼ真北へ、直線距離でも四十キロ、道路距離となるとおよそ六十キロ以上山の奥にある。
「奥大井《おくおおい》」と呼ばれる大井川の上流域には、いくつかの温泉があり、初夏の新緑と秋の紅葉とともに観光スポットになっている。その中で、寸又峡温泉の名をいちやく有名にしたのは、三十年前の一九六八年二月二十日に起きた「寸又峡ライフル魔事件」である。

在日韓国人の男が清水市で暴力団関係者二名を猟銃で射殺、寸又峡温泉の旅館に逃げて、宿泊客を人質に立て籠《こ》もったという事件だ。

それからちょうど四年後の一九七二年二月十九日には軽井沢で「あさま山荘事件」が起きているけれど、銃を持って立て籠もる事件としては、「寸又峡ライフル魔事件」がハシリといっていい。実況放送を交えてマスコミが大騒ぎし、日本中の耳目《じもく》がちっぽけな温泉町に集まった。

「寸又峡ライフル魔事件」のときは、伴島は二十五歳、整理部の下働きを二年やって、憧《あこが》れの社会部記者になりたての頃だった。それだけに事件のことはよく憶《おぼ》えている。静岡支局から本社宛てに、電送やバッグ便で送られてくる現地の生々しい写真を見て、人知れず興奮したものだ。

あれから四半世紀あまり経って、巡り巡って島田通信部に着任してみて、ここがあの寸又峡ライフル魔事件の地元であることに、あらためて気がついた。

引っ越してきた翌日、伴島は大井川鉄道に乗った。大井川鉄道は島田の隣町・金谷《かなや》を起点に、大井川沿いにお茶の産地で有名な「川根《かわね》」の谷に分け入ってゆく私鉄だ。話には聞いていたが、正真正銘の蒸気機関車に牽引《けんいん》された列車が、いくつものトンネルをくぐって大井川を遡《さかのぼ》ってゆくと、まるであの事件当時の世界に引き戻されるような錯覚におちいる。

千頭《せんず》という駅で降りて、そこからはバスで四十分ほど山道を行くと、過去へ回帰するような印象どおりの、素朴な集落に辿《たど》り着く。高度成長もバブルも寸又峡温泉には関係なく通り過ぎたらしい。

「寸又峡ライフル魔事件」があったお陰で、寸又峡の名は全国に知られた。ある程度以上年配の人は「寸又峡」と聞くと、「ああ、ライフル魔事件の」と言うはずである。寸又峡温泉側にしてみれば、殺伐としたイメージが残って、あまり嬉《うれ》しくはないだろう。実際の寸又峡は、事件はおろか世俗のことなど関係のないような、まことに鄙《ひな》びた温泉地である。

鄙びているだけに、交通の便があまりいいとはいえない。道路が狭く、曲がりくねっていて、大型の観光バスはひと苦労するかもしれない。団体客がドッと繰り込めるような大型のホテル・旅館もない。

谷間の猫の額ほどのところに、小さな旅館や民宿、山菜料理の店などが点在している。道端の草花を愛でるような可憐なカップルや、浮世離れした老夫婦がのんびり散策する。まあ、いまどきちょっと珍しい、のどかな湯の里である。

一般道路は寸又峡までで行き止まり、そこから先は営林署が管理する林道、観光客のための遊歩道になる。トンネルを潜り、上り下りのある道を行くと、問題の飛龍橋を渡り、さらにその先で「夢の吊橋《つりはし》」を渡ってくるハイキングコースだ。

「ところで、肝心なことですけどね」

伴島は七高に訊《き》いた。

「久保は寸又峡に何をしに行ったんですか？　奥さんは気晴らしだと言ってたけど、それだけとは思えませんね」

「ああ、そうだなあ……」

七高は、あいまいな返事で誤魔化すつもりだったようだが、「いずれ分かることだ」と自分にとも、相棒の中川にともつかず言い訳してから言った。

「気晴らしというのは嘘じゃないが、奥さんの話だと、大井川鉄道を撮りに行ったそうです。ひまですることがないし、いまのうちに、この辺りの風物をカメラに収めておくんだとか言って、出かけたんですと」

「なるほど……」

伴島は久保の気持ちが理解できるような気がした。伴島も、若い時分、任地の風物を撮りまくったことがある。見る物聞く物、珍しくてしようのない時代だ。とくに久保はテレビの人間である。本人はめったにカメラを担ぐことはないが、映像には関心も興味もあっただろう。余所《よそ》では見られない蒸気機関車の大井川鉄道を、在任中にカメラに収めておこうとしたとしても、不思議はない。

「やっこさん、今度の一件で、配転になることが決まってたのかもしれないな」

伴島は呟《つぶや》いた。

それなら、ことのついでに飛龍橋や「夢の吊橋」を撮ろうとしたのかもしれない。だが、もしそうだとすると、いよいよ「自殺」のセンは薄いことになる。

「自殺の動機がないってことですか」

ズバリ、訊いてみた。

「ああ、どうもね、奥さんの話や諸般の状況からいって、自殺はないみたいですよ。かといって、大の男が転落事故ってのもどうもね」

「自殺でも事故でもなけりゃ、殺しってことじゃないですか」

伴島が勢い込んで言うと、七高はそっぽを向いて、「私はそうは言ってないよ」ととぼけた。暗に「殺し」を肯定している。

「しかし、彼は単独行だったのでしょう？　それとも、誰か同行者がいたのかなあ。あそこはたしか、遊歩道の入口のところに、番小屋みたいのがあって、いつも係のじいさんがいる。久保とは顔見知りのはずだが、目撃はしてなかったですかね」

七高は中川と顔を見合わせた。バックミラーの中で、中川が「これ以上はダメ」と首を横に振るのを、伴島は見た。

「久保さんの電話だけどさ」

七高は話題を無理やり変えた。

「よりによって伴島さんのとこに電話してきたっていうのは、どういうことなんですかね。つまりは伴島さんにしか通じない誰かってことになるんじゃないのかな。どうなんです、心当たりはないんですか？」

「そうか、そうですよね」

伴島は言われて気がついたようなふりを装ったが、じつはそのことはとっくに気になってはいた。

同じ記者クラブの仲間とはいっても、伴島は新聞、久保はテレビだし、年齢も二十歳違い。日頃の付き合い方にしたって、それほど親密というわけではない。伴島のほうは、久保を自宅に引き込んで酒を振る舞ったり、仕事の参考になるような話や昔語りをしたりもしたが、久保の側からすれば、煩わしいお説教に聞こえていたのかもしれない。

「おれと久保ちゃんだけに共通する知人といっても、まったく心当たりがないなあ」

伴島はこればっかりは嘘いつわりなく、首をひねった。

「その会った人間が誰であるにしたって、たいていは記者クラブがらみの付き合いですからね、誰かほかにも知ってるやつがいるはずだし、その中からえり分けて私のところに電話してくるっていうのは、ちょっと考えられませんなあ」

「しかし、それにしたって、あなたのところに電話してきたことは事実なんですよ」

若い中川は尖《とが》った口のきき方をする。聞きようによっては、被疑者を問い詰めているようで、ムカッとくる。

「そうねえ、それは事実ですよねえ。してみると、ホシは私の知り合いですか」

「ははは、伴島さんよ、まだ殺しと決まったわけでもないです」

七高が笑いながら割って入って、「ま、そんなところで、伴島さん、何か思い出すようなことがあったら、教えてくださいよ」と、中川を促して車の外に出た。

結局、二人の刑事は「殺人事件」とは断言しなかったが、心証としてはほとんどそう決まったようなものだ。

いまのところ各社とも、表立って「殺人事件」に対する態勢は敷いていない。警察の発表はあくまでも自殺または事故死の疑い――のままであった。

しかし、記者クラブの連中はそれぞれ、殺人事件の感触を得て、いつでも対応できるだけの心づもりはしているはずだ。

島田市役所記者クラブは伴島の東読新聞社のほか、中央紙は毎朝《まいちょう》新聞社。地方紙は中静新聞と駿遠日報、それにNHKと中静放送、駿遠テレビの放送三社の、全部で七社がメンバーになっている。

中央紙同士の東読と毎朝は、表面上の付き合いはともかく、仕事の面ではことあるごとに競合し対立するが、中央紙と地方紙は、競合関係にあるといっても、片や全国相手、片や地元相手と、マーケットのエリアがまるで異なるのだから、それほどシビアなものではない。

取材活動にしたって、東京や大阪の修羅場と違い、ローカルの通信部では、特ダネを狙って目を光らせ、右往左往するようなことはほとんどないといっていい。

通信部から支局や本社宛てに送る原稿の多くは「季節もの」と呼ばれる、年中行事である。「大井川の川開き」とか「川根茶の初出荷」とか「島田大祭（帯まつり）」といったものがそれだ。ほかに「決まりもの」というのがある。日本一長い木橋として有名な「蓬萊橋《ほうらいばし》」や大井川鉄道などは、季節に関係なく話題不足の折の記事として登場する。

県内向けの紙面となると、ますます特ダネの登場するチャンスが乏しい。県内一円に情報ネットワークを持つ地元紙に後れを取らぬよう、ニュースネタを拾うのが精一杯といったところだ。それに、もともと拾いたくても特ダネが飛び出すこと自体、ほとんど稀《まれ》なのである。

　伴島が着任してから島田通信部管内で起きた大きな事件といえば、東名高速道の陸橋の上から、女が幼児を投げ殺したという、無茶苦茶な事件があった。こんなのは異常なのであって、日本全国に二百二十以上ある通信部の中でも、島田はもっとも平穏なところの一つに数えられるだろう。

　そのせいか、伴島の前任者も定年間近になって交替した。伴島もたぶん同じコースでリタイアすることになるだろう。この歳になって、いまさら微温湯《ぬるまゆ》に浸かったようなこの地を離れる気は、さらさらなかった。

　とはいうものの、まだ十分に若かった頃の「釜石時代《かまいし》」などが懐かしい。製鉄所も活気があって、新日鉄釜石がラグビー日本一の七連覇を遂げた頃だ。鉄の町であり港町でもあっただけに、釜石は気性の荒っぽいところもあったが、新聞記者としてはやり甲斐《がい》もあり、面白かった。新日鉄ラグビー部の密着取材では、全国版スポーツ欄を大スペースで飾ったものだ。

「秋田時代」にも思い出が沢山ある。秋田県というところは面白い県民性で、東北の他の県に比べるとじつにのんびりした、人情味豊かなものがある。ところが、その一方では万事につけルーズというか、ケジメがつかないというか、たとえば、県庁での経理の乱脈ぶりなど、これでいいのかな——と呆《あき》れるほどのものだった。案の定、最近になって知事が引責辞任する騒ぎが起きて、綱紀粛正の嵐が吹きまくっているらしい。

高炉の火が消え、栄光あるラグビー部が衰退した釜石は見るにしのびないが、すっかり萎縮《いしゅく》して真面目になった秋田も、それはそれで寂しいものを感じる。「いい時代だった」と、伴島は時折、振り返るのである。

4

それぞれの新聞社によって多少の違いはあるけれど、一般に通信部員の日課は朝の「サツ回り」から始まる。所轄署に顔を出して、前夜の当直警部から何か新しい事件が起きていないか、すでに発生している事件については、進展がなかったかどうかを聞く作業で、「サツ警戒」ともいう。

サツ回りのあとは、引き続いて市役所を訪問して、行政や議会の動きに目新しいものがないかどうかをチェックする。次いで近隣町村の役場の広報担当者に電話で、地域の情報を伝えてもらう。残った時間は「街ダネ」とよばれる、文字通り街で見かける出来事の取材に走り回る。「決まりもの」「季節もの」の取材もカメラマンを兼ねてのことだから、かなり忙しい。

久保一義の死を警察が公式に「他殺」と断定したのは、事件から五日目のことである。その朝、伴島がいつもより少し早めの時刻にサツ回りに行くと、次長が太い筆をふるって「寸又峡殺人事件捜査本部」の文字を長い白紙に墨書しているところだった。

その後、九時から記者会見が開かれた。署長と並んで、刑事課長と、捜査主任を務める県警捜査一課の警部が会見に臨んでいる。守安《もりやす》という、まだ三十代なかばぐらいの、神経質そうな男だ。捜査官によっては、適当に情報をリークしてくれるものだが、伴島の印象としては、この警部はかなり手ごわそうに思えた。

記者会見の冒頭、署長から今回の事件について、一部に事故の可能性のあることも残したまま、殺人事件として捜査本部を設置する旨の説明があった。

「自殺のセンは消えたのですか？」

記者クラブの月番幹事である中静放送の福沢が質問した。記者たちを代表しての質問だが、久保の「自殺」に対しては寝覚めの悪い思いをしているだけに、その点はぜひとも明確にしておきたい気持ちがある。

「諸般の状況から見て、自殺したとは考えられないということです」

署長は簡単に答えた。諸般の事情とは？　という重ねての質問には、守安警部が代わって、「まあ、それは捜査上の機密事項と考えてください」とはぐらかした。

いずれにしても、殺人事件ということになれば、寸又峡温泉にとっては、ライフル魔事件以来の「大迷惑」ということになる。島田通信部としても、近年稀な最大級のビッグニュースだ。会見の後のことになるが、伴島は上部機関である静岡支局に連絡した。

「応援が必要かね」

デスクの前田が甲高い声を出した。言外に「必要ないだろう」というニュアンスが込められている。清水港を舞台にした「蛇頭《スネークヘッド》」がらみの密入国事件と、富士《ふじ》市で起きている宗教団体の事件などで、事件記者は大量に動員されて人手が足りない状況なのだ。

「いや、大丈夫ですよ」

伴島は言った。もともと一人で動くのが好きだし、それに、ここの警察と馴染《なじ》みのない連中が何人やって来ようと、単なるカラ回りになってしまうだけだ。

記者会見を通じて、久保の事件当日の足取りもほぼ明らかにされた。

夫人の話によると、久保は午前九時前に車で自宅を出ている。九時二十分頃には金谷駅に着いたと推定される。カメラをぶら下げた久保が改札口を通るのを、顔馴染みの駅員が目撃し、挨拶《あいさつ》を交わしていた。

久保はここで「SL列車」の入線風景や乗客のスナップを撮った。このことを含め、それ以降、事件に到るまでの久保の行動は、久保の「遺品」となった撮影済フィルムを現像して明らかになっている。

　このフィルムは寸又峡温泉街の中心といってもいい場所にある「チータ」という喫茶店で発見された。事件の翌日になって、チータのママから警察に電話で、事件直前、久保が立ち寄ったことを伝えてきたのである。

　久保は店のママとは以前から顔見知りで、寸又峡温泉を訪れるたびに、必ず立ち寄っていたという。この日は、以前、駿遠テレビが寸又峡温泉を取材して放送した時、番組の中で「チータ」が紹介された、そのビデオテープを届けるついでもあったようだ。久保はここに撮影済フィルムなどが入った小さなバッグを預け、カメラだけをぶら下げた身軽な恰好《かっこう》で飛龍橋方面へ行くと言って出かけて行ったという。

「SL急行」の下り千頭行き一番列車は一〇時〇〇分発である。始発駅の風景を撮り終えると、その列車が発車する前に、久保は金谷駅を去り、隣の新金谷駅へ向かっている。

　大井川鉄道が東海道本線と接続するのは金谷駅だが、金谷駅前には駐車スペースがないため、観光バスやマイカーを利用してきた客は、新金谷駅から乗車する。新金谷駅前はそういう車ですし詰め状態だ。

　金谷駅をガラガラでスタートした列車は、新金谷で満員になる。客の多くは蒸気機関車を懐かしむような高齢者で、煤《すす》に汚れた窓枠を指でこすっては、子供のように声高に、昔の汽車の旅がいかにひどかったかや、戦後の買いだし列車の話などで盛り上がる。久保にとっては、その賑《にぎ》わいも面白い被写体だったのかもしれない。

久保は新金谷駅での情景を撮影し終えると、列車よりひと足先に出発した。千頭へ向かう国道473号を走り、途中、地蔵峠のトンネルを抜けるSLの雄姿を写した。この辺りの路線は大井川と崖《がけ》に挟まれた難所つづきのところである。

フィルムには新金谷を出てから最初の停車駅である家山《いえやま》駅のプラットホームの風景も写っていた。列車のスピードは四十キロ程度だから、急いで行動すれば追いつき追い越すのは簡単だ。駅前に車を置き、撮影を済ませてすぐにスタートしたのだろう。さらにその先の下泉《しもいずみ》駅付近でも、茶畑の丘陵地帯を煙を吐きながら行く列車を接近するところから後ろ姿までを、やや俯瞰《ふかん》めのアングルで写していた。

最後は千頭駅に到着するSLを迎え撮ったあと、列車から降り立つ客たちの様子を撮っていた。機関車の先頭で記念写真を撮ったり撮られたりする人々を、丸ごとカメラに収めている。

列車の千頭到着は一一時一七分。そこから寸又峡温泉までは定期バスで四十分かかる。マイカーなら三十分というところだ。したがって、久保が撮影を終えてすぐに千頭を出発したなら、十二時頃までには寸又峡温泉に到着することになる。

喫茶店「チータ」のママによれば、久保が店に入ってきたのは一時をかなり回った頃だったという。この店はスナック類も出しているので、昼食時はけっこう混雑するのだそうだ。その混雑が一段落して、空席が目立った頃だから、たぶん一時半近かったのではないか——という話だ。

してみると、久保は千頭駅から寸又峡温泉に来るまで二時間を要しているわけで、その間のおよそ一時間半ほど、久保はどこかで道草を食っていたことになる。途中の風景を撮影していたとも考えられるのだが、残されたフィルムには千頭駅周辺以外それらしいものはなく、寸又峡温泉の風景を写したカットもなかったという。これから撮る予定だったのか、かりに写していたとしても、そのフィルムはまだ撮影中で、カメラの中だったということになる。

ところで、そのカメラだが、飛龍橋で持ち主と一緒に転落した可能性が高い。警察では飛龍橋からの下流域一帯を捜索したが、カメラを発見するには到らなかった。飛龍橋と夢の吊橋のかかる川は、寸又川とともに寸又峡谷を形成する大間川《おおまがわ》だが、この川はやがて下流にある大間ダムによってせき止められ、ダム湖となる。カメラはそこまで流れて行った可能性もあり、そうなると発見はかなり難しそうだ。

久保はママにこの店の名物であるソフトクリームを注文した。食事はしなかったから、たぶんどこかで昼食を済ませてきたのだろう。その後、午後二時少し前頃、久保はママにバッグを預け、「一時間ほどしたら戻る」と言って「チータ」を出た。後で分かったことだが、車は店の脇の駐車場にとめたままになっていた。

最後の目撃者は、飛龍橋へ行く遊歩道――正式名称・寸又峡プロムナード――の入口にある「環境美化募金案内所」の係をしている老人である。ここは通行料のようなものは取らない代わりに募金箱が置いてあって、遊歩道を散策したい者は自発的に募金して通るシステムになっている。

伴島が七高に話したとおり、係の老人は久保の顔を見知っていた。報道関係の人間は本来ならフリーパスだが、久保は律儀に募金箱に百円玉を何個か入れたそうだ。

募金案内所の前を通って行ったとき、久保は一人だった。そして、それっきり、永久に戻ることはなかったのである。

警察の発表した内容は以上である。その後、付随的な質疑応答があった。久保は終始単独で行動していたこと。目撃者の見た印象では、事件を予測させるような言動はなかったということ。とくに、事件前後――久保が通った時刻の前後に、それらしい挙動不審の人物が案内所を通らなかったかどうかに質問が集中した。

あくまでも案内所の老人の話なので、記憶力などからいって、信憑性《しんぴょうせい》ということになると若干、疑わしいが、久保の前後には犯人と思われるような人物は通っていないということだ。

その日は比較的お客が少なかったこともあるが、単独行の客は久保以外になかったという。たいていは中高年のグループ客で、行きも帰りも賑やかだったそうである。

伴島がハラハラしたのは、久保が東読新聞社島田通信部に電話した事実について、記者会見の中で触れはしまいか――ということだったが、どういうわけか、席上、その件については署長以下、誰も口にしなかった。

記者会見が終了した後で、ほかの連中に気づかれないように刑事課長の竹内《たけうち》をつかまえた。

「久保は、寸又峡のどこかで電話をかけているはずなんですが」

「ああ、その件は七高から聞いたよ。しかしおたくに迷惑がかかるといけないので、他社には黙っておいたんだ」

竹内刑事課長は恩着せがましく言った。

「それはどうも……ところで、久保はどこから電話してきたのか、それは分からなかったのですかね？」

「まあ、あんただから言うけど、たぶん喫茶店『チータ』からだろうな。あそこのママに確かめたところ、久保さんはソフトクリームを舐《な》め終えたところで電話をかけたのだそうだ。電話をかけたのはその一回だというから、それがおたくにかかった電話に間違いない」

「なるほど、たぶんそうでしょう。それで、電話で話してる内容については、ママは何か聞いているんですか？」

「いや、残念ながら聞いてなかったそうだ。それにしてもさ、被害者がどうしておたくに電話したのか、いったい誰に会ったというのか、そこのところは話してもらわないと困るんですけどねえ」

警察が記者会見でその件を伏せていたのは、伴島のため——というわけではなく、どうやら「捜査上の機密」だったらしい。

「そう言われても、私にはまったく心当たりがないんですから」

伴島は正直に答えたが、刑事課長はあまり信用してくれなかった。

「そんなはずないでしょう。いや、あんたが隠してるとは言わないけど、忘れているってことはあるんじゃないかな。なんとか思い出していただきたい。お願いしますよ」

最後は懇願するように頭を低くして、そのくせ、ジロリと上目遣いに伴島を睨《にら》んだ。

刑事課長に言われるまでもなく、伴島もその件についてはずっと気にかかっている。いったい久保は誰に会ったというのか——それに、そのことをなぜよりによって伴島のところに電話してきたのか——。

帰宅して妻の春恵にその話を蒸し返した。

「いくら訊かれても、面白い人に会ったっていう、それしきゃ聞いてないんだから…

「……」

もう何度めか、春恵もうんざりするが、手掛かりは春恵の聞いた久保の声だけしかないのだから仕方がない。それに、いまのところでは、久保に接触した人物といえば、その「面白い人」しか浮かんでいないわけで、その人物が事件にもっとも近い存在ということになる。

そうはいっても、久保とのあいだで、「面白い」と言われるような人物のことを話した記憶が、伴島にはさっぱり思い出せない。しかし、もし思い出すことができれば、これはひょっとすると大スクープになるのかもしれない。

「なんとか思い出してくれよ」

言っても詮《せん》ないとは思いながら、刑事課長を真似て、伴島も春恵に頭を下げた。

警察は当面、久保が千頭駅から寸又峡温泉に現れるまでの「空白の」一時間半に焦点を絞って、足取り捜査をつづけている。おそらくは昼食をどこかでとったに違いない。この時間帯に「面白い人」に会った可能性も強い。しかし、千頭駅周辺は寸又峡温泉方面へ行くコースの中でもっとも繁華なところだ。いちおうターミナル駅であり、乗降客も多く、隣接して「SL資料館」など、観光客が集まる場所もいろいろある。

レストラン、喫茶店のたぐいも少なくないし、昼食時はどこも満員の盛況だ。どこかの店に入ったのか。かりに入ったとしても、忙しさにかまけて、店員が久保の顔を憶《おぼ》えている可能性は少ない。この分では足取り捜査は難航するかもしれない。

大事件発生中とあって、マスコミは各社とも緊張した仕事ぶりだ。マージャンの話も出ないし、平素は入り浸りの「蔵家」へも足が向かない。伴島も珍しく春恵と向かいあいの夕食をすることが多かった。

そうした中で、伴島はふと消えてしまったカメラのことを思った。警察発表ではカメラもまた持ち主と一緒に川に落ち、流されたものとしていた。しかし、犯人がカメラを奪ったとは考えられないものだろうか——。

（そうか——）

天の啓示のごとくひらめいた。犯人の目的はカメラを奪うことだったのかもしれない。

群像の中の虚像

1

この夏、猛暑がつづいたせいか「ばらの丘公園」のバラが例年より早く咲きだした――という原稿を写真入りで送ったら、デスクの前田から「そんなネタしかないの？」と電話してきた。

「寸又峡の事件の続報は、いったいどうなってるんだ？」

バラの記事だって、それ相応のニュースバリューはあると伴島は思っている。だいたいバラが咲くのは初夏と決まったもんだというのが伴島の知識だった。それが、こっちに来てから、秋にも咲くことを知った。

島田市は全国有数のバラの産地なのだそうだ。郊外にある市営の「ばらの丘公園」には二百七十種だかのバラが、つぎつぎに花をつけて、これがなかなか美しい。初めて取材したときは、ちょっとしたショックを受けたものである。

「警察自体が手詰まり状態なんですからね、もうちょっと待ってくださいよ」

中《ちゅう》っ腹《ぱら》がそのまま声音に出たらしい。前田も面白くなさそうに、「そうか分かった」と、ブスッとした声で電話を切った。

伴島にしたって焦りがないわけではない。しかし、他社も何かのネタを摑《つか》んだという気配はなさそうだ。むしろこっちの様子を窺《うかが》っているのが分かる。

同じ全国紙の毎朝新聞は、さすがにメンツがあるから素知らぬ顔をしているが、中静新聞の関川などは、平気で「トモさん、何かないですかね」などと声をかけてくる。

「何もないよ。そっちこそ地元なんだからさ、どこかのシンパから何か言ってきているんじゃないの？」

シンパというのは、警察官を含めて、日頃から気脈を通じている役所の人間や市民のことである。タレコミなどというのも、こういうシンパから入ってくることが多い。

「だめだめ、ぜんぜんですよ。だいたい駿遠日報のほうも、まるで動きがないみたいですからね」

久保一義の駿遠テレビと資本関係にある駿遠日報でさえ、手掛かり一つ摑めないというのだから、久保の死はまったく「予期せぬ出来事」だったにちがいない。

こうなると、警察の言いぐさではないが、死の直前に久保が東読新聞社島田通信部に電話して、たったひと言洩《も》らした「面白い人」が唯一の手掛かり、重要なキーワードということになりそうだ。

伴島はサツ回りの途中、昼飯を食いに出た七高部長刑事をつかまえた。警察の筋向かいのラーメン屋へ行くというのを、少し離れた安い鰻丼《うなどん》を食わせる店に引きずり込んだ。ここは昼どきでも比較的空いている。

独立したテーブルに座ると、久保のカメラの行方について、話を切り出した。

「ひょっとすると、犯人はカメラが目当てだったんじゃないですかね。カメラは川に落ちたんじゃなくて、犯人が盗んだってことは考えられませんか」

「えっ？　殺人の動機がカメラってわけ？　まさか、そんなことはないでしょう」

「いや、動機はカメラそのものじゃなくて、カメラで撮られたものですよ。つまり、そこに自分が写っていちゃ具合が悪い、何かの事情があったんじゃないですかねえ」

「ふーん……なるほど、それはまあ、まったくありえないこともないが……しかし、それにしたって殺してまで盗むかなあ？　いや、盗むにしてもさ、殺すことはないんじゃないの？」

「殺さなきゃ盗めないとしたら、仕方ないでしょう。それに、カメラだけ盗んだって、久保ちゃんに顔を見られていちゃ、やっぱりまずかったんじゃないですか」

「というと、ホシは久保さんの顔見知りってことになる」

「でしょうね」

「ふーん……」

七高はうなりながらしばらく考え込んで、

「待てよ……」と言った。

「もしそうだとすると、あんたのところに電話して『面白い人』って言ったのは、その人物ってことになりゃしない？」

「たぶん」

伴島は頷《うなず》いた。

「しかも、そいつはあんたも知ってる人物っていうわけだ」

「たぶん」

「ふーん……」

七高は伴島の顔をまじまじと眺めた。伴島の日焼けと酒焼けで不健康に赤みを帯びた皮膚の裏側から、「面白い人」のイメージを探り出すつもりらしい。

「だめですよ、私にはぜんぜん心当たりがないんだから」

伴島はうるさそうに首をひと振りした。

「そうは言うけどさ、久保さんとあんたと共通の知り合いに絞り込めば、特定しやすいことはたしかだろう」

「共通の知り合いっていってもねえ……」

伴島の脳裏を、無数の顔写真が点滅しながら流れていった。その中から久保と共通の知人を絞り込むとなると――。

「まさか、クラブの連中じゃないだろうし、サツのだんな方ってこともねえ……」

「ばか言っちゃ困るよ」

七高は慌てて店内を見回した。

「なんぼ考えても分かりませんよ」

伴島は言った。久保との共通の知り合いといったって、際限がない。市役所の中だけだって、市長から受付のお嬢さんまで、七割方は顔見知りだ。そのほか「蔵家」のおやじや常連客、それに会社の連中――。

（待てよ――）

東読新聞社静岡支局の連中ということなら、久保が伴島のところにだけ「面白い人」と連絡してきた理由も頷ける。いや、支局と限ったわけでもない。本社のおエライさんがおしのびで――ということも考えられる。

「なんだい、伴島さん、何か思いついたって顔をしてるな」

七高が鋭い目つきでこっちを見ていた。

「はあ？　いや、何もないですよ」

まさか「うちの社の者が」などと言えるはずがない。

「とにかく、カメラが動機だったかもしれないという、伴島さんの意見は、いちおう捜査会議に乗せてみる」

七高は約束した。

伴島が鰻丼二人前の勘定を払おうとしたら、七高は「そいつは困る」と言った。そういう融通のきかない男だ。

「じゃあラーメン代ぶんの五百五十円だけ払ってください。あとは取材費」

それで折り合いがついて、七高はひと足先に店を出て行った。

自宅に電話すると、春恵が「久保さんの奥さんから電話があったわよ」と言った。

「今日が初七日ですけどって」

「ああ、もうそうなるのか。そういえば、通夜の席で、初七日に行くようなことを言ったかもしれない」

「そういう口から出任せばっかり言うんだから」

「そうじゃないさ、そのときはそのつもりだったんだ」

しかし行ってみるか――と思った。

「他社のやつから電話があっても、行く先は教えるな」

春恵にはそうクギを刺しておいた。

島田市から清水市の三保の松原まで行くには、吉田ＩＣまで南下して東名高速に乗り、静岡ＩＣで下りて通称「いちごライン」という、海岸沿いの国道１５０号を走る。その吉田までがけっこう遠い。東名高速が焼津からずっと南の方角へ迂回《うかい》して、島田を通らなかったのは、当時の為政者に先見の明がなかったからだと聞いたことがある。そのおかげで、東海道の宿場町島田は、高速交通時代から取り残された。

いちごラインは名勝で名高い日本平の南を行く道である。名前のとおり、この辺りはいちごの名産地で、いたるところにビニールハウスが並ぶ。シーズンにはいちご摘みの観光客で、身動きが取れなくなる街道だ。

清水港を抱くように駿河《するが》湾に突き出した岬が「真崎《まさき》」で、岬全体の地名が「三保」、その東側の海岸一帯が「三保の松原」である。岬のつけ根から突端までは車で十分ほどもあり、道路の左右には小工場や商店など人家が密集している。風光明媚《ふうこうめいび》な三保の松原はその裏の住宅街を抜けて海岸に出なければ見ることができない。

岬の先端近くには東海大学海洋科学博物館がある。いまでこそ大規模な水族館は珍しくなくなったが、かつてはここが近代水族館のはしりだったという。島田通信部に着任して間もなく、伴島は春恵と一緒に遊びに来たことがある。本来は大学の研究施設であるだけに、イセエビや魚のロボットなど、ちょっと風変わりな展示物が楽しかった。

死んだ久保にとって、この辺りは自宅の庭のようなものだったそうだ。子供の頃はここの職員と仲良しになって、フリーパスで見学させてもらったとか、飼育中の魚をわけてもらって、自宅の水槽で飼ったといった話を、記者クラブの飲み会か何かのときに、得意そうに話していた。

記者クラブの連中を相手にした自慢話といえば、伴島などは前任地で特ダネを抜いた話ということになる。多少の誇張も混じえ、ときにはスクラップの「証拠品」を持ち出して武勇伝を語るのだが、久保の場合は子供時代や学生時代のあれこれを話題にすることが多かった。もっとも、仕事上では自慢できるほどの話がなかったせいかもしれない。例の「ニュースソース漏洩《ろうえい》事件」も、そういったことへの引け目に対する焦りからきたものなのだろう。

久保の実家は岬を三分の二ほど行ったところを右に折れ、「羽衣の松」のある海岸からそう遠くないところにあった。塀と植え込みに囲まれた、ばかでかくはないが、なかなかの邸《やしき》である。久保はこの家の長男で、本社勤務の頃はここから静岡市内まで通っていたのだそうだ。

開いている門を入って、玄関のチャイムボタンを押すと、間もなくドアが開いて久保未亡人の香奈美が現れた。

「あ、伴島さん……」

救いの神を見たような顔をした。

「いましがたお寺さんから帰ったところです」

まだ喪服のままで、かすかに線香の匂いが漂ってきた。

「もっと早くお邪魔したかったのですが、仕事が片づかなくて……お線香、上げさせていただけますか」

「ええ、もちろんですとも」

奥の仏間へ案内された。久保の両親も揃っていた。伴島は数珠《じゅず》を手にして、少し長めのお経を読んだ。少しわざとらしく、しつこいかな――と思ったが、なるべく哀調を帯びた声で名調子のお経を聞かせた。母親は通夜のとき以上に感激して、涙を流していた。

「このあいだ、主人が撮った最後の写真が警察から帰ってきました」

お茶を淹《い》れながら、香奈美は言った。

「ああ、金谷駅から大井川鉄道をスケッチした写真ですね」

「あ、ご存じだったのですか？」

「署長の記者会見で、その話が出ました。実物は見ていませんが」

「よろしかったら、ご覧になってください。主人も喜びます」

香奈美は位牌《いはい》の脇に供えてある菓子箱を持ってきた。キャビネ判サイズに伸ばした写真が百枚ほどもありそうだ。署長の説明どおりの写真である。テレビ局の記者を志願したたけあって、映像的なセンスはよかったらしい。ＳＬを撮るアングルや、乗客の表情、群衆のいきいきとした動きなど、さすがと思わせるものがあった。

写真の内容については、署長の記者会見などで、大体の見当はついている。最初はあまり気のすすまなかった伴島だが、何枚か写真を眺めているうちに、心臓にドキリとくるものを感じた。

（ひょっとして――）と思った。

ひょっとして――は、いつだって伴島の仕事の推進力である。ひょっとしてが無くなったら、そのときはリタイアするつもりだ。

ひょっとして、「面白い人」を撮ったフィルムは、そのときすでにカメラにはなかったのではないか――と伴島は思った。「彼」はそれを知らずに久保を襲い、カメラを奪ったのかもしれない。だとすると、写真はこの中にある――。

「奥さん、この写真、しばらく貸していただけませんかね」

伴島は言った。

「ええ、それは構いませんけど、あの、この写真が何か？」

「いい写真が多い。できれば、整理して写真集に纏《まと》めたいのです」

「ああ、それでしたらほかにも沢山ありますけど。主人は写真が得意で、私が見てもいいなあって思う写真を撮ってました」

「でしょうね。いずれそちらの写真も整理しましょう。今日はとりあえずこれで」

伴島は菓子箱の蓋《ふた》をして、バッグの中に仕舞い込んだ。まるで詐欺師が退散するような慌ただしさだった。

帰宅すると、春恵に「電話があっても、留守だと言え」と命じて、仕事部屋に閉じこもった。

写真はほぼ久保が辿《たど》ったコースどおりに整理されていた。フィルムに写っていたすべてが「いい写真」とは言えないが、それでもところどころ、キラッと光る作品がある。場面の切り取り方、アングル、シャッターチャンスなど、技術的にはかなりのところまでいっているのだろう。

しかし、伴島の関心は写真の芸術性にあるわけではない。要はそこに誰が写っているのか――である。金谷駅に入ってくるＳＬを、プラットホームで迎える乗客たちから始まって、車内の点描に偶然写った人々、隣の新金谷駅の大群衆――と、被写体になった人間の数は相当なものだ。

この中のどこかに、ひょっとして犯人の顔があるのかもしれない――。

せんべいでも入っていたらしい、かなり大きな菓子箱だが、写真は蓋で押さえなければならないほどの分量である。枚数を数えると百四十二枚あった。二十四枚撮りフィルムが六本分ということか。写真の順序は、撮影の順序とは若干前後が入れ代わっているところもあるが、概《おおむ》ね金谷駅をスタートして千頭駅周辺までのコースを辿っている。

2

久保の狙いは大井川鉄道のSL列車全体を撮ろうというものだったと思われる。主役は列車で、乗客や周囲の風景はすべて引き立て役という扱いだ。レンズを通して、久保の優しい目が老いたSLを見つめているような感じがする。

とはいっても、写っている人物にもそれぞれ表情があり、動きがある。そのほとんどは中年以上だが、肩を組み合って記念写真を撮ったり、窓から顔を突き出して、プラットホームにいる仲間に手を振ったり、車内でミカンを配ったりする情景は、まるで小学生の修学旅行風景を彷彿《ほうふつ》させる。

人物はアップでしっかり写っている顔も少なくないが、どちらかといえば、主役である列車をバックにしたものが多く、ブレた顔やピントが合っていない顔もある。伴島はその一つ一つを、天眼鏡を通して覗《のぞ》き込んだ。

作業は想像していたよりも難しかった。第一に、とにかく量が多いのである。それに、手配写真のように真っ直ぐこっちを向いている顔はほとんどない。帽子をかぶって、目の辺りが隠れているのもある。半分もいかないうちに、伴島はなんだか不毛な作業をしているような気分になってきた。

そもそも「犯人」がカメラを奪うために久保を殺したという仮説からして、あまり説得力があるとはいえない。七高部長刑事でさえ、捜査会議に乗せるのは、あまり乗り気ではなさそうだった。

少し倦《う》んで、煙草をくわえライターに手を伸ばしたとき電話が鳴った。隣室の親機に春恵が出て応対している。

春恵はすぐに「ちょっとお待ちください」と言い、子機の呼び出し音を鳴らした。

「ばか、いないって言えというのに」

伴島は怒鳴った。

「だってしようがないでしょ、寸又峡スカイホテルの高田さんなんだから」

高田は伴島のシンパだ。その高田がこんなふうに連絡してくるということは、何かあった証拠である。

ラインを繋《つな》いで、「はい伴島です」と言うと、高田は「あ、どうもすみません、お忙しいところを」と謝った。寸又峡スカイホテルは名前は立派だが、ロッジ風の素朴な宿だ。高田はそこの支配人をしている。客商売だけに物腰は丁寧なのだが、急いでいるときにはまだるっこしい。

「いや、構いませんよ。何かあったのですか？」

「じつは、ちょっと気になることがありまして、伴島さんにご相談しようかと」

「ほう、何でしょう？」

「まだはっきりしたことは分からないのですが、お客様がお一人、ホテルをお出になったきり、なかなかお戻りにならないのです」

「戻らないというと、いつからですか？」

「それがですね、じつは、久保さんの事件があった日の朝、お出かけになったままお戻りにならないのでして」

「じゃあ、一週間？……そいつはちょっと長すぎますね」

「そうなんです。ただ、お支払いのほうは一ヵ月分前払いでいただいておりますので、あと二週間は問題ないのですが」

「しかし、何も言わずに出たんでしょう？　しばらく留守にするとか」

「はい、何もおっしゃってません」

「それ、おかしいな……警察にはこのことは話しました？」

「いえ……」

高田は震え上がったような声を出した。

「まだ何かがあったというわけではないので、その前に、いちおう伴島さんにご相談してからと思いまして」

「そうですか、それはどうも……それじゃ、私のほうから警察に報告しておきましょう。それでいいですか」

「はい、お願いします」

「で、そのお客さんですが、どこの何という人ですか？」

「はあ、宿泊カードには福島県会津《あいづ》若松《わかまつ》の川口元正《もとまさ》様と記名なさっていますが、しかし、そこにお電話差し上げたところ、まったく通じませんで」

「つまり、偽名？」

「そのようで」

高田支配人の声は、いっそう憂鬱《ゆううつ》そうに沈んだ。

電話を切ると、伴島はそのまま受話器を握って、島田署に電話した。だが、あいにく七高は留守だった。ほかの誰でもいいか——とも思ったが、なんとなく七高の手柄にしてやりたい気分がある。戻ったら電話をくれるよう頼んでおいて、とりあえず寸又峡へ向かうことにした。

車を走らせながら、不吉な予感と期待感とがこもごも湧いてきて、伴島を興奮させた。これはひょっとすると、大きな特ダネになるかもしれない。

他人の不幸をメシの種にするところは、坊さんも新聞記者も似たようなもんだな――と思いついて、その両方を兼ねている自分に苦笑した。

島田を出たのは四時半頃だったが、寸又峡温泉に着く頃は、日は山の端に沈んで、谷間の集落は夕景になりかけていた。

車を進めながら、伴島は辺りの様子がふだんと違うことに気づいた。家々の前に人が出て、何やら不安そうに囁《ささや》き交わしている。消防団員らしい、黒い戦闘帽をかぶった男たちが何人か、連れ立って走って行き、その先で車に乗り込んでいる。

「何かあったんですか？」

伴島は車から顔を出して、顔見知りの土産物店のおばさんに訊《き》いた。

「今度は、ダムで人が亡くなったみたいです」

おばさんは気味悪そうに肩をすくめた。

（ひょっとすると――）

不吉な予感が現実味を帯びてきて、伴島は身震いが出た。

スカイホテルの前では高田支配人がほかの従業員とともに、不安げに谷の方角を窺《うかが》っていた。車から降りた伴島を見ると、かえって不安が増幅したような、心細い顔になって出迎えた。

「また、だそうですね」

伴島が言うと、「はい、まだだそうです」とおうむ返しに答えた。

「大間ダムの堰堤《えんてい》付近で見つかったということでした。いま駐在さんと消防団が駆けつけて行ったところです」

警察の本隊が到着するまでは、まだしばらく時間がかかる。伴島は車に戻って、消防団のあとを追うことにした。

案内所のところで係の老人に「ここから先は車はだめ」と制止されたが、報道の腕章を示して、「緊急、緊急」と叫んだ。顔は知られているから、老人は気圧《けお》されたように脇に避《よ》けてくれた。

ふだんは飛龍橋《ひりゅう》や「夢の吊橋《つりはし》」を訪れる歩行者のための散策路で、営林署関係者以外は車の通行は許されない。道幅の狭い林道だがそれほどの悪路ではない。大間ダムのダムサイトまでは、およそ三キロ。

物置小屋のような管理塔の前に、すでに到着した車が七、八台停まっている。駐在のミニパトカーもあった。ダム湖畔に人が群れ、すでに「救出」作業が始まっていた。

死体は浮流物防除のフェンスに流れ着いた恰好《かっこう》で、うつ伏せに浮いている。二隻のボートが近づいて、まず駐在が写真を撮った。暗い湖面にフラッシュが何度も光った。

伴島もカメラを構え、周囲の情景を含めてむやみにシャッターを切った。ISO400の高感度フィルムだが、それでもやっと写るかどうかというほど、周囲はすでに暮れかけていた。

しかし写ってさえいれば、間違いなくこれは特ダネである。他社はまったく現れていないどころか、おそらく今頃はパトカーを追いかけて、馳《は》せ参じる途中だろう。このぶんなら、到着した頃は真っ暗闇である。

本来なら警察の本隊の到着まで、現状を保存しておきたいところだが、時刻が時刻なだけに、救出作業を先行させることにしたらしい。駐在は消防団を指揮して死体をボートに収容し、担架に乗せて、ロープで湖畔に引っ張り上げた。

仰向けに寝かされた死体は長袖《ながそで》のスポーツシャツにズボンという姿である。濡《ぬ》れた顔面は異様に白く、紫色の暮色を映している。水で多少はふやけたかもしれないが、割としっかりしていた。

伴島は人垣を割って、カメラで死体を見下ろし、フラッシュを光らせた。駐在が慌てて「だめだめ」と言ったが、ついでにその顔にもレンズを向け、シャッターを切った。

完全に暮色が消えて、星空に変わった頃になって、三台のパトカーと鑑識車と遺体搬送車、それに報道関係の車がゾロゾロとやって来た。パトカーから降りたのは顔馴《かおな》染《じ》みの島田署の連中である。どの車もヘッドライトをつけっぱなしにして、現場を照らす。その明かりの中に七高の顔も見えた。

刑事課長以下十五、六人の捜査員が、あっという間に死体を取り囲み、消防団員を含めて、一般人を遠ざけた。死体には青いビニールシートが被《かぶ》せられ、報道カメラをシャットアウトした。

報道関係者の中で、真っ先に中静新聞の関川が伴島の顔を見つけて、「あれっ？」と驚いた。

「ずいぶん早いですね。どこからどうやって来たんですか？」

伴島は「へへへ」と笑った。

「偶然、寸又峡温泉に来てたんだよ。とたんに事件が勃発《ぼっぱつ》した。日頃の行ないがいいと、幸運にも恵まれる」

「ふーん、ほんとに偶然ですかね？」

関川は疑わしい目つきで伴島を見た。あんたが殺《や》ったんじゃないの？——とでも言いたそうな目だ。

警察と一緒にやって来た医者が、ざっと死体を調べて「死後五日ないし十日ってところですな」と言った。

「ずいぶん開きがありますね」

捜査員たちの後ろから伴島が言った。

「ここの水は低温だから、誤差を多めに見ないとね」

「じゃあ、七日前っていう可能性もありますね」

「そりゃまあそうだが、なぜ七日前と？」

「駿遠テレビの久保さんが殺されたのが、七日前です」

捜査員と報道関係者の全員にどよめきが起きた。関川が「そっちの事件と関係があるんですか？」と訊いた。

刑事課長が「そんなこと、まだ分かるはずがないでしょう」と怒鳴り返した。

死体が搬送車に乗せられる頃になって、七高が伴島に近寄った。

「電話をもらったそうだけど、用事は何だったんです？」

「じつは……」と、伴島は周囲に誰もいないことをたしかめてから言った。

「ホトケさんの身元ですがね、署へ引きあげる前に、スカイホテルの高田支配人に面通しをしたほうがいいですよ」

伴島は手短に、ホテルの宿泊客が七日前から行方不明になっていることと、偽名を使っているらしいことを話した。

「これで死後七日となると、久保ちゃんと一緒に転落死したってことも考えられるんじゃないですかねえ」

「えっ、それはどういうこと？」

「つまり、カメラを奪おうとして揉《も》み合いになって、落っこちた——というわけです」

「なるほど……」

七高の目が闇の中で光った。

「ありうるかもしれないな。伴島さん、そのこと、誰かに言った？」

「いや、まだ誰にも」

「サンキュー。しばらく黙っておいてよ」

「分かってます、おたがいさまです。そっちもあと二時間は他社にリークしないでくださいよ」

伴島は原稿送りの締め切り時間を、素早く計算してそう言った。明日の朝刊では完全に他社を抜いた——と確信した。

刑事課長は遺体の搬送車が出発したあと、現場で記者会見をやった。こんなことはごく珍しい。明らかに、七高部長刑事の提言を受けての時間稼ぎだが、それを知っているのは伴島だけである。

記者会見の内容は、死後推定五日ないし十日、死因は解剖を待たなければ不明、本格的な捜査の開始は明朝から……といった当たり障りのないものだった。その間に、先発した七高がスカイホテルに寄って、高田支配人に遺体の面通しをさせている。

そのあと一行は寸又峡温泉に戻り、各社とも公衆電話などを使って、本社や支局に一報を入れている。それを尻目《しりめ》に、伴島だけが一人お先に山を下った。

七高からの報告は、伴島が自宅に戻る前に、留守番の春恵が受けていた。

やはり死体の主はスカイホテルの宿泊客である「川口元正」であった。ただし偽りの住所を記載していることなどから見て、偽名の疑いが濃厚——という見解だ。七高はその報告に続けて、「この人物と久保一義の事件との関連はいまのところ不明なので、くれぐれも早まって記事にしないほうがいい」と言っていたそうだ。しかし伴島はほぼ確定的な論調の原稿を書いて、支局に送った。

——大間ダムに男性の変死体　駿遠テレビ記者の事件と関連か？

そういう見出しで、死体の男性が七日前から寸又峡スカイホテルから姿を消していたことと、その日に久保が殺されたことを結びつけて、「警察では久保さんとこの男性との間で、何らかのトラブルがあった可能性も視野に入れ、捜査を進めるもよう」と書いた。

3

翌日の朝刊は東読新聞の「圧勝」だった。暮れなずむ山峡のダム湖を背景に、「救出」作業を行なっている写真がドカンと出た。見出しも記事も、伴島が送った文章を、ほとんどそのまま使っている。いつも必ず、なんのかんのとケチをつける前田デスクにしては珍しい。

その前田からは、朝一番に「トモさん、やったね」と電話が入った。

「これは局長賞間違いなしだな。それにしても、ホトケが寸又峡スカイホテルに偽名で泊まっていたやつで、おまけに駿遠テレビの久保記者の事件と関係があるって書いたのは、ウチだけっていうのがすごい。他社は頭にきてるぜ、きっと」

前田が言ったとおり、伴島が島田署に顔を出すと、刑事課長の会見に詰めかけた各社の連中が、いっせいに仏頂面をこっちに向けた。口もききたくないという顔ばかりだ。

「トモさん、やってくれたじゃないですか」

中静新聞の関川だけが、苦笑を浮かべながら声をかけた。

「えっ、何が？」

「ふん、とぼけちゃって。だけど、あそこまで書いて大丈夫なんですか？　さっき課長に会ったら、ひどく怒ってましたよ」

「ほんと？　そいつはまずいな、勇み足だったかな。だとしたら、これだよ」

手刀で首を切る真似をした。

「またまた、臭い芝居しちゃって」

しかし、記者会見に臨んだ刑事課長の竹内は、いつもの無愛想ながら、べつに怒った顔を見せなかった。甲高い声で、昨夜来の捜査状況を発表した。

「死亡していたのは、福島県会津若松市の川口元正、四十一歳。ただしこれは寸又峡スカイホテルに投宿する際、本人が宿泊カードに記載したもので、実際に同住所地に確認したところ、該当する人物の在住は認められませんでした。したがって、この人物は住所を詐称したか、あるいは氏名そのものも詐称である可能性があります」

「じゃあ、東読さんが書いた記事は当たっているわけですか」

誰かが憤懣《ふんまん》をぶつけるように訊いた。

「さあ、どのような記事が出たか、私は読んでおりませんが、事実はいま発表したとおりのものです」

竹内はシラッとした顔で答えた。

「次に、死因については、頭蓋骨《ずがいこつ》に陥没骨折があり、頸骨《けいこつ》が折れていること、また肺の内部に多少の水を吸い込んだ形跡があることから、頭から大間川に転落し、水底の石に頭部が激突したといったような状況が推定されます」

「というと、つまり飛龍橋か夢の吊橋から転落したっていうことですか？」

「そういうことも考えられます」

「ほかにも考えようがあるのですか？」

「捜査はあらゆる可能性を視野に入れて、慎重に進めております」

竹内はうるさそうに、しかし、ばか丁寧に応じてから、「次に」と言った。

「死亡推定日時ですが、諸般の状況から勘案して、当該人物がスカイホテルを最後に出た九月二十六日か、遅くともその翌日と推定されます」

「それじゃ、駿遠テレビの久保さんが殺されたのと、同じ頃っていうわけですか」

「まあそういうことですが、しかし、双方の関連については、警察としてはなんら把握してはおりませんので、軽々《けいけい》に憶測による報道をしないようにしていただきたい」

ジロリと伴島の顔を睨《にら》んだ。伴島は首をすくめ、おどけた表情で応じた。

「肝心なことをお訊きしますが」

関川が言った。

「これはやはり殺しと考えていいのですか」

「いや、現時点では殺人事件とは断定しておりません。事故、自殺および殺人事件のすべての可能性について調査中です」

刑事課長は席を立って、「以上です」と宣言した。

警察がこの「事件」を、公式にはまだ、久保が殺された「寸又峡殺人事件」と関連づけていないのは、記者会見の席に、捜査本部の主任を務める県警の守安警部が現れないことからも納得できる。もし関連があれば、同捜査本部扱いとなって、守安が会見に臨むはずであった。

報道関係者は不満そうに三々五々、警察署を出て行った。これではまるで、東読新聞の後追い記事しか書けないようなものだ。

「トモさん、まだ何か隠し玉を持ってるんじゃないでしょうね」

関川が寄ってきて、なかば真顔で伴島を問い詰めた。

「ないない、なんもないで」

伴島は目の前で右手をヒラヒラ振りながら言った。都合の悪いときになると、無意識に関西弁が出る。この癖を見抜いているのは、いまのところ妻の春恵だけだ。

何もないとは言ったが、むろん「隠し玉」はある。例の久保の撮った写真の整理がまだ半分残っていた。

伴島は通信部兼自宅に戻ると、昨日、現場で撮った「川口元正」の死に顔の写真を脇に置いて、久保の写真との照合作業をつづけた。寸又川の水温が低いせいか、死後一週間を経過している割に、死体の状態はそれほどひどくはなかった。かなり気味が悪いが、人相もまずまず判別できる。

しかし、久保の写真に写っている人物の中には、「川口」と思われる顔の持ち主は見当たらなかった。

考えてみると、久保が「川口」と接触したのは、千頭に到着した後だろうから、かりに久保が「川口」を撮ったとしても、やはりフィルムはまだカメラの中にあったということになりそうだ。

それにしても、久保が「面白い人に会った」と電話してきた相手が「川口」だとすると、伴島もこの人物を知っているはずだ。しかし、いくら写真を眺め、記憶を探っても、白茶けた死に顔に見覚えはなかった。水に浸かって多少はふやけたことを割り引いてみても、知らない顔にしか思えない。

伴島はひとまず写真の検分を諦《あきら》めて、寸又峡へ向かった。他社の連中はとっくに先行したか、情報を求めて走り回っているにちがいない。夕刊に間に合わせるためには、正午までが勝負だ。こっちは夕刊をパスするつもりである。どうせなら、朝刊の紙面を華々しく飾りたい。

案の定、伴島がスカイホテルに到着した頃には、各社ともすでに一時間以上も前にやってきて、高田支配人や部屋係の女性に取材攻撃していったそうだ。

昼を過ぎたばかり、チェックアウトからチェックインまでの、山の中のホテルではエアポケットのようなスーッと気の抜けた時間帯だ。ロビーには客の姿もなく、遠くから山鳩の啼《な》く声が聞こえてくる。

「ほかのお客さんのご迷惑にもなるし、仕事になりません」

高田はフロントカウンターの向こうで、浮かない顔をしている。

「そうでしょうなあ、こんな事件があると、キャンセルも出るかもしれない」

「そんな縁起でもないこと、言わないでくださいよ。寸又峡はこれから紅葉のシーズンで、書き入れ時なんですから」

「ははは、大丈夫ですよ。かえって面白がって、怖いもの見たさの客が増えるってこともあるだろうからね」

伴島は気休めに言ったつもりだが、高田は「そうなんですよ」と目を丸くした。

「物好きな方もいらっしゃるもんで、亡くなられた川口様のお部屋でいいから、泊めてくれとおっしゃいましてね」

「えっ、わざわざそういう注文をしてきたんですか？」

「いえ、そうではなく、本日は満室ですとお断りしたら、そうおっしゃって。まあ、そのお部屋は向こう二週間は空いてますので、それでよろしければとお受けしましたが」

「へえー、変わってますな。私はだめだな、悪い夢を見そうだ」

写真に撮った、白茶けてふやけた死に顔を思い出して、伴島はゾーッとした。

「ところで、その川口っていうお客、十日も前から泊まっていたってことだけど、ここで何をしていたんです？」

「小説をお書きになるというお話でした」

「小説？　作家ですか？」

「いえ、それがですね。テーブルの上に原稿用紙は載っていたのですが、部屋係がお掃除に入ったときに見た感じでは、あまりというか、まったくお書きにはなっていなかったようです。たぶん、小説家志望の方ではなかったのでしょうか」

「なるほど、そんなところかもね」

そうは言ったものの、伴島の感触としては（違うな――）だった。

「だけどその人、小説も書かないで、一日中、部屋でゴロゴロしていたわけじゃないでしょう」

「朝早くとか、お部屋掃除のときとか、たまに散歩に出かけられる程度で、ほとんどお部屋におられました。最後にお出かけになったのも午前七時過ぎ頃でして、いつもと変わりないご様子だったもので、べつに何の心配もしてなかったのですが」

「電話はどうでした？　どこかへ電話はしてなかったですか？」

「はあ、警察でもその点を訊《き》かれましたが、外線からは亡くなる何日か前から、何度かかかってきておりましたが、川口様のほうからは、どこへもお電話されたことはございません。もっとも、外出されたときに、どこかの公衆電話でおかけになっていればべつですが」

「ふーん、妙な人ですなあ」

電話をしなかったのは、おそらく、通話先の電話番号が記録されるのを恐れたからと考えられる。何かの犯罪組織に関わっていて、潜伏中だったのかもしれない。「麻薬密売組織」「蛇頭」といった、センセーショナルな見出しが頭をかすめる。

「外線からの電話は男ですか女ですか？」

「男の方からでした」

そのとき、玄関に七高部長刑事ともう一人、若い刑事が現れた。

「伴島さん、あまり荒らし回らないでもらいたいなあ」

無遠慮な大声をロビーにひびかせながらやって来た。

「ブン屋さんたちが温泉中を嗅《か》ぎ回って、お陰で警察が文句を言われてるんだから」

「そんなのは私には関係ないですよ。私はたったいま、ここに来たばかりです」

「だけどさ、元はといえば、あんたがああいう記事を書いたからじゃないの？　各社、焦りまくってるよ」

「ははは、分かりました、おとなしくしてますよ」

伴島は「まあまあ」と、七高の肩を抱くようにして、ロビーの応接セットに向かい、高田に「コーヒー三つ」と注文した。

「ところで七高さん、『川口氏』の身元はまだ分からないんですか？」

「ああ、まだ分からない。免許証も名刺も、身元が割れるようなものはいっさい、所持していなかった」

「だとすると、私が思うに、こいつは何かの犯罪組織と関係があるんじゃないですかね。たとえば麻薬の密売組織とか。それで、その川口っていう男は、ヤバい状態にあって、ここに潜伏していたとか」

「ふん」

七高は鼻を鳴らした。

「そんなことは、あんたに言われなくても、われわれはちゃんと考えてますよ。清水港では蛇頭がらみの、密入国事件も発生しているしね」

「そうでしたか、さすが警察ですね」

「あっ、だけど、これはオフレコにしといてもらわないと困るよ」

「分かってますって。そういう憶測記事は東読は書きませんからね」

「どうだかなあ」

「ははは、いや、約束しますよ。それとですね、もし麻薬がらみだとすると、川口がヤクを所持していたことも考えられるのじゃないですかねえ」

「ふーん、それで？」

「もしそうだとすると、そのヤクはどこにあるのかってことになるし、そいつを取り返しに、仲間がやって来るでしょう。現に、川口が死んじまった後も、チョクチョク電話がかかってきてたそうです。テキはそれこそ、焦りまくっているはずですよ」

「あんたそんなことまで聞き出したんですか。しょうがねえな」

七高は高田のいるフロントを振り返った。高田支配人はコーヒーの催促と勘違いして、「いま、お持ちします」と言った。

「じつはですね、それらしいお客が間もなくやって来ることになっているんですよ」

伴島はいくぶん声をひそめて言った。

「満室だって断ったら、川口の部屋でいいっていう注文だったそうだから、どうも怪しい。そう思いませんか?」

「なるほど……」

七高は深刻な顔を、部下の刑事と見交わして、「臭いな」と言った。

それから三人は、コーヒーのお代わりをしながら、張り込みをつづけることになった。伴島は邪魔にされたが、発案者は自分であることを主張して、居すわった。

午後二時半を過ぎて、「客」はやって来た。一人客の予約は一件だけだそうだから、三人にもすぐ見当がついた。想像していたのよりは、かなり若い。なかなかの長身で、顔も一見したところ、真面目そうなハンサムである。白いテニス帽にクリームがかった茶系統のブルゾン。だいぶ年代物のボストンバッグ一つの、身軽な出で立ちだ。

「客」はフロントへ行って、「けさ電話で予約した浅見《あさみ》ですが」と言った。バリトンのいい声であった。

4

七高と部下の刑事は立ち上がって、フロントへ向かった。伴島もあとに続こうとすると、「あんたはここ」と、七高が怖い顔で椅子を指さした。

「浅見」と名乗った客は、記帳をすませ、高田支配人から館内の説明を聞いてキーを受け取り、振り向いた。その鼻面に二人の刑事は立ちふさがった。

「ちょっとお邪魔しますが、よろしいですかな?」

七高が警察手帳を示した。

「あ、刑事さんですね」

客は笑顔で言い、「どうもご苦労さま」と頭を下げた。あまり驚いた様子はない。むしろ、刑事が現れるのを予測していたような印象だった。それからチラッと伴島のほうに視線を向けて、どういう意味なのか、かすかに会釈を送って寄越した。してみると、ロビーに入ってきた時点で、ここの三人を視野に収めていたらしい。

（油断のならねえやつだ――）

伴島はそう思ったが、それは七高も同じだったにちがいない。

ロビーにはここの、ラウンジともいえないような空間に二組の応接セットがある以外には、適当な場所がない。七高はちょっと思案して、観念したような仏頂面で、「客」を連れてやってきて、伴島のいる隣のテーブルに落ち着いた。多少は伴島へのサービスのつもりもあったかもしれない。

「じつは、ご存じかもしれませんが、この付近で殺人事件が起きております。あまりお時間は取らせませんので、恐縮ですが、捜査にご協力いただけますか？」

型どおりの切り出し方だ。

「ええ、もちろん協力させていただきます」

にこやかに頷《うなず》いた。虚勢を張っているようには見えない。相手が刑事だというのに、物おじする気配はまったくない。これが演技だとしたら、よほどしたたかなワルだろう。

客はあらためて「浅見光彦《みつひこ》」と名乗り、七高に名刺を渡し、ついでに免許証を示した。やけに手回しがいい。七高は「東京都北区西《にし》ヶ原《はら》――」と、伴島に聞こえるように読み上げた。

「年齢は三十三ですか、若く見えますね」

「よく言われます、おまえはまったく歳を取らない体質だなって」

「浅見さんのご職業は何です？」

「フリーでルポライターをやってます」

「ルポライター……」

七高は反射的に伴島をチラッと見た。「あんたの同業か」と、その目は言っている。嬉《うれ》しくない顔だ。

「そうすると、今回の目的は、この事件の取材ですか？」

「いえ、そういうわけではありません。僕は旅行ガイドと歴史物のルポと、あとは政財界人の提灯《ちょうちん》持ち記事のようなものが専門で、事件ネタは書きませんから」

「とすると、今回はその旅行ガイドの取材ですか？」

「ええ、まあ、それもあります。『ライフル魔事件のその後』といった、多少のふくらましもありますが、しかし、それはいわば口実のようなものでして……」

浅見は片目をつぶるようにして、いたずらっぽく笑って見せた。

「口実——というと？」

「つまりその、雑誌社を騙《だま》して、取材費を捻出《ねんしゅつ》するための口実というわけです」

「騙すって、それじゃあんた、詐欺じゃないですか」

「ははは、詐欺はひどいですよ。これが初めてというわけでなく、しょっちゅうやってることです」

「じゃあ、常習犯ですな」

「うわー、そうなりますか。業界の常識は世界の非常識ですかねえ」

まるで屈託がない。

「取材が口実だとすると、ほんとうの目的は何なのです？」

七高はいくぶんいらついて、訊いた。

「そうですね、どうしようかな……」

浅見は腕組みをして、しばらく躊躇《ためら》った。言うべきか言わざるべきか、迷っている様子だ。待っている七高の膝《ひざ》が小刻みに貧乏揺すりを始めた。

「事件のことをですね、調べに来ました」

「は？」

とたんに貧乏揺すりが止まった。

「あんたさっき、事件の取材に来たんじゃないって言わなかったですか？」

「ええ、そう言いましたよ」

「ということは、やっぱり本当は取材で来たってことですか」

「取材じゃなく、調べに来たのです」

「どう違うんです？」

「ぜんぜん違いますよ。取材は記事にしますが、さっきも言ったとおり、僕は記事にする目的はまったくないのですから」

「ふーん……じゃあ、調べてどうするつもりですか？」

「それはもちろん、事件の真相を解明したいと思っていますが」

「はあ……」

七高は少し緊張感の抜けた顔になった。

「事件の、真相を、解明、する、ですか」

一語一語、確かめるように反芻《はんすう》した。

「ええ、そうです」

「何のために？」

「は？」

「ですからね、事件の真相を解明して、どうしようっていうんです？」

「どうしようって……失礼ですが、警察は事件の真相を解明しようとしているのではないのでしょうか？」

「ん？　そんなこと、当たり前でしょう。警察はそのつもりでおりますよ」

「何のためにですか？」

「はは、それはいうまでもなく、事実関係を特定し、犯人を逮捕するために決まってます。といっても、本件が殺人事件であれば、の話ですがね」

「だったら僕も同じです。事実を調べ、犯人を探し出します。しかし、今度の事件はともかく、一週間前の事件は殺人と断定されたのではありませんか？」

「ほう、それじゃあんた、そっちの事件も調べに来たのですか」

「いえ、結果としては両方だと思いますが。二つの死亡事件が無関係ということはないのでしょう？」

「それで、両方の事件の犯人を探し出そうっていうわけですか」

七高が呆《あき》れて、笑いを堪《こら》える様子を見せているのに、浅見は真面目くさって、「そうです」と言った。

「どうやって？」

「それはこれから考えます。何しろ、僕はまだ新聞の記事しか読んでないのですからね。しかし、新聞の中では東読のものがもっとも核心を衝《つ》いているようです。あの記事の印象からいうと、僕の勘ですが、ことによると東読の記者は、まだ何か摑《つか》んでいると思います。警察を出し抜くつもりでいるかもしれません」

「ふーん、そういうもんですかなあ……」

七高が伴島をジロリと睨《にら》んだ。伴島は慌てて首を振り、そっぽを向いた。

「警察を出し抜くなんてことが、できると思いますか」

「それはなかなか難しいでしょうけれど、しかし時と場合によっては、それに運がよければ、できることもあるでしょう。東読の記者は優秀な人らしいし、それに、他社にはない情報をキャッチしていますからね」

「ほう、そんなことがどうして分かるんですか？」

「まあ、あの記事を見ただけでも分かりますが、けさこのホテルに予約の電話を入れたとき、訊いてみると、他社の記者連中は朝一番から殺到しているというのに、東読新聞だけはまだ現れないっていうんです。ああ、これは何か摑んでいて、他社とぶつかるのを避けているなって思いましたよ」

「摑んでいるって、何を摑んでるんですかなあ？」

「そこまでは分かりません。しかし、想像で言うなら……」

浅見は視線を宙に彷徨《さまよ》わせてから、「いや、やめておきましょう」と言った。

「やめないで、言ってくれませんかね」

七高の声が大きくなった。言わねえと連行するぞ——とでも言いそうな口調だ。フロントの高田がビクッと、こっちを窺《うかが》った。

「そうですね、それじゃ言いますが、あくまでも憶測ですから、見当外れでも笑わないでくださいよ」

浅見は笑いを含んだ声で言った。

「第一の事件の被害者――久保さんと、今回亡くなった川口さんとのあいだに、何らかの接点があっただろうというのは、僕でも推測できるのですが、それが具体的にどういうものなのかを、東読の記者は気がついているんじゃないかと思うんです。それが何かは、それこそさらに憶測になりますが、たぶんカメラでしょうね」

「カメラ？……」

七高はとぼけて見せているが、伴島の目から見ても、いかにもわざとらしい。

「というより、撮られた写真が問題なのかもしれませんね。久保さんは、犯人にとって都合の悪い写真を撮っていて、それを奪おうとした犯人によって殺害された――と考えているのじゃないでしょうか」

「なるほど……だけど、その程度のことなら警察だって、ちゃんと把握してますがね」

「もちろん、それはそうだと思いますが、ただ、警察は写真を詳細に調べてみましたか？　そこに写っている人物を事細かに調べましたか？」

「ん？　ああ、それはまあ、いちおうやってますよ」

七高は自信なげに答えた。

「それならいいのですが、たぶんそこには川口さんは写っていなかったでしょうね？」

「え？　いや、それはどうかな。私は担当じゃないので、知りませんがね」

「そうですか。しかし、東読の記者はそのことを知っているんですよ、きっと」

「ふーん、なるほどねえ、そう言われればそうかもしれませんな」

またしても七高は、険しい目を伴島に向けた。

「だけど浅見さん、川口さんが写っていなかったってこと、なぜ分かるんです？」

「だって、川口さんがこのホテルを出て行ったのは、早朝だったそうじゃないですか。ところが久保さんは午後一時半頃に寸又峡温泉に着いたのでしょう。どう考えたって、二人には接点はありませんよ」

「そんなことは分からんでしょう。川口さんがホテルを早朝に出たからって、二人がどこかで出会わなかったということにはならない。温泉街をブラブラしていたか、あるいは千頭かどこかへ出かけて行ったのかもしれんじゃないですか」

「えっ？　そんなことありえないでしょう。だって、川口さんは朝早くには、すでに飛龍橋のある遊歩道に入っていたはずなんですから」

浅見はびっくりした目で七高を見た。

（おかしなことを言う人だな――）と言わんばかりだ。しかし、それはむしろ七高のほうの気持ちだったらしい。

「はあ？　朝早くに遊歩道に入ったなんて、どうしてそんなことが言えるんです？

それじゃあんたは、川口は朝から久保さんが来る二時過ぎまで、ずーっと遊歩道にいたとでも考えてるわけですか？」

「まさか……」

浅見は呆れて、しばらく絶句してから、「あっ」と気がついたように言った。

「そうだったんですか。刑事さんは、久保さんと川口さんは、一緒に飛龍橋から大間川に転落したと考えているんですね？」

「ん？　ああ、ようやくそこに気がつきましたか。そのとおり、われわれはそのように推理しておりますよ」

七高は得意げに胸を張った。それは伴島も同じ気持ちだ。「若いの、そこまでは気がつかなかっただろう」と言ってやりたい。

「あんたもさっき言ったように、川口は久保さんに写真を撮られて、それを奪い返そうとしたんでしょうな。それで揉《も》み合いになったか、あるいは最初から殺意があったか、とにかく誤って二人とも飛龍橋上から転落してしまった——というのが、われわれの推理ですよ。ただし、これはまだ仮説でしかありませんがね」

七高は伴島が言ったことを、ほぼそのまま引用して解説した。「仮説」などといちおう謙虚なところも見せてはいる。

「なるほど、そうお考えになるのはよく分かります。しかしそれは違うでしょうね、たぶん」

浅見は右手をゆっくり横に振った。とたんに七高は不愉快な顔になった。

「違う？　どこがどう違うっていうんですか？」

「最初の仮定からして違いますよ。川口さんは朝早くホテルを出た足で、真っ直ぐ飛龍橋へ行ったのだと思います」

「そんなばかなこと……誰か目撃者でもいるっていうんですか？　警察がローラーで聞き込み捜査をした結果、誰一人目撃者が現れなかったのだけどね。この狭い寸又峡温泉で、ただの一人も、ですよ」

「ほら、やっぱりそうでしょう。だから僕はそう思ったんです。目撃者がいないから、真っ直ぐ飛龍橋へ向かったと」

「どうも、あんたの言うことはさっぱり理解できないね。誰も目撃者がいないのに、それだから真っ直ぐ飛龍橋へ行った？　どういう意味です？」

「困ったな……」

浅見は当惑げに苦笑して、首をかしげてから、「それじゃ、そのことを確かめに行きましょう」と立ち上がり、さっさと玄関へ向かって歩きだした。

「あ、あんた、浅見さん、勝手に行ってもらっちゃ困るんだけどね」

逃げられると思ったのか、七高は部下に目配せして、自分も浅見の後を追った。

記憶のトンネル

1

寸又峡スカイホテルから坂を下ってほんの数分のところに、寸又峡遊歩道への入口にあたる環境美化募金案内所がある。浅見光彦は二人の刑事と、それから少し離れた伴島を従えるような足取りで、さっさと歩いた。伴島の目には、彼がこの道行を楽しんでいるようにしか見えなかった。

案内所には例によって老人が一人、詰めていた。営林署を二十年近く前に定年退職したと聞いたことがある。いつも開けっ放しの窓の向こうに、片肘《かたひじ》に顎《あご》を載せる恰好《かっこう》で、訪れる客たちを待っている。

窓の外の棚に募金箱がある。その脇に「環境保護のためのご寄付のお願い」と書いたビラが置いてあって、老人が一人一人にビラを渡す。

べつに強要されているわけではないのだけれど、たいていの人間はなにがしかの寄付を募金箱に入れて行く。

浅見はツカツカと案内所に近づいた。ズボンのポケットから無造作に硬貨を取り出すと、募金箱に落とした。それから老人の差し出すビラを受け取り、「こんにちは」と挨拶《あいさつ》をした。

「いつもここに詰めているんですか？」

「ああ、毎日きてますよ」

「ご苦労さまです。朝は早いのですか？」

「朝は八時から。夏休みの季節だと、もうちょっと早いけどな」

「一日に何人くらいの人が通って行くのでしょうか？」

「そうだねえ、多いときは何百人と通るが、ふつうの日は二、三十人かな。ぜんぜん通らん日もありますけどね」

「通った人の顔なんて、憶《おぼ》えているものでしょうか？」

「ん？　人の顔かね……」

妙なことを訊《き》く――という顔をしたが、後ろに顔見知りの刑事と伴島がいるのを見て、質問の意図が分かったらしい。

「あれかね？　昨日、見つかった仏さんのことを言っておられるのですか？」

「ええ、そうですそうです」

浅見は嬉《うれ》しそうに言っている。

「その人のことだったら警察にも訊かれたが、憶えていないですよ。入って行くときは顔も見るもんで、一人か二人で入って行った人のことは、たいていは憶えているものだが、どうも、あの人のことは憶えていなかったですなあ。もっとも、死に顔は変わってしまったのかもしれませんがね」

「朝早いうちに通過して行ったということも考えられますね」

「ああ、それは考えられます。けど、警察の話だと、あの人が通ったのは、午後になってからだということだったが」

老人は怪訝《けげん》そうな目を刑事に向けた。

「一週間前に殺された久保さんのことは憶えていましたか？」

「ああ、あの人はテレビの人で、前にも二度ばかり来たことがあったからね」

「久保さんは一人だったのですね？」

「一人でしたよ」

「その前後に、一人で通った人はいませんでしたか？」

「それだけどねえ、わしはいなかったと思ってますよ。入って行くのも出て行くのも、団体さんは通ったが、一人の人はいなかったような気がしているのだが、警察の人に言わせると、そうでなかったみたいだね。昨日死体で見つかった人が通っているはずだとか……まあ、そう言われると自信はないですな。うっかりしているうちに、誰か通って行ったのかもしれんし」

浅見の背後にいる刑事の存在を意識して、得心したような話し方をしているけれど、老人の本心は不満らしい。

浅見は老人に礼を言い、刑事には目もくれずに遊歩道を歩き出した。二人の刑事は慌ててそれにつづき、伴島も少し間を詰めて追随した。

やがて遊歩道の正面に姿のいい山が立ちふさがるように聳《そび》えるところに来た。地元では「天子《てんし》」と呼んで親しんでいる山だ。「天子山」ではなく「天子」というところが面白い。何か言い伝えがあるにちがいないのだが、伴島が以前、取材して歩いたときには、知っている者がいなかった。

昭和の初め頃、営林署が天子にトンネルを通して、森林鉄道を敷設《ふせつ》した。昭和四十三年に鉄道は撤去され、その跡地が遊歩道になった。トンネルの長さは二百十メートル。遊歩道でこれだけの規模のトンネルを有しているところは、ほかにはあるまい。トンネルを抜けると、温泉街からいきなり深い渓谷に分け入ったような感動を味わうことができる。それも寸又峡の人気の一つだ。

浅見はトンネルの手前で立ち止まり、振り向いて言った。

「案内所のご老人は、久保さん以外、一人で通った人はいなかったと言ってますが」

「それはだから、じいさんの記憶違いか、見落としだったということでしょう」

七高部長刑事が、面倒くさそうに応じた。

「本人もそう言っていたじゃないですか」

「いや、あの口ぶりは、必ずしも納得している感じではなかったですよ。刑事さんに問い詰められて、押しつけられて、そう答えたのじゃないですかねえ」

「しかし、いずれにしても川口元正という男が通ったことは間違いないでしょうが」

「ですから、それはご老人がまだ出勤していない、朝の早いうちだったと考えれば、説明がつきます」

「それだと川口は、その後七時間近くものあいだ、飛龍橋で久保さんを待ち受けていたっていうことになるって言ったでしょう。そんなことは考えられん。第一、その間誰にも目撃されないはずがないですよ」

「そうじゃないんです」

浅見は少し焦《じ》れたように手を横に振った。

「久保さんは川口なる人物には会っていないんですよ。久保さんと川口氏が一緒に大間川に転落したと決めつけないでください」

「じゃあ、あんたはどうだと言うんです？　久保さんと川口は別々に落ちたとでも？」

「落ちたのではなくて、落とされたのでしょう。つまり、久保さんも川口氏も、第三の人物によって飛龍橋から突き落とされたと考えれば、すべてが説明できます」

「それはまあ説明はできるかもしれないが、しかし、そういう人物がいた気配は、いまのところまったくないですからなあ。案内所の老人も久保さんが通った前後には、一人客は通っていないと言ってるくらいです」

「一人客は通らなかったけれど、グループ客は通っていますよ」

「ふーん、すると犯人はグループだっていうんですか。そんなこと考えられんなあ」

「そうじゃありません。グループに紛れて通った可能性があると言っているんです。団体客とくっついて通過すれば、ご老人には団体の一員にしか見えません。警察はそれらしいグループがいたかどうか、調べてみたのでしょうか？」

七高と部下は顔を見合わせている。そういう作業はまだやっていないはずだ。

「そうですよ、この人の言うとおりだ」

伴島は思わず口走って、浅見に近づいた。

「私は……」

ポケットの名刺を探っていると、浅見がすかさず「東読新聞の伴島さんですね」と言った。

「えっ、どうして？」

「久保さんの奥さんに聞きました。いろいろ親身になって面倒を見てくださると、感謝していました」

　伴島は顔から火が出る思いがした。親身になるどころか、こっちには見え透いた魂《こん》胆《たん》があったのだ。写真集をつくりたい——と嘘をついて、写真を借りてきたことなど、久保未亡人から聞いて、この男はどう思っているのだろう——。

「東読新聞の記事には感心させられました。他社を圧倒して、核心を衝《つ》いています。あの記事を書いた方に、ぜひお会いしたいと思っていました。浅見といいます、どうぞよろしくお願いします」

　出された名刺には肩書がない。一匹狼のライターなのだ。「東読」という大きな看板を背負っていると、こういうフリーライターに対しては優越感を抱くものだが、この相手には気圧《けお》されるものを感じた。

「いや、こちらこそよろしくお願いしますよ。浅見さんが言ったことは、いままでたぶん、誰も気がつかなかったんじゃないかな。私なんか、久保さんと川口っていう男が一緒に転落したと思いついて、有頂天になっていましたからね」

「ちょっと待ってくれないかな」

　脇から七高が割って入った。

「そういう勝手な話をしてもらっちゃ困るんだけどねえ。伴島さんはここにいないはずの人間なんだからさあ」

押し退けるようにされて、伴島は一歩二歩あとずさった。

「浅見さん、あんた久保さんの家に行って取材したんですか」

七高は訊問《じんもん》口調で言った。

「いや、取材に行ったわけじゃありません」

「しかし、久保さんの奥さんに聞いたって言ったじゃないですか」

「それはそうですが、取材ではありません。奥さんに相談されただけです」

「相談？　どういうことです？　久保さんとはどういう関係なんですか？」

ことと次第によっては、浅見某を重要参考人として調べかねない様子になった。

「久保夫人の香奈美さんとは、高校のときの同窓でして、文芸部でも一緒だったのです。その関係で僕のことを思い出してくれたのでしょう。一昨日、手紙が来ましてね、ぜひ相談に乗ってほしいということでした。それで昨日、久保さんのお宅を訪問して、事情をお聞きしたのです。なんでも久保さんには少し前に、ニュース報道をめぐる不祥事があったのだそうですね。そのことで名誉が失墜しているところにもってきて、今度の事件が起きて、またありもしないことをいろいろ憶測され、辛《つら》い思いをしているのだそうです。一刻も早く事件を解決して、犯人を明らかにしてほしいと……」

「ちょっと待った」

七高がまた嚙《か》みついた。

「それじゃまるで、警察が何もしていないみたいじゃないですか。久保夫人は警察の捜査を信用していないというわけですか？」

「そうは言ってません。警察の捜査は捜査として、僕にも何かできないか期待しているのでしょう。ほら、溺《おぼ》れる者はワラをも掴《つか》む——というじゃないですか、あれですよ。僕はワラなんです」

「ワラでも何でも、そういう素人さんが捜査に介入してくるのは、われわれとしては非常に迷惑なんだ。奥さんに何を頼まれたかしらんが、捜査の邪魔をしてもらっては困りますな」

「邪魔なんかしてませんし、するつもりもありません。むしろお手伝いしたいくらいなものです」

「だからァ、それが邪魔だと言ってるんですよ。事件のことは警察に任せておいてもらいたい」

「それはおかしいですねえ」

「何がおかしいって？」

「警察は折にふれて市民に協力を呼びかけているじゃないですか。手配写真なんかに『この顔にピンときたら一一〇番』なんていう標語があるくらいです」

「それはたしかに、情報は寄せてもらいたいですよ。しかし捜査そのものは警察の手に任せてもらいたい。余計な口出しは捜査を混乱させるだけです」

「余計な口出しはないでしょう。伴島さんにしても、警察の気がついていないこと——つまり、久保さんの撮った写真に着目しているじゃないですか。それに対して警察は、写真を手にしながら、まったく無視してしまったでしょう。もしかすると、写真の中に、久保さんの知っている顔が写っているかもしれないのに、奥さんにそのことを訊いてみようともしていないというのですから、僕はそれを聞いて驚きましたよ」

「そう、そのとおり！」

伴島は七高の背後から大声を上げた。七高は苦い顔を振り向けて、伴島を睨《にら》んだ。

「いや、浅見さんの言うとおりですね。警察といえども、気づかないことやうっかりミスというのは、必ずあるもんです。それに、私は、久保と川口が揉《も》み合っているうちに転落した——なんていう状況を想定したが、浅見さんがさっき言ったような、第三者の存在を想定したほうが、はるかに整合性がありますよ。そのセンで捜査の方針を切り換えたほうがいいんじゃないですかなあ」

「だから、そういうことはだね……」

七高が何か言いかけるのを制するようにして、伴島は言った。

「分かってますよ。これ以上は口出ししませんがね。だけど浅見さん、今後どうすべきだと考えますか？」

「そうですね。差し当たって、まずは犯人が通ったと思える時間帯――つまり久保さんが通った直後に、遊歩道に入ったグループ客の特定を急ぐべきだと思います。グループに紛れていた人物のことを、誰かが記憶しているかもしれません」

「なるほど、そのとおりですな。そういうことですが、ナナ長さん」

七高は腕組みをし、顔を歪《ゆが》めて、かなり長いこと押し黙っていたが、やがて腕組みと顔の歪みを解いて言った。

「分かりました、いまの話を捜査会議で進言してみますよ。しかし、あんたたちはこれ以上、捜査に介入することはやめていただきます。とくに浅見さん、あんた、被害者宅を訪問するようなことはやめてもらいたい。それと、この件については、捜査が進展するまで、記事にしないでいただきたい。犯人側に警戒されますからね。いやもちろん、そういう犯人がいると仮定しての話だが……よろしいですな」

「ははは、まあいいでしょう。私としては捜査を妨げる気はないのだから。浅見さんもよろしいですね？」

「ええ、まあ……」

浅見は頷《うなず》いたが、心底から納得したわけではなさそうに見えた。

2

「考えてみると」と、七高は浅見を睨んでいた目を伴島に向けて、言った。

「久保さんがあんたのところに電話して言っていた『面白い人』っていうやつ、それが川口でないとすると、たしかにもう一人の人物がいる可能性はあるってことだなあ」

「そうですね。私は川口なんて男には見覚えがありませんから、久保の言っていたのは、そのもう一人の人間のことだったかもしれない」

脇で二人のやり取りを興味深そうに聞いていた浅見が、「その話、聞かせてください」と言った。

そのときになって七高は（しまった――）という顔になった。浅見の存在を忘れて、うっかり口を滑らせたのか、それともわざとそうしたのか、どっちにしても、刑事を職業にしている割に、根は気のいい男なのだ。

伴島は浅見に「面白い人」についての説明をした。死の直前に伴島の妻に電話で「面白い人に会った」と伝えてきた久保の言葉は、浅見の仮説を裏付ける可能性が強い。浅見は満足そうに頷いていた。

「それで何か分かりましたかね？」

七高が少し小馬鹿にしたように、しかしかなり気掛かりそうに、訊《き》いた。

「いいえ、ぜんぜん分かりません」

浅見があっけらかんと答えると、七高は安心したらしい。

七高と彼の部下は、天子のトンネルの手前から引き返したが、浅見がこの先の飛龍橋や夢の吊橋を見物したいというので、伴島もそれに付き合うことにした。

七高は十歩ほど行ったところで振り返り、「今日のことはくれぐれも記事にしないように」と念を押した。よほど気にかかってならないのだろう。

トンネルの中は冷たい風が吹いていた。

「うわー、寒いくらいですね」

浅見は無邪気な声を出して、ブルゾンの襟を立てた。伴島はその様子を眺め、好意的に笑いながら、言った。

「いや、いまはまだこの程度だが、冬になるとすごいですよ。真冬にこのトンネルを抜ける風を『天子の鬼の風』別名『竜神《りゅうじん》の風』といいましてね、その風に触れると、無病息災の願いが叶《かな》うといわれています。どっちかというと、無病息災というより、風邪を引きそうな感じですがね」

トンネルを抜けると、左の平坦路《へいたんろ》は飛龍橋へ、右に坂を下ると夢の吊橋へ行く岐《わか》れ道にさしかかる。通常は夢の吊橋を先に渡って、余力のある者はさらに飛龍橋へ行くコースをグルッと回ってくるのだが、浅見は迷うことなく飛龍橋への近道を選んだ。

森を出ると、ヒョコッという感じで飛龍橋が現れる。眼下は落ち込むような渓谷だ。浅見はそれまでの颯爽《さっそう》とした印象を裏切って、おっかなびっくり、腰が引けた恰好《かっこう》で橋の下を覗《のぞ》き込んだ。低いコンクリート製の欄干からは一メートルも後ろへ下がったところである。

伴島が無造作に、欄干に手をついて下を見下ろすと、浅見は自分が落ちそうな気がするらしく、「危ないですよ」と不安げな声で言った。

「ははは、浅見さんは高所恐怖症ですか」

「ええ、高いところは苦手です。超高層ビルも飛行機も、なるべくなら願い下げにしたいほどです」

「へえー、飛行機が嫌いで、よく旅のルポライターが務まりますな」

「狭い日本です。そんなに急ぐことはないでしょう。沖縄や離島でないかぎり、新幹線で十分ですよ」

交通安全の標語のようなことを、むきになって言うのがおかしい。伴島は浅見という男がますます好きになった。

「この低い欄干なら、その気になれば簡単に突き落とせますね」

浅見はいっそう尻込《しりご》みしながら、深刻な顔で言った。

「犯行は一瞬の出来事でしょう」

「浅見さんがそういうと、なんだか既成事実のように聞こえますね」

「えっ、既成事実ではないのですか？」

「いや、警察は必ずしもそう思っていない部分がありますよ。まだ自殺だとか、過失だとかいう説もあるし」

「ああ、さっきの、二人が揉み合って落ちたという話ですか。あれは違いますよ。犯人はまったく別の第三者です。それはもうはっきりしているのです」

二人が揉み合って——というのは伴島が考え出した仮説だが、浅見がそんなふうに断定的に言うと、抵抗できないものを感じるから不思議だ。

浅見は飛龍橋を見ただけで満足したのか、「帰りましょう」と、トンネルの方角へ歩き出した。

「夢の吊橋はいいんですか」

浅見に肩を並べて、伴島は訊いた。

「ええ、犯行現場はここですから」

もはや用済みということか。寸又峡随一の観光の目玉も、彼には興味がないらしい。もっとも、吊り橋を渡るのが怖いというのが本音かもしれない。

「これで、どんなことが分かったんです？」

伴島は自分よりはるかに若いルポライターを試すように、言った。

「そうですねえ、事件の概要——何があったのかはおおよそ分かりました」

「ほう、何があったのですか？」

「犯行当日の朝、川口という人はスカイホテルを出て、飛龍橋へ向かっています。それと前後して、あるいは川口氏と一緒かもしれませんが、犯人も飛龍橋へ行ったのですね。そこで二人が落ち合うとすぐ、犯人は川口氏を突き落とし、急いで現場を立ち去った。おそらく案内所に例のご老人が詰める前に遊歩道を出たはずです」

「なるほど、それで川口は殺せたとして、久保の事件はどうなりますかね？」

「犯人が久保さんと出会ったのは、時間的にみて千頭駅ではないかと思います。そして、久保さんが寸又峡温泉に着くまでの時間ロスを計算すると、たぶん二人は食事を共にしていますね」

「というと、久保と犯人は親しい間柄だったわけですか」

伴島は驚くというより、浅見の大胆すぎる仮説に呆《あき》れた。

「親しかったかどうかは分かりませんが、少なくとも、伴島さんのお宅に『面白い人に会った』と報告したくなる程度の知己であったことはたしかでしょう」

「それなんですがね、どう考えても久保が私のところにそう言ってくるような相手が思いつかないのですよ。いや、もちろん私と久保に共通した知り合いは沢山いますよ。だけど、よりによって私に——というのが分からない。記者クラブの仲間はほかに大勢いるし、それ以前に彼の会社の人間が無数にいるのですからね」

「つまりそれは、伴島さんだけにしか通じない相手だったことを意味しています」

浅見はじつにあっさりと断定した。当たり前のことのようだが、そんなふうにスパッと断定されると、いっそすっきりして、無駄な憶測など吹っ飛んでしまうから妙だ。それにしても、七高には「何も分かりません」などと言っていたくせに——と、伴島は浅見という男の意外なしたたかさを見たような気がした。

「やっぱりそうなりますかねえ。しかしそんな人間がいるかなあ？……」

伴島は足を止めて、天を仰いだ。

「いるのですよ、きっと」

浅見は二、三歩行き過ぎて、振り返った。

「それも、伴島さんが『面白い人』として久保さんに紹介した人物なのでしょう」

「面白いねえ……そんな紹介の仕方をするような、ひょうきんなやつはいませんがねえ」

「面白いといっても、笑わせるような人物のこととは限らないでしょう。変わった人とか、傑出した人物とか、あるいは意外な人という場合にもそういう言い方をします。

久保さんはそういう意味で『面白い人』と言ったのかもしれません」

「なるほど……」

伴島はようやく歩を進めた。

「そういうことだとして、犯人と久保はそれからどうなったのですかね？」

「久保さんは犯人の写真を撮っていますよ、きっと。記念の写真を撮って、後で伴島さんに見せるつもりだったかもしれない。犯人としてはそれは困る。なにしろその日、寸又峡にいたことが分かっては具合が悪いのですからね。それで、二時過ぎに飛龍橋で落ち合う約束をして、いったん別行動を取ったのでしょう」

伴島の脳裏に、「犯人」と別れて寸又峡温泉へ向かい、喫茶店「チータ」に入って行った久保の姿が浮かんだ。そこで久保は店の電話から伴島宅に電話している。もしもそのときに伴島が自宅にいれば、犯人の名前を聞くことができたのだ。

いまさらながら、伴島は無念の想いを嚙《か》みしめた。

「犯人は周辺に誰もいないチャンスを狙って、飛龍橋上で待つ久保さんに近づき、川口氏のケースと同じ手口で突き落とした……」

浅見は夢見るような遠い目を、天に向けながら喋《しゃべ》っている。

「そうして遊歩道のどこかで時間をつぶし、グループ客がやって来るのを待ったのです。案内所のところを遊歩道に入って来るときもそうしたにちがいない。グループの一員であることを装って案内所を通過すれば、あのご老人の記憶には残りませんよ」

「しかし、じいさんの記憶には残らないにしても、グループの連中の誰かが犯人を見ていることになりはしませんか？」

「もちろんその危険性はあります。しかし、かりに見られていたとしても、警察の捜査が犯人に到達するおそれはほとんどないと考えたのでしょう。現にそれどころか、警察がグループ客に着目することさえなかったじゃありませんか。今後の捜査でグループが特定できたとしても、彼らの記憶はすでにあいまいになっています。犯人を特定するような特徴は絶対に出てこないと思いますね」

まるで犯人の無事を確約するような、自信たっぷりの口調だった。


スカイホテルに戻ると、浅見はフロントの高田支配人をつかまえて、「川口元正」の行動を問いただした。むろん伴島もそれに付き合っている。高田は川口が一ヵ月分の宿泊料を前払いしていたことや、外部からの電話は、最後のほうの二、三日を除けば、まったくなかったことを話した。それらのことはすでに警察に伝えてあるし、報道関係者も把握している。

「川口氏が外部に電話したこともないのですね？」

浅見は訊いた。

「はい、そのことも警察には話してありますが、当ホテルの交換を通しては電話しておりません。公衆電話を利用なさる場合でも、外へ出られて、どこかの電話をお使いになっていらっしゃったようで」

「なるほど、かなり用心深く行動していた様子ですね」

浅見は思案して、訊いた。

「公衆電話の通話記録というのは、ＮＴＴに残っているものでしょうか？」

「さあ……」

「伴島さんはご存じないですか？」

「いや、私も知りませんなあ」

「ちょっと訊いてみましょうか」

浅見は高田に頼んで、ＮＴＴに電話を繋《つな》いでもらった。その結果、公衆電話の通話記録といったものは、まったく残っていないという返事であった。

「となると、そのセンから川口氏の身元確認はできないということになりますね」

「そのことは警察も承知しているでしょう。したがって、目下は全国警察に行方不明者の照会を手配して、その結果待ちというところじゃないですかね。外国人でもないかぎり、存外、早い段階で身元が割れると思いますけどね」

伴島が言った。「蛇頭」の事件を意識している。

「外国人ではないのですね？」

浅見は高田に確かめている。

「いえ日本人の方だったと思います。ただ、ちょっと言葉に東北弁のような訛《なま》りがあったような気がいたしました。それで福島県とおっしゃったのは嘘ではないのでは――と思った次第です」

「なるほど……さて、それではお部屋に案内してもらいましょうか」

「はいかしこまりました……ですが、お客さまは本当にそのお部屋でおよろしいので？」

「ええ僕は構いません。それより、警察のほうは、その部屋を使うことを了解しているのですね？」

「はい、じつは一昨日まではそのままの状態にしておくように言われておったのですが、昨日、きれいにお掃除をいたしました。ですが、もしなんでしたら、他のお部屋に替えさせていただいても結構ですが」

「あれ？　たしか他の部屋はないと言ってたのじゃありませんか？」

「いえ、それがですね、今日の午後になりましてからキャンセルがございまして。やはり事件のあった関係ではないかと思いますが」

「そうですか……しかし僕はやはりその部屋に泊めてもらいます」

浅見がその部屋に固執するのは、何か理由がありそうだと思って、伴島も高田と一緒に浅見にくっついて部屋まで行った。

部屋はこのホテルでは最上級だという、しかし八畳の部屋があるきりの、殺風景な和室だった。浅見は部屋のドアが開くと、首だけ突っ込んで内部を見回してから、中の臭いを嗅《か》ぐような慎重さで足を踏み入れた。

「警察はどの程度、この部屋を調べたのでしょうか？」

浅見は高田に訊いた。

「いえ、お手荷物などを持って行った以外、ほとんど調べてないようでした」

「ふーん、ずいぶん呑気《のんき》なものですねえ。天井裏も調べていないのですね？」

鋭い目を天井に向けて言った。

3

高田支配人の説明によると、部屋には最近のホテルならたいていは置いてある小型金庫のようなものはなく、貴重品類はフロントに預ける仕組みになっているのだそうだ。

しかし、川口はそれらしいこともしていない。警察が持ち去ったという、やや大きめのボストンバッグだけが手荷物で、中には所持金が二十数万円と、着替えや洗面道具、薬などが入っていた。

　川口はワイシャツなどはクリーニングをフロントに依頼し、新しいのを一枚買ってもいるが、下着は自分で洗濯していたようだ。ちなみに、ワイシャツにあったと思われるクリーニング屋の名前の縫い取りは、ホテルでクリーニングに出す前に取り除くという用心深さであった。

「天井裏に上がる口はありますか？」

　浅見は訊いた。

「はい、押し入れの中にございます」

　高田は半間だけの小さな押し入れの引き戸を開けた。中は二段になっていて、上段は横棒を取り付けハンガーをかけてクローゼット代わりにしてあり、下段には布団がぎっしり詰まっている。

　浅見は上段に上がって、天井の隅の板を脇にずらした。伴島のいるところから屋根裏が黒々と見える。そこに首を突っ込んで見回し、すぐに「あっ、ありましたよ」と言った。嬉《うれ》しそうだが、予想どおりだったらしく、べつに叫ぶほどの感激はしなかった。

　手を差し延べて、何やら茶色がかった紙包みを引っ張り出し、身軽な仕種《しぐさ》で床に飛び下りた。高所恐怖症といっても、この程度の高さなら、恐怖感はないのだろう。

浅見は紙包みをテーブルの上に置くと、自分のバッグからカメラを取り出して、いろいろな角度からシャッターを切った。紙包みを動かすときなどには、指紋を消さないよう、気を配っているのが分かる。

（この男、ただのルポライターじゃないな――）と、伴島はひそかに思った。

「中身は何ですかね？」

浅見の真似をして紙包みをカメラに収めてから、伴島がそう言うと、浅見はこともなげに「札束でしょう」と答えた。

高田が「えっ」と腰を引いた。まったく度胸のない男だ。

「持った感じでは百万ということはない、二百万円程度はありそうです。もっとも、僕はそんな金を実際に持った経験がありませんけどね」

「開けてみましょうか」

伴島が言うと、浅見は首を振った。

「いや、それはまずいでしょう。指紋の採取など、警察のやりたいことがあるでしょうから。それより、七高さんに連絡して、引き返してきてもらいませんか」

伴島は部屋の電話を使って島田署に連絡した。刑事課長は何の用かしきりに知りたがった。説明すると他社に漏れるおそれがある。「大切な物を忘れたって伝えてください」と怒鳴るように言って、電話を切った。

待つ間もなく、七高から電話が入った。いま千頭を通過したところだという。なんだか知らないが、刑事課長にとにかく電話してみろと怒鳴られたとかで、七高までが不機嫌そうだった。

川口の泊まった部屋の天井裏から、札束が発見されたと告げると、「おい、それはほんとか？」と怒鳴った。ひとを部下か何かと勘違いしている。

「それじゃ、これから直ちにそっちへ向かうから、ブツはちゃんと保管しておくように。絶対に手を触れてはいけない」

千頭からだと、急いでも三十分はかかる。それまでのあいだ、札束を監視していなければならない。

「それでは、私はこれで……」と高田が立ち上がると、浅見は「いや、ここにいてください」と制止した。

「僕たち二人だけですと、中身をどうかしたと疑われかねません。あなたがいてくれれば信用してくれるでしょう」

冗談なのか真面目なのか分からないような口ぶりだ。

「はあ……」

高田は情けない顔で座り直した。

それから七高が到着するまで、けっこう長く感じられる時間であった。

「こういう怪しげな金を隠していたところをみると、やはり川口は何かの犯罪に関係していたと考えていいでしょうね」

伴島は腕組みをして紙包みを睨《にら》みながら言った。

「清水港の密入国事件に関係している可能性が強いのかなあ」

「いや、それは違うでしょう」

浅見が言下に否定した。少し憎たらしく思えるほど、断定的であった。

「もし清水の事件の関係者なら、いつまでもこんな近くにウロウロしているはずはありませんよ」

聞いてみれば当たり前の話だ。

「それじゃ、浅見さんは何だと思います？」

「指名手配中の人物でしょう」

「えっ？……」

あまりにもあっさり言われたので、伴島は面食らった。

「もしくは、これから指名手配されそうな人物かもしれません。したがって、身元が判明するのも時間の問題だと思います」

なんでそうなるの？――と聞き返すのも気がひけるほど、あっけらかんとした「解説」であった。

論理の筋道を聞けば、なあーんだというようなことかもしれない。フロントに預けることもできないような怪しげな金を、天井裏に隠していたり、一ヵ月もの長期を、こんな山の温泉場でひっそりと暮らしたり——という「川口」の行動からすれば、浅見の推測は当たっていそうな気がする。

それにしても、「指名手配」の部分だけは飛躍しすぎるのではないか。

「指名手配中というと、すでに容疑の対象になっている人間てことになりますがね」

また当たり前のことと思いながら、伴島は言った。

「いったい何をしでかしたやつなのかな？」

「強盗か、詐欺か、横領か……いずれにしても殺人を伴うほどの凶悪犯だと思います。なにしろ、共犯者が相棒を消さなければならなかったほどなのですから」

どうやら、川口を殺した犯人は、彼の仲間だったと決めてしまったらしい。

「強盗殺人事件なんて、最近あったかな。少なくとも県内や静岡県近辺では、それらしい事件があったことを聞いてませんよ」

「ですから遠方の事件なのです。宿泊カードには福島県と書いたそうですから、まさか福島県ということはないでしょう。それよりさらに北——岩手か秋田か青森辺りが考えられますね」

「岩手、秋田なら、私も一時期、あっちの通信部にいたことがありますが……なるほど、福島県の訛りと通じるところがあるかな。会津若松城で官軍に敗れた会津藩は津軽《つがる》に封じられているくらいだから」

言語学者が聞いたら笑いそうな「学説」かもしれないが、滋賀県生まれの伴島にしてみると、福島も青森も岩手も秋田も「東北弁」の括《くく》りの中で同じように聞こえる。向こうにいた頃に毎日のように聞かされた、あの鼻にかかったような朴訥《ぼくとつ》な発音が懐かしく思い出された。

「私のおった頃は、秋田も岩手も、比較的凶悪犯罪が少なかったですがねえ。釜石は鉄の町だけあって、活気もあり威勢もよかったけど、秋田は呑気なもんでしたよ。私がいたのは大曲《おおまがり》市ってところですがね、近くを雄物《おもの》川《がわ》という、なかなかの大河が流れていて、しょっちゅう釣りに行ってたなあ。鄙《ひな》びたっていうのは、ああいうところを言うんでしょうかねえ」

話しながら、大曲近郊の田園風景が目に浮かんだ。

「あの頃はまだ十分に若くて、仕事は乗っていたし、特ダネも何回か取って充実してましたよ。いわゆる『捜査の鬼』というようなデカさんがいて、そいつに金魚のウンコみたいにくっついて回って、文字どおりの夜討ち朝駆けだったな。秋田は酒が旨《うま》くて、行きつけの飲み屋の女が、けっこうな秋田美人でしてね……いやあ、面白い時代でしたよ」

ひとりよがりの懐旧談だったが、浅見はニコニコ笑って付き合っている。

「ははは、どうもね、こういう昔話をするようになっちゃおしまいだと思うのだが、つい悪い癖が出ちゃうなあ」

伴島は頭を掻《か》いて話をやめた。

ジャスト三十分ほどで、ホテルの従業員に案内され、七高たちがやって来た。部屋の真ん中のテーブルに、紙包みが載っているのを見ると、「そいつか!」と怒鳴った。

「そうです、これですよ。浅見さんがこいつを天井裏から見つけ出しました」

「見つけるのはいいが、勝手なことをしてもらっちゃ困るんだけどねえ」

七高が目を剝《む》くと、浅見は対照的に落ち着いて言った。

「心配しなくても、指紋は消さないように注意して扱いました。その後は誰も、まったく触れていません。三人でこうして監視していましたしね」

「了解、それじゃ、あとはわれわれがやるから、あんたたちはここを出てください。それと支配人さんは、後続の署の連中が来たらここに案内してくださいよ」

ニワトリでも追うように追い立てられ、伴島と浅見はロビーに出た。高田は恐縮して、「新しいお部屋に移られますか」と訊いた。あれほど川口が泊まった部屋に固執していたくせに、浅見は案外あっさりと「そうしてください」と応じている。どうやら最初から何かを探すのが目的だったらしいと気がついて、伴島はいよいよ浅見という男の正体に興味を惹《ひ》かれた。

そのことは七高も同じ考えだったとみえ、急ぎ足でロビーに出てきて、浅見を摑《つか》まえると、「浅見さん、あんたに後で聞きたいことがあるかもしれないから、今日はホテルを出ないように」と念を押して行った。

「浅見さんはあそこに札束のあることが、分かっていたんじゃないのですか？」

伴島は訊いてみた。

「ええ、札束かどうかはともかく、何か隠しているだろうなとは思っていました。もっとも、警察が先に気づいているはずだとも思ってましたけどね」

浅見はことものげに言うと、「さて……」と伸びをした。

「部屋に入ってひと眠りすることにします。東京を朝早くに出たものだから、眠くてたまらないのです。伴島さんはお帰りになるでしょう？　フィルムを現像しないと、明日の朝刊に間に合いませんから」

「それはそうですがね、しかし、ここをほったらかしにして行って、いいものかな」

「大丈夫ですよ、今日のところはこれ以上、大した進展はありません。他社が来たって、もう紙包みは撮れないし、伴島さんの特ダネは間違いないです。それより、東読新聞のネットワークを通じて、東北地方北部で最近起きた事件のデータでも調べておいたほうがいいと思いますが」

「なるほど……」

伴島は心中、舌を巻く思いだった。どこまで信じていいものかはともかく、先へ先へと気が回る頭のよさには、到底ついて行けそうにないと思った。

寸又峡を引きあげ帰宅すると、妻の春恵が「お母さんから電話があったわよ」と告げた。今度の日曜に法事が一件あるので、帰ってきてくれないかというのである。

「だめだな、今度ばかりはここを離れるわけにはいかかねえ」

伴島は断固として宣言し、滋賀の実家に電話をかけると、同じ語調でそう言った。母親は「そんなこと言わんと……」とグチグチ言っていたが、最後は諦《あきら》めて、どこかの寺に応援を頼むことにすると言った。

電話を切ると、春恵が伴島の剣幕に驚いたように、「そんなに冷たく断って、いいのかしらねえ」と言った。

「これでいいのだ。だいたいおれの仕事を何だと思っているのか。片手間に新聞記者が務まるとでも思ったら、大間違いなのだ」

「ふーん、そんなふうに気張ったあんたって、ほんとに久しぶりだわねえ。秋田のあの頃みたいじゃないの」

「当たり前だ。いままでは仮の姿、これが本当のおれなのだ」

胸を張ってみせたが、伴島自身、自分の変身ぶりに驚いていた。マージャンにうつつを抜かし、蔵家で飲んだくれていたのは、あれは何だったのか――と思った。若々しい闘志に似たものが、身内から湧き出てくるような気分であった。

それもこれも、あの男のせいだ――と、浅見の顔が思い浮かんだ。

久保もその中の一人だったが、伴島は若い連中と話をするのは嫌いではない。他社の人間でも自分の経験を語って聞かせ、何かの参考になれば――と思う。もちろんただの自慢話であったりすることも多分にあるが、そういう話を通じて、記者の精神や取材テクニックというものは伝わるはずだ。

記者クラブや蔵家でばかりでなく、ときには自宅に招いて酒をご馳走《ちそう》しながら、昔のスクラップブックやアルバムを広げて遅くまで喋《しゃべ》ることがある。若い者にしてみれば、いい災難なのかもしれないが、本音はともかく、真面目に仕事のことを考える者は、それなりに傾聴してくれるものである。

（明日はあの男と語り明かそうかな――）

札束の写真を現像しながら、伴島はふとそう思った。こっちが教えるどころか、教えられることのほうが多そうだが、話して楽しい相手であることは間違いない。

「おい、明日は若いハンサムを連れてきてやるからな」

春恵にそう予告して、伴島は浮き立つような気分になった。だが翌日の昼前に電話したときには、浅見はすでに寸又峡温泉から消えたあとであった。

4

その日の朝刊はまたしても東読新聞の圧勝であった。「ホテルの部屋から謎の札束」という四段抜きの派手な見出しで、しかも札束の紙包みの写真を大きく扱った。大間ダムの変死者が東北北部地方の人間で、何かの事件に関係した人物と考えられる——という憶測記事もつけた。今度は支局長から朝一番に「いいぞ、その調子だ」と電話が入った。これで局長賞は間違いない。

島田署に顔を出すと、各社の仏頂面がズラッと並んでいた。中静新聞の関川が代表格で「なんで東読ばかりがおいしいとこ、持っていくんですかね」と厭味《いやみ》を言った。

「へへへ、日頃の行ないのよさが違うさ」

「けど、ナナ長は頭にきてたみたいですよ。書くなって言ったのにって」

「だろうね、立場上、そう言わないわけにいかんからなあ」

記者会見があるというので、全員がゾロゾロ会議室へ向かうとき、廊下ですれ違った七高が「困るじゃないか、あんな記事を載せちゃ」と文句を言った。もっとも、それは各社の手前というゼスチャーの臭いがする。文句を言った割には、七高の表情は明るかった。彼は彼で、何かいいことでもあったような様子だ。

その理由はすぐに分かった。記者会見に臨んだ竹内刑事課長が大間ダムの死者の身元が判明したことを発表した。

「寸又峡スカイホテルの宿泊カードには『川口元正』と記載してありましたが、先頃、この人物は秋田県警から全国指名手配が出されている『住田《すみた》貞義《さだよし》』と同一人物と思われることが判明しました」

背後のホワイトボードに住田貞義、四十一歳、本籍地および現住所　秋田県大曲市花館《はなだて》――と書いた。

（大曲か――）

伴島は格別の関心を抱いた。

大曲の通信部には五年ほど勤めた。三十代後半から四十歳を越えた頃までの、もっとも働き盛りだった時代だ。仕事も面白かったが、何よりも酒が旨く、人付き合いや遊びも楽しかった。市内を流れる玉川《たまがわ》が雄物川に合流する辺りが魚釣りのメッカで、ひまさえあれば釣りに出かけた。大曲署に一人、無類の釣り好きの刑事がいて、釣りを通じて親しくなったお陰で、何回か「マル秘」情報をリークしてもらったりもした。そういうナアナアが通用するところが、いかにも秋田らしい。

「現在、秋田県警の担当者がこっちに向かっておる最中で、最終的な確認が取れているわけではないですが、指紋その他の照合結果からみて、おそらく本人に間違いないでしょう。確定してから発表すべきところですが、なにぶん、すでにそれに近いことを公表してしまった新聞もあるわけでしてね」

刑事課長は皮肉な目を伴島に向けた。

指名手配の内容は殺人、強盗、住居不法侵入等の容疑によるものだという。

「そいつは何をやったんですか?」

関川が呆《あき》れぎみに訊《き》いた。

「それはあなたたち報道関係者のほうが詳しいでしょうが、一ヵ月半ほど前に秋田県大曲市で起きた、金目当ての老女殺害事件の容疑者と目されているようです」

「えっ……」と伴島は驚いた。そんな事件があったことなど、まったく知らない。もっとも、他社の連中も同様で、たがいに顔を見合わせていた。近頃は殺人事件といえども、身近で起きないかぎり関心を呼ばない。それにしても地方紙ならともかく、東読のような全国紙に記事が載らないはずはない。伴島は迂闊《うかつ》にも、それを見逃したらしい。

(あの大曲で強盗殺人事件か——)

それが伴島の感慨であった。大曲周辺の「仙北《せんぼく》」と呼ばれる地方は秋田県南の穀倉地帯で、風景も人情ものどかな土地柄だ。選挙違反はときどきあったが、凶悪な大事件はめったに起きなかった。伴島の脳裏には、雄物川のゆったりした流れの風景ばかりが鮮明に浮かんでくる。

時代が変わったと思うべきなのだろうか。大曲に限ったことでなく、日本中の到るところで、これまでなかったような凶悪犯罪が起きている。

「……犯人が老女から奪った金の総額は、およそ一億四千万円とみられておるのだそうです」

刑事課長の声で、伴島は我に返った。

「一億四千万……」

誰かが驚きの声を上げた。

「そんな大金を、またどうしてそのおばあさんが持っていたんですか？」

「ご主人の遺産と、山林を売った代金だったようです」

「それを現金で持っていたんですか」

「そのようですな。どうして現金だったのか、詳しい事情は分かりませんがね」

「それで、その大金がスカイホテルに隠してあったんですか？」

「まさか……」

刑事課長は苦笑した。

「一億四千万の現金というと、一人では持てないほどの相当な量になるでしょう。ホテルから発見されたのは二百三十万程度ですよ。死んだ住田は三百万程度を持って逃走していたものと考えられます」

「というと、残りの大金はどこにあるのですか？」

「それはこちらでは把握しておりません。現地の警察に訊いてください」

「当然、共犯者はいると思いますが、どうなんですか？」

「それも当方では把握しておりません」

刑事課長は素っ気なく言って、「ではこの辺で」と立ち上がった。

各社ともももっと訊きたいことは山ほどあるのだが、課長が言ったとおり、自社のネットワークを通じて事実関係を把握するほうが先決だ。それぞれがいっせいに携帯電話を取り出すと、本社や支局のデスクに連絡した。

伴島が通信部兼自宅に戻ったときには、東読新聞社会面の関連記事がファックスで送られてきていた。新聞の日付は八月二十五日——。

大曲の資産家未亡人殺される／金目当ての犯行か
二十四日午後十時ごろ、大曲市内小友《うちおとも》の横居ナミさん（七八）宅で、同じ敷地内の別棟に住む横居さんの長男一家が花火見物から帰宅したところ、居間でナミさんが死んでいるのを発見、警察に届けた。

ここまで読んで、伴島は胸にズキンとくるような小さな衝撃を受けた。「内小友」という地名と「横居ナミ」という名前に記憶があった。

「おい、ちょっと見ろや」

春恵を呼んで記事を示した。春恵は老眼鏡をかけて、あまり鮮明でない小さな活字を覗《のぞ》き込んだ。

「この『内小友の横居ナミ』っていうのは、あの事件のおふくろさんの名前じゃなかったかな？　ほら、息子が傷害事件を起こして、危なく懲役を食らいそうになった」

「ああ、そうみたいだわね。資産家って書いてあるし、そういえばナミさんて言ったかもしれない。事件のあと、うちに挨拶《あいさつ》に見えたわよね。ふーん、そうなの、あの人が殺されちゃったのか。七十八歳？　あれはもう十六、七年前かな。あの頃はずいぶんしっかりしたおばさんだったわねえ。私たちも若かったけど……」

殺人事件の記事を読みながら、春恵はあまりびっくりもしない。むしろ大曲時代を偲《しの》ぶようなことを言っている。ブン屋のカミさんを三十年もやっていると、ちょっとやそっとでは動揺しない度胸が据わってくるもののようだ。伴島もふと懐旧の情をそそられそうになって、記事の先を読み進めた。

大曲署の調べによると、ナミさんは死後二時間ほどを経過しており、首にロープで絞められた痕《あと》があった。このため秋田県警と大曲署は殺人事件とみて、同署内に捜査本部を設け捜査を始めた。
横居さんは三年前に夫の亀次郎《かめじろう》さんが亡くなった後は独り暮らしで、近所付き合いもあまりなかった。横居家は付近ではよく知られた資産家で、亀次郎さんの遺産もかなりのものといわれる。二十五日に同家で親戚《しんせき》を集めて遺産分けが行なわれることになっており、事件の二日前には秋南《しゅうなん》銀行大曲支店から一億四千万円の現金が横居家に届けられていた。しかし警察で調べたところ、現場にその金はなく、横居家の事情に詳しい者の金目当ての犯行と考えられる。

これが事件発覚翌日の第一報で、さらにその翌日の朝刊秋田県版には続報が載った。

事件当夜に不審車／近所の人が目撃

二十四日に殺害された大曲市内小友の横居ナミさん宅に、事件があったとみられる同夜八時ごろ、車で訪れた者がいることを、近所に住む会社員が目撃していた。会社員の話によると、車がないはずのナミさん宅の庭先に、黒っぽい乗用車が停まっていたので、誰か客がきていると思ったということだ。しかし警察がこれまでに調べたところでは、該当するような客は浮かんでいない。ナミさんが殺害されたのはその前後とみられることから、警察はその車でナミさん宅を訪問した人物が事件に何らかの関係があるものとみて捜査を進めている。

その後しばらくは特に目立った動きのないまま経過していたようだ。事件捜査が急展開を見せたのは九月末になってからである。事件発生からちょうど一ヵ月後の、九月二十四日の朝刊に次のような記事が載っている。

重要参考人浮かぶ／大曲の老女殺害事件

先月二十四日に大曲市内小友の横居ナミさんが殺害された事件を捜査中の捜査本部は、同市花館に住む男性（四一）を同事件に関与した重要参考人として、同人の行方を追っている。警察の調べによると、この男性は現在失業中で多額の借金を抱えており、事件当夜にナミさん宅で目撃された車と同じタイプの車に乗っている。警察の捜査が身辺に及ぶ寸前に行方をくらませたことからみても、事件に何らかの関係があると考えられる。

この「男性」が住田貞義で、同人が行方をくらませていることもあり、それからまもなく、警察はこの事件の容疑者と特定して、全国指名手配に踏み切ることになったというわけだ。

記事を読み終えて、伴島は脳裏に大曲の風景を思い描いた。「花館《ひな》」という美しい地名にも記憶がある。たしか雄物川と丸子《まるこ》川《がわ》が合流する辺りの、鄙《ひな》びたところだった。その辺りでもよく釣りをしたが、いまも変わっていないのだろうか——。

「そういえば、あの事件の息子さんはどうしているのかな？」

春恵が言った。傷害事件を起こして逮捕されたときは、まだ二十代だった次男坊だが、いまはもう中年のおじさんになっているはずである。もっとも、伴島は次男坊の顔は一度しか見ていない。むしろ留守宅の夫人に何回も会って取材した。小さな女の子がいて、客を見ると、いつも母親の背中に隠れ、ひきつけそうに泣いたのを思い出す。

伴島は大曲通信部に電話して、現地の最新情報を聞いた。大曲通信部員は本庄《ほんじょう》という若い男で、伴島より五代後輩の大曲通信部員ということになる。むろん伴島は面識も知識もないが、本庄のほうは前任者や馴染《なじ》みの店などから口伝《くちづ》てで、伴島のことを少し知っていた。

「内小友の老女殺しですか？　いやあ、私にとって、着任以来最初にして最大の事件ですよ」

本当に興奮しているのか、本庄は妙にはしゃいだ声で言った。キビキビした標準語だ。

「秋田支局のほうから応援が何人も出てますので、私はあんまり出る幕はないのですが、それでもやっぱり緊張します」

「その内小友の横居っていう家だけど、たしか、ばかでかい屋敷じゃなかったかな？」

「そうですそうです。昔庄屋か何かだったという、目茶苦茶でかい屋敷ですよ。伴島さんはご存じなんですか？」

「ん？　ああ、大曲じゃ有名な名家だったと思う。二、三度行ったこともある。それはともかく、共犯関係について、警察はどう言ってるのかねえ？」

伴島は相手の質問を封じ込めるように、冷たい口調で言った。

「共犯関係ですか？　共犯者がいるという話はいまのところ聞いてませんが」

「ほんとかね？」

ずいぶん呑気《のんき》な話だなあ——と思って、気がついた。

「あ、そうか、ひょっとするとあんた、こっちの事件のことをまだ聞いてないんじゃないか？」

「は？　そっちの事件というと？」

「住田ってやつはこっちの寸又峡というところで死体で発見されたのだが」

「えっ、ほんとですか？」

「ああ、ついさっき島田署で記者会見があった。ダム湖で死体が見つかったのだが、どうやら殺されたらしい。そっちの捜査本部では同人と断定はしていないようだが、まず間違いないみたいだな。間もなくそっちでも発表があるだろう。署のほうに詰めていたほうがいいんじゃないか」

「そうですか、いやあどうもありがとうございます。すぐに行きます」

「それから、共犯者についても何か言うと思うけど、もし言わなかったら警察は伏せていると思って、それとなく探りを入れてみたほうがいいと思うよ。つまり、住田を殺したのは共犯者だっていうことだ」

電話を切ってから、伴島は現地の右左往ぶりを想像した。若い本庄で手におえるかどうかも心配だった。

間もなく本庄から結果報告とお礼の連絡があった。

「伴島さんが言われたとおり、警察は共犯者の存在をキャッチしている様子でした。それについては、もともと、それらしい人物が浮かんではいたみたいですけどね」

「ふーん、そいつは何者かね？」

「はっきりは言いませんが、ガイ者の身内ってことでしょう。内部事情に通じていることは確からしいですから」

「そうか……」

すぐに、傷害事件を起こした次男坊のことが頭に浮かんだが、伴島はそのことは黙っているつもりだ。警察はともかく、報道関係者の誰もまだ、十七年前の次男坊の「前科」には気づいていないはずである。うまくすると特ダネを抜けるかもしれない。敵を欺くにはまず味方から——である。

伴島は青年のような功名心がメラメラと燃え上がるのを感じた。

その日の午後、秋田県警から三人の捜査員が、住田の兄を伴って島田署に到着した。捜査員のうちの一人は鑑識の人間だ。

兄によって死体の主がやはり住田貞義であることが確認された。

住田という男は親兄弟の持て余し者だったそうだ。二十代で結婚して、現在の住所地であるアパートに転籍したが、その後間もなく離婚している。職業も転々と変わり、いつも実家をあてにして生活するようなだらしなさがあった。ろくな稼ぎもないのに車を乗り回し、借金ばかりが増えていた。その尻拭《しりぬぐ》いでいつも泣かされていた——と兄は愚痴を言った。

「兄の口からこんなことを言うのはなんですが、あいつはいつかきっと、何かとんでもないことを仕出かすと思っていました」

肩を落とし、青ざめた顔でそう言った。

その話を七高部長刑事から聞いて、伴島はその兄が気の毒でならなかった。身内に「人殺し」が出ては、親兄弟親戚《しんせき》はつらい思いをすることになる。そういう土地柄だ。

「こうして死んでくれたことが、せめてもの救いです」

兄はそうも言っていたそうだ。

「住田というやつは、あまり利口だったとは思えない。おそらく共犯者に利用され、口封じで殺されたのだろう」

七高はスカイホテル以来、伴島に心を許したのか、わりと気軽に話をしてくれるようになった。ただし、「これはオフレコだよ」と釘《くぎ》を刺すのは忘れない。

「被害者」の身元が確定したので、住田殺害の件に関しては、主導権は秋田県警に移ることになった。問題は久保一義の事件のほうだが、これも同一犯人による犯行という可能性が強い。そのことは島田署ならびに静岡県警の意向として、秋田県警側に伝えられたのだが、じつは浅見某というルポライターの推理そのものであったことは、まったく伏せられたままだった。

それにしても、事件を調べ始めてからごく早い段階で、久保の事件も住田の事件も、第三の人物による犯行である——と看破《かんぱ》した浅見という男の慧眼《けいがん》に、伴島はあらためて舌を巻いた。

（あの男なら、この事件、どう解決するのだろう——）

そのことに興味を抱くとともに、なんとなく競争心をそそられた。一介のフリーのルポライターですらそこまでやるのに、背後に強大な新聞社の組織をもつ自分が、彼に後れを取るはずがない——という気にもなる。

久保の事件が解明されていないということで、当面、捜査本部は設置されたままだが、規模は大幅に縮小され、県警本部からきていた連中はすべて引き揚げた。

（これでいいのかな——）と、伴島は不満でもあり、不安でもあった。そのモヤモヤした気分は、時間が経つにつれて増幅してゆくようだ。大曲の風景の記憶と、それに、どういうわけかあの浅見という男の顔が、浮かんでは消え、浮かんでは消えする。

「やっぱりおれ、行ってみるかな……」

晩酌をやりながら、伴島はふと、独り言を洩《も》らした。

「行くって、どこへ？」

春恵は里芋の煮物を口に入れたまま、モゴモゴした声で訊《き》いた。

「決まってるだろ、大曲だ。体育の日から三連休になるから、ちょうどいい。二泊三日で日曜の夜には帰ってくる。よし、決めた、行くぞ」

「だけど、あんたが行ったからって、どうなるもんでもないんじゃないの？」

「アホ、それがブン屋の女房の言う言葉か——と言いたいところやが、おれもそんなんに確信があるわけでもない。しかし、このあいだから、なんとなくじっとしておれん心境になってきているんだ」

それは実感だった。血が騒ぐというのかもしれない。浅見に刺激されて、久しぶりにジャーナリストの魂のようなものが揺さぶられた。

「どうしたの、急に張り切っちゃって」

「例の浅見っていうルポライターのせいかもしれない」

「けど、その人、若いんでしょう？」

「おい、おいおれを年寄り扱いするな。若いやつでさえ、いろいろ思いつくのに、ベテランのおれが負けておれんだろう。事件が起きたのは大曲という古巣だし、いまの通信部員はまだ若造だし、それによ、被害者があのばあさんだとしたら、ぜんぜん無関係ってことでもないしな。ひょっとすると、例の次男坊が共犯を疑われておるかもしれんのだ」

「えっ、息子さんが？　まさかァ……あのおばさん、すごく息子さんを可愛がっていたんじゃなかった？」

「だから、そういう事情を知らねえと、またぞろ冤罪《えんざい》事件みたいなことになりかねないと思ってな。とにかく行ってみるよ。いいな」

「そりゃいいけど、だけど、旅費だってばかにならないでしょう。支局で取材費を出してくれるかしら」

「まず出さんやろな。デスクの前田はケチだからな。しかし、おれの好きで行くんだから、なまじヒモつきでないほうがいいんだ。言っとくけど、前田なんかに旅費がどうのこうのとか、絶対に言うなよ」

「はいはい、分かりました」

春恵は最後には呆《あき》れたように笑った。

「だけど、考えてみると、釜石から島田に転勤してきたとき以来の長距離旅行だな」

伴島はしみじみ言った。

「そうよ、あれっきり、東京から東へは行ったことがないのよ。それどころか、私を旅行らしい旅行に連れて行ってくれたこともないんだから」

「そうだな、おれたち、灯台守と同じで、夫婦のどっちか一方が留守番しねえとなんねえもんな。そういえば、『喜びも悲しみも幾歳月』っていう映画があったな」

伴島は、このところめっきり白髪の増えた春恵の横顔を眺めて、「今度いつか、東北の温泉にでも行くか」と言った。

「そうねえ、定年になったらね。だけど、もうそろそろか。早いもんだわねえ……」

春恵はしんみりした口調で言って、どこか遠いところを見つめていた。

第二部　秋田・大曲《おおまがり》

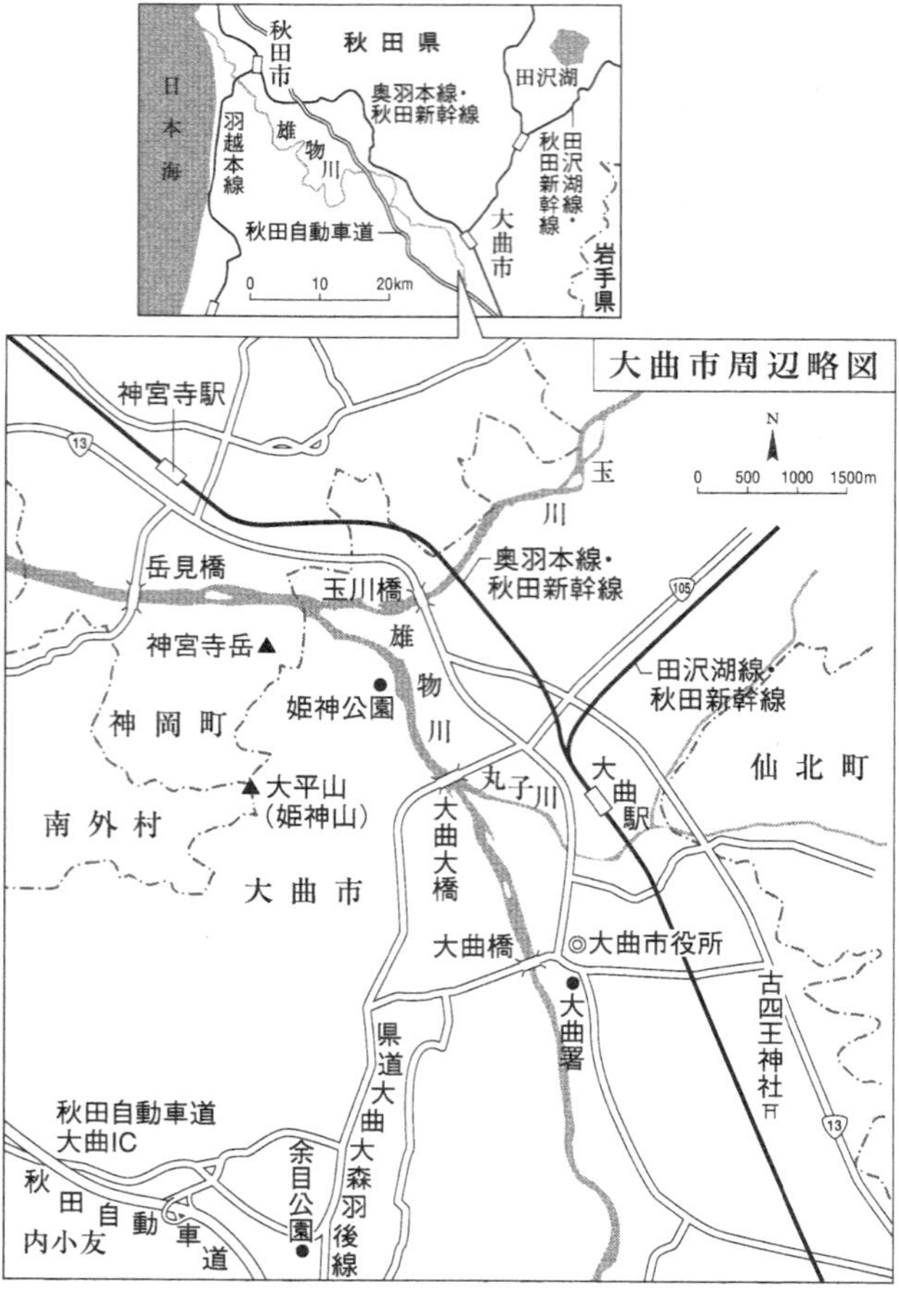
秋田市
秋田県
田沢湖
日本海
羽越本線
雄物川
奥羽本線・秋田新幹線
田沢湖線・秋田新幹線
秋田自動車道
大曲市
岩手県
0 10 20km
神宮寺駅
13
玉川
N
0 500 1000 1500m
岳見橋
玉川橋
奥羽本線・秋田新幹線
105
神宮寺岳
雄物川
田沢湖線・秋田新幹線
姫神公園
神岡町
仙北町
大平山
（姫神山）
丸子川
大曲駅
南外村
大曲大橋
大曲市
大曲橋
大曲市役所
大曲署
古四王神社
県道大曲大森羽後線
13
秋田自動車道
大曲IC
余目公園
秋田自動車道
内小友
大曲市周辺略図

雄物川

1

十月五日――浅見光彦が寸又峡スカイホテルをチェックアウトしたのは、伴島が浅見に連絡を取ろうとしたときより二、三時間前の午前九時頃である。

もちろんその時点では、島田署で記者会見が行なわれ、大騒ぎになっていることも、ダム湖で死んでいた「川口元正」が、じつは秋田県大曲市で起きた殺人事件の容疑者として指名手配中の「住田貞義」という人物であることも、浅見はまったく知らない。

その第一報が昼のテレビ・ニュースのローカル版で流れたとき、浅見はたまたま、清水市三保の久保家で出された上等の鰻重《うなじゅう》を食べていた。

久保未亡人の香奈美は事件直後のショックからはかなり立ち直っていたが、それでも今後の生活のことなどを考えると心細く、それに、いまだに事件の核心に迫ろうとしない警察の捜査に対するいらだちなど、心休まるひまもないにちがいない。

香奈美は浅見が東京の小石川《こいしかわ》高校三年になった年に入学してきた後輩で、同じ文芸部に所属していた。なかなかの美人だったから、男子部員の憧《あこが》れの的になったが、浅見の知るかぎりでは、特別な関係になれた者は誰もいない。いまどきはとてもお目にかかれないほど真面目で、家と学校を直線で往復するような少女だった。

だから、卒業が間近に迫ったころ、その香奈美に「思い出にブレザーのボタンをください」と言われたときには、浅見はびっくりしたものである。

もっとも、彼女とはそれ以上の発展はなかった。浅見の女性に対する優柔不断は、むかしもいまもそう変わっていないのである。ただし香奈美のほうは卒業以後もずっと浅見の「思い出」を引きずっていたふしがある。三年ばかり前、とつぜん香奈美から「結婚しました」という葉書が届いた。新郎新婦の連名の、ごくありきたりの結婚通知で、新郎の「久保」という名前も浅見は知らなかった。

葉書の印刷された文面の下にペン字で「先輩も幸せになってください」と書いてあった。「先輩も」というのは、自分は幸せになる——という意味と同時に、浅見がまだ結婚していないことを知っていたニュアンスを感じさせる。

（ひょっとすると、彼女はおれのことをじっと見つめつづけていたのかもしれない——）などと、多少うぬぼれて思ったりもした。

それっきりで、香奈美のことも、むろん彼女の亭主のことも念頭から消えてしまったのだが、事件を報じる新聞の「久保一義」という名前を見たとき、ふいに浅見は香奈美の記憶が蘇《よみがえ》った。

とはいっても、それでどうこうしようという気持ちはなかった。新聞やテレビは事件を報じる最初の時点では「自殺か？」といった論調だったから、自分とは無縁のことと思い捨てた。

その浅見が動き出すことになったのは、香奈美から「救い」を求める手紙が届いたからである。浅見が「探偵」として活躍していることを、同窓会の誰かに聞いたらしい。「夫の死の真相を、ぜひ調べてください」と書いてあった。

香奈美は警察の捜査に不信感を抱いていたようだ。警察は当初、自殺を前提にした捜査を進めていたし、マスコミもそれを受けた報道をしていたことは事実だ。香奈美や両親が自殺は考えられないと主張すると、それでは事故だろう——と言われた。その後間もなく他殺説に傾いたけれど、そのときの不信感が拭《ぬぐ》いきれていない。わずかに東読新聞社島田通信部の「伴島」という記者だけがべつの見方をしている様子だったが、伴島が興味を抱いた写真やカメラのことも、警察はずっと無関心であったりして、久保の死の真相を解明するにはほど遠い印象であった。

浅見が訪れたとき、香奈美はそういったことを切々と訴えた。「主人はあのニュースソースを漏らしたときの恨みによって殺されたんです」と解説し、後藤土建という会社の誰かが犯人にちがいない——と断言した。

正直いって、浅見にはそれが正しいのかどうかを判断する知識も何もなかった。もし彼女がかつての下級生であったりしなければ、ただの愚痴としか聞こえなかったかもしれない。香奈美がまだ十分に若い魅力的な未亡人であることなど、浅見の場合にはそれほど重要な問題ではないのである。

事件にタッチしてみて、浅見はすぐに事件の真相は香奈美の「推理」とも警察の捜査方針とも異なるところにある——という心証を得た。そうして案の定、寸又峡のホテルから札束の入った紙包みが見つかるに至って、事件はまるでちがった様相を呈してきた。

寸又峡を引き揚げると、浅見はその報告をするために久保家に立ち寄った。

久保家のある清水市三保は、天の羽衣伝説で知られた「三保の松原」の、ロマンチックなイメージに遠く、岬の突端へ向かう表の広い通りは、町並みも不揃いでムードも何もない雑駁《ざつぱく》な感じだ。しかし、久保家は裏手の住宅街に入った、潮騒《しおさい》や松風が聞こえてきそうな閑静な場所にあった。

浅見は寸又峡での「調査結果」を報告してすぐに辞去するつもりだったが、ちょうど昼どきということで、すでに鰻重の出前を頼んでしまったあとだった。香奈美と差し向かいで箸《はし》を使っているときに、テレビニュースが流れた。香奈美は事件以来、ニユースというニュースは見逃さないようにしているのだそうだ。

「今月三日に寸又峡の大間ダムで遺体となって発見された男性は、じつは八月に秋田県大曲市で起きた殺人事件の容疑者として、秋田県警を通じて全国に指名手配されていた人物であることが分かりました。

静岡県警と捜査本部のある島田署の発表によると、この男は秋田県大曲市花館の無職、住田貞義容疑者四十一歳で、八月二十四日に同市内小友の横居ナミさん七十八歳が殺され、大金が奪われた強盗殺人事件の容疑で全国指名手配中でした。

住田容疑者は先月十六日から寸又峡温泉のホテルに『川口』と名乗って宿泊していましたが、先月二十六日にホテルを出てから行方不明になり、その後一週間経った今月の三日に遺体で発見されたもので、警察では行方不明になった先月二十六日に死亡したものと推定しております。

なお、住田容疑者が死亡したとみられるのと同じ日に、駿遠テレビの記者久保一義さんが寸又峡の川に転落、死亡していますが、この事件との関連についても、警察は重大な関心をもって捜査を進めるもようです」

最後に画面に久保一義の顔写真が映し出され、スーパー文字が入った。ニュースが次の話題に移ったとき、香奈美は夫の映像が消えたブラウン管を見つめながら、放心したように「やっぱり……」と呟《つぶや》いた。

「浅見さんがおっしゃったとおりですね」

ついさっき、浅見は彼女に「久保さんを殺害した犯人は、その前に『川口』という男を殺しているはずです」と語ったばかりであった。それがこのニュースで裏付けられた。久保は何らかの事情で、その殺人事件の「証言者」になりうる存在だったために消されたということだ。

住田が秋田の「老女殺し」の犯人であるならば、住田を殺害したのはその事件の共犯者であり、その人物が久保を消したことは、ほぼ間違いない。

「これでとりあえず、ご主人の名誉は回復されましたね」

浅見は無意味とは思いながら、せめてもの慰めを言った。自殺や事故で死んだと思われたままでは、久保も浮かばれまい。警察の方針が「他殺」に切り替わった後も、世間の目はそう見ていたのである。

「ええ、でも主人は還《かえ》ってきません」

香奈美はきびしい顔をした。遺族の気持ちとしては当然といえば当然だが、なんだか決まり文句のような気がしないでもなかった。香奈美の真面目でスタンダードな生き方は、むかしとあまり変わっていないらしい。

久保一義という人物は、一流大学を卒《で》ているくらいだから、頭もよく勉強も出来たにちがいない。しかし、ニュースソース漏洩《ろうえい》事件の話を聞くと、その頭のよさもスタンダードで上滑りなものだったように思える。他への思いやりや、物事への深い読みといったことには気が回らない、浅薄な性格の持ち主だったようだ。自分中心に考えるから、物事への判断が独りよがりになる。今度の事件のケースでも、弱い人間ならどこかで危険を察知できたかもしれないのに、彼はついに何も気づかずに悪魔の手に落ちたということなのだろう。そういうこともあって、浅見は急速に事件への関心が薄れていった。

「いまのニュースを見るかぎり、これでどうやら事件の構図ははっきりしました。あとは警察が的確に捜査を進めると思いますよ。捜査の中心は秋田に移って、こちらの刑事たちが立ち回るようなこともなくなります」

浅見にしてみれば、これが「終結宣言」のつもりだった。

「あら、浅見さん、じゃあもう主人の事件のことは調べていただけないんですか？」

香奈美は心外そうな口ぶりで言った。

「ええ、僕のすることはもう何もありませんから」

「そんなことをおっしゃらないで、私を助けてくださいよ」

（おやおや——）と浅見は胸の中で首をすくめた。「ボタンをください」と言った、あのときのことを思い出した。真っ直ぐに相手を見つめて、拒否を許さない——という姿勢も変わりなかった。

「もちろん、僕のできることはしますよ。しかし警察の組織力は強大ですからね、僕なんかの出る幕はないということです」

警察庁刑事局長をやっている兄の陽一郎《よういちろう》が聞いたら、喜びそうなことを言った。

「でも、私の相談相手にはなってくださるのでしょう?」

こっちを見つめる目に、ゆらめくような妖《あや》しい気配が生じたのを感じて、浅見は「えっ、ええ、それは……」とうろたえた。

「いやあ、さすがに浜名湖が近いだけあって、おいしいウナギですね」

いかにも見え見えで話題を逸らし、すっかり空になった重箱を覗《のぞ》き込んだ。

「浅見さんて、あの頃とちっとも変わらないんですね」

香奈美はおかしそうに、少し恨めしそうに笑った。


翌日の朝刊には、寸又峡の「死者」がじつは秋田県で起きた強盗殺人事件の容疑者であったことを告げる記事が載っていた。思ったより小さな記事だったのは、「続報」という性格だったからだろう。久保家で見たテレビニュースの内容を上回る新知識を得ることはできなかった。

それ以降も新聞は注意深く見るようにしていたのだが、事件の進展を紹介するような記事が出ないまま三日が過ぎた。『旅と歴史』編集部に顔を出して、夕刻帰宅すると、お手伝いの須美子《すみこ》が玄関に出迎えて、「静岡県島田の伴島さんとおっしゃる方からお電話がありました」と告げた。

「東読新聞の方だそうですけど、事件のことでお知らせしたいとかおっしゃってました。あの、また何か事件なんですか？」

不安そうに訊《き》いた。警察からの電話でなかっただけましだが、この家の連中はみな「事件」と聞いただけで、次男坊の暴走に神経をすり減らしている。

「大したことじゃないんだ。しかし、おふくろさんには内緒にしておいてね」

浅見は唇に人さし指を当てて、ウインクをしてみせた。

東読の島田通信部に電話すると、伴島は外出中だったが、留守番役の夫人が要領よく用件を承って、それから間もなく、伴島本人から電話が入った。

「寸又峡の事件のこと、浅見さんのことだから、ちゃんと分かってますよね」

伴島は省略した訊き方をした。

「ええ、しかし分かっているといっても、住田という男が、秋田県大曲市の強盗殺人事件の容疑者だったということまでです。ニュースには気をつけているつもりですが、寸又峡で何があったのか、共犯者がどうなのかといったことは、まったく知りません」

「いや、それでいいんです。それですべてなんですから。警察の捜査は、浅見さんが寸又峡に来ていたときから一歩も進んでいないんです。東読の大曲通信部には以前、私もいたことがありましてね。その頃は大曲署に優秀なデカさんがいて、けっこう冴《さ》えておったもんだから、何をモタモタやっとるのかと歯がゆい気持ちですよ」

「なるほど……で、きょうは何か？」

「ははは、べつに何ってことはないです。ただ、浅見さんがその後、われわれの気づかないことを探り出したのではないか、もしそうであるなら、ちょっとアドバイスをお願いしようかと思ったもんで。というのはですね、明日からの三連休に秋田へ行ってこようと思っているのです。もっとも、私が行ったからってどうっていうこともありませんがね。若いやつにハッパをかけて、ついでに秋田の地酒でも飲んでくるかというのが目的の半分みたいなもんです」

冗談まじりに言っているが、内心の本気は伝わってくる。せっかくの三連休をそれに費やそうというのからして、伊達《だて》や酔狂の旅でないことが分かる。

浅見は少し意外な気がした。伴島の外見からは、そういった迫力のようなものは感じ取れなかったからだ。定年もそう遠くなく、小さな通信部の仕事を面白おかしく、かつ恙《つつが》なく勤め上げれば、それで晩節を全うしたことになるという典型的な生き方をしている——と、伴島については思っていたのだ。

「お気をつけて」と別れの挨拶《あいさつ》を言ったのだが、なんとなく武運を祈るはなむけの言葉のようで、そのことが心に影を落とした。

2

十月十七日の夕刻、浅見が自室でワープロを叩《たた》いていると、須美子が「坊っちゃま、お電話です」と呼びにきた。

「坊っちゃま」の呼称は「ばあやさん」と呼ばれていた先代のお手伝いさんが使っていた以来のもので、彼女が引退して郷里の越後《えちご》に引っ込むとき、入れ代わりに跡を継いだ須美子への申し送り事項の一つだったらしい。

「いいトシをして坊っちゃまでもないから、やめてくれ」と何度言っても、須美子は金輪際直す気はないらしい。

先代の「ばあやさん」がまだ若い頃は、兄が「陽一郎坊っちゃま」で弟が「光彦坊っちゃま」だったのだが、陽一郎のほうは東大を首席で出たとたん、「坊っちゃま」を卒業した。それどころか、父親の秀一《しゅういち》が五十二歳の若さで急逝したときには、陽一郎のほうはすでにエリート警察官僚として、亡き父親に代わり浅見家の屋台骨を支えるに足る存在になっていた。

次男坊の光彦は陽一郎とは十四歳違いで、ばあやさんが須美子に代を譲るときには、兄に面倒を見てもらいながら、まだ大学へ行っていた。ばあやさんの目には堂々たる「坊っちゃま」だったのである。

浅見は過去に何度か、母親の雪江《ゆきえ》未亡人にクレームをつけたことがある。「なんとかやめてもらってくれませんか」と頼んだのだが、「そう言われたくなければ、光彦も独立してやっていけるようになることね」と逆に小言を言われた。大学を出てから十年、いまだに、居候然として兄の仕切る浅見家を出られずにいる不甲斐《ふがい》ない身分としては、沈黙するしかない。

それにしても、文字どおり十年一日のごとく「坊っちゃま」と言われつづけているど、ほんとうにこのまま、永遠の坊っちゃまで終わってしまうのではないかと不安になる。


「島田署の七高さんという方からですけど」

須美子は警察からの電話というので、例によって心配そうな顔だ。

「また何かやってらっしゃるのですか？」

あたかも悪事を働いているようなことを言う。浅見家にとっては、次男坊が警察に関わりを持つことが唯一の不安要因なのだ。警察庁刑事局長である陽一郎に累を及ぼすようなことを仕出かすのではないか——と恐れている。

「いや、べつに」

とぼけたわけでなく、浅見には本当に思い当たるものがなかった。寸又峡の事件はすでに概要ははっきりしたのだし、もはや自分がしゃしゃり出るチャンスはないものと思っていた。

「やあどうも、島田署の七高です。その節はお世話さまでした。その後変わったことはありませんか」

七高部長刑事は車のセールスマンが、売った車の調子を尋ねるような、のんびりした口調で言った。

「ええ、お陰さまで変わりありません」

「そんならいいのですが、行楽の秋だから、どこかへ出かけたんじゃありませんか」

「いいえ、寸又峡以来、どこへも出かけていません。このところずっと、原稿書きに追われています」

「そうですか、それは大変ですな」

妙な感じだ。ただのご機嫌伺いにわざわざ電話してくるとも思えない。

「何かあったのですか？」

浅見は訊いた。

「いや、そういうわけじゃないですがね……まあ、あまり気にすることはないと思うのですが。浅見さんは伴島さんのこと、知りませんか」

「え？　伴島さんがどうかしたんですか？」

浅見は心臓がドキンとした。

「秋田へ行ったのは知ってますね？　奥さんの話だと、前の日に浅見さんと電話で話していたということなので、浅見さんも一緒に行ったんじゃないかと思いましてね」

「えっ、僕がですか？　行きませんよ。たしかに九日の木曜日に電話をもらって、そんなことをおっしゃってましたが……というと、まさか、行方不明？……」

「ははは、いや、そんな大げさなことじゃないのですがね。奥さんが心配して言ってきたものだから、一応ですな」

「じゃあ、あれから帰ってないのですか」

「まあそういうことです」

「連絡は？」

「十日に、大曲に着いたという電話があったきりだそうです」

浅見は指折り数えた。十日から丸一週間になる。新聞社の通信部員が一週間ものあいだ連絡を途絶えさせているとなると、ただごとではない。

「浅見さんにはどう言ってたんですか？」

七高は詰問口調になった。

「どうって、そうですね……」

浅見は伴島と交わした最後の会話を、記憶の中から引っ張りだした。

「伴島さんは、秋田の大曲の捜査が進んでいないことをじれったがっていました。何をモタモタしているんだろうとか……向こうの通信部の若い人にハッパをかけて、ついでに地酒を飲んでくるとか……」

「それだけですか」

「そうですね……それだけですね」

もう一度、頭の中をグルッと見渡してみて、浅見は言った。

「ふーん、どういうつもりだろう？」

「それはもちろん、事件のことを調べるつもりだったのでしょう。大曲にいた頃は伴島さんのもっとも活躍した時代だったそうです。当時は警察にも優秀な刑事さんがいて、冴えた仕事をしていたと言ってましたから、夢よもう一度、あわよくば特ダネをものにしてこようというくらいの気概だったのじゃないでしょうか」

「ばかな……そんな軽はずみなことをして、仮にも殺人事件なんですからね、素人さんが首を突っ込むのは危険じゃないですか。たとえ新聞記者だとしても」

七高は浅見が伴島ででもあるかのように、強い口調で言った。

「というと、七高さんは伴島さんが消されたと考えているんですか」

「ん？　いや、そうは言ってませんよ。浅見さん、そんなことを言ってもらっちゃ困りますよ。奥さんの耳に入ったら大変だ」

「分かってますよ、誰にも言いません。しかし、その可能性は十分ありますね」

「まあ、消されたかどうかはともかく、伴島さんの身に何かが起きたのでなければいいとは思っていますがね」

「それで、捜索願は出したんですか」

「いや、まだです。そこまで踏み切れないでいるのだが……しかし、いずれ出さざるをえないでしょうなあ」

七高は憂鬱《ゆううつ》そうな声で「どうもお邪魔しました」と言って電話を切った。

浅見は伴島の身に起こったことを、あれこれ思い巡らせた。

このところ、関東地方をはじめ太平洋側は晴天つづきだが、逆に日本海側のとくに東北地方は天気がぐずついている。ときどき雷をともなった強い雨も降っているようだ。どこか知らぬ野末の森の中で、冷たい雨に打たれている伴島の死体を想像した。不吉な予感——というより、既定の事実のようにその映像が思い浮かんだ。

週明けの十月二十日に捜索願が出された。その報告をする電話で、七高も「最悪の事態を予測せざるをえない状況かもしれない」と言っていた。

現地の大曲署を中心に、秋田県警に対しても聞き込みなどを含む捜索を依頼したのだそうだが、事件性がはっきりしていないと、なかなか本格的な調査が行なわれるところまではいかないものだ。それに、事件性がはっきりした時点では、それこそ「最悪の事態」になっているにちがいない。

そしてその三日後、予想どおり最悪の悲報が浅見のもとにもたらされた。

「浅見さん、やはりだめでした。伴島さんが死体で発見されましたよ」

七高は沈痛な声で言った。

「大曲市郊外にある姫神《ひめがみ》公園とかいう山の、杉林の斜面に投げ捨てられてあったという話です。そこは春は桜の名所で、けっこう賑《にぎ》わうのだそうだが、今はシーズンオフだし、このところの雨つづきで訪れる者が少なくて、発見が遅れたみたいですな。死因は頭部陥没骨折。犯人はさらに首を絞めているが、その一撃がほとんど致命傷だったと考えられます。死後経過は十日ないし十二、三日。第一報以後、奥さんに連絡してないところをみると、おそらく大曲に着いたその日か、翌日の早い時刻には殺されていたのでしょうな」

まるで予知したのとそっくりの状況を聞いて、浅見はしばらく言葉が出なかった。

「こっちの久保さんの事件との関連を疑う必要があるので、私ともう一人が現地へ向かうことになりました。また何か分かったら知らせます」

七高がこうして知らせて寄越したのは、単なる報告とは浅見には思えなかった。寸又峡スカイホテルで住田の隠し金を発見した力量を認めて、それとなく助言を求めたがっているのではないか——と想像した。

もっとも、七高は「素人さんが首を突っ込むのは危険だ」と言っていた。そう言った手前もあって、露骨に相談するわけにもいかないのだろう。

伴島の事件はテレビニュースでも報じられたし、新聞にもかなり大きく出た。新聞の中には「怪事件の様相、連続殺人か?」とショッキングな見出しつきで、静岡県寸又峡で起きた二つの殺人事件と、さらに秋田県大曲市の老女殺しとの関連にまで言及した記事を載せたところもある。

しかしニュースはその日と翌日まででほとんど途絶えた。ローカルの事件ということもあるが、新たに記事に仕立てるほど、捜査が進展しないことを窺《うかが》わせる。それを裏付けるように、七高からの連絡もない。

週明けの新聞、テレビにも何の動きもないことを確認して、浅見はついに秋田行きを決意した。伴島の無念を思うと、じっとしてはいられなかった。

秋田新幹線「こまち」には初めて乗る。連結される東北新幹線の車両が、どちらかというと無骨なのに対して、「こまち」はスタイルも色彩も、小町娘を彷彿《ほうふつ》させる優しいデザインである。ボディに「こまち」と描かれているのも楽しい。いや、本来なら楽しい旅を演出してくれるはずだが、浅見の心は重く沈んでいる。

紅葉シーズンのせいか指定席が取れず、自由席も定員オーバーで、少し早めに行ったおかげで辛うじて座れたほどだ。

東京はよく晴れていたが、福島を過ぎる辺りから西の山並みの上に重たげな雲がかかってきた。この日も日本海側は雨の予報だ。

列車は盛岡から田沢湖線に入ると、在来線なみのスピードに落として山間を走る。雫石《しずくいし》を過ぎ奥羽《おうう》山脈を抜ける峠を越える頃は、窓外の山陰のそこかしこに消え残った雪が見えた。空は暗く、やがて雨になった。大曲駅も雨に濡《ぬ》れていた。

浅見が事前に調べたデータによると、大曲市は人口が約四万。南の横手《よこて》市とならび、秋田県南の穀倉地帯の中心に位置する。雄物川の水運を利用した商業の町として、早くから栄えたところだ。しかし、港から遠いという地理的な条件から、工場が発達するには適していない。あくまでも商業に頼るほかはなく、今後も市域の著しい発展は望めないだろうという。

駅を出ると、高い建物のない静かな町並みであった。駅前でも二階建てがほとんどで、その向こうにショッピングセンターらしい建物が一つ、頭を覗《のぞ》かせている。それでもタクシーに乗って市街地の奥へ入って行くと、ホテルや市役所など、都会らしいビルもちらほら見える。

大曲署は市街地のほぼ中央にあった。三階建ての立派な庁舎である。事件発生からちょうど一週間、その割には庁舎前は閑散としていた。報道関係の車も見当たらない。夕刊の締切りも過ぎて、昼飯の時間なのかもしれない。

浅見は運転手に「東読新聞社大曲通信部」と言った。運転手は新米なのかすぐには分からず、無線で会社に問い合わせている。ローカルのタクシーは、農作業の暇なときだけ運転手をする「兼業タクシー」が多いから、それかもしれない。ひどい秋田訛《なま》りのやりとりがあって、「ああ、あの下着屋の二階ですか」と得心してハンドルを回した。

「下着屋」とはなんだかイメージが悪いので心配したが、そんなでもなく、淡いブルーのモルタル二階建ての一階が高級ランジェリーを扱う店だった。白いサッシの窓が、アーリーアメリカン風でしゃれている。その二階の窓ガラスに「東読新聞社」と書いてあった。

専用の階段を上がると、大きなガラスの嵌《は》まったドアがある。そこにも東読新聞社の文字が書かれている。ガラス越しに三人の男が応接セットに座り、憂鬱そうな顔で何か言いあっているのが見えた。

浅見がドアを開けると、男たちはいっせいにこっちを見た。もう一人、死角にいた若い女性が慌てて飛んできて「はい、どちらさまでしょうか?」と言った。神経質になってピリピリしている様子が伝わってくる。

浅見は名刺を出し、「伴島さんの知り合いの者です」と言った。その声を聞いて、三人のうちで飛び抜けて若い男が立ち上がり、女性から名刺を引き継いだ。

「あ、伴島からお名前は聞いております。寸又峡の事件では、ずいぶん活躍されたそうですね」

言いながら名刺を出した。「大曲通信部　本庄公也《こうや》」と印刷されていた。まだ二十四、五歳といったところだろうか。こんな若い人が大東読新聞の最前線で頑張っているかと思うと、浅見にはいささか眩《まぶ》しい。

入口でスリッパに履き替えて、ソファーを勧められた。残る二人の男も相次いで自己紹介をした。いずれも東読新聞の秋田支局の人間であった。低い声で名乗りあって、まるで通夜の席のようだ。

3

通信部の本庄は入社してまだ二年半、神奈川県の出身で、東京本社に二年勤務した後、大曲通信部に出されたのだそうだ。秋田支局の二人は高橋時人《ときひと》と鈴木和之《かずゆき》といういずれも三十代半ばの男で、おそらく支局の精鋭を送り込んできたにちがいない。

浅見は三人に自己紹介を兼ねて、伴島との馴《な》れ初めや寸又峡でのもろもろを話した。多少、自慢話っぽく聞こえたかもしれないが、伴島や事件との関わりを説明するには、自分の「武勇伝」を話すしかなかった。

そしてあらためて、伴島の大曲での消息を本庄に尋ねた。

「それじゃ、浅見さんは伴島の事件のことを取材にみえたんですか？」

本庄は当惑げに言った。

「いや、取材ではありません。僕は旅や歴史のルポや、政治家の提灯《ちょうちん》持ち記事を書きますが、事件物は扱いませんから。ただ、伴島さんの身に何が起きたのか、事件の真相を知りたいだけです。むろん、そうして知りえたことは、すべて東読新聞の情報として提供させていただきます」

「そうですか……」

本庄は二人の先輩の表情を窺《うかが》った。高橋と鈴木は頷《うなず》いて、「いいだろう」という、無言の了解を与えた。

「何からお話しすればいいですかね？」

「最初から、つまり、伴島さんが大曲に到着した時点から話していただけますか」

「分かりました。伴島がここに来たのは、十日の午後一時半頃でした」

本庄はそのときの情景を思い浮かべる目をして、言った。

「駅からここまで歩いてきたのだそうです。昔の通信部はもっと駅寄りにあったので、歩いて行ける距離かと思ったみたいです」

駅からこの通信部まではかなりある。歩いて歩けないことはないだろうけれど、タクシーに乗った印象では、二キロ近くはありそうな感じだった。

「それから、伴島がまだ昼飯を食ってないというので、『花よし』っていう料理屋へ行きました。なんでもそこは伴島の昔の馴染みだったそうです。しかし『花よし』は七、八年前に火事に遭って、いまは建物もすっかり新しくなっていたものですから、『こんなにきれいじゃなかった』と、ちょっと面食らってましたけど」

「そんな余計なエピソードは割愛しろよ」

高橋が横からクレームをつけた。

「いいえ、それでいいですよ」と浅見は高橋を制した。

「なるべく詳しく、伴島さんの様子を教えていただいたほうが、その時々の情景が分かって、いいのです」

本庄は二人の先輩にチラッと視線を投げて、（ほら見ろ——）という顔をした。

「花よしでは、伴島は昼の定食を、私はお相伴《しょうばん》にお茶漬けを食べながら、静岡の寸又峡の事件と、こっちの『老女殺し』の事件について情報を交換しあいました」

「そうそう、その老女殺しの事件について、詳しいことを話してくれませんか」

「ああ、伴島もそんなふうな訊《き》き方をしてましたが、浅見さんは、その事件について、どの程度知っているんですか？」

「いや、ほとんど新聞報道の内容だけしか知らないと思ってください」

「そうですか。まあ、事実関係からいうと、新聞に書いたことがそのダイジェストなんですけどね。あとはどういったことを話せばいいですかね」

「そのときの伴島さんも、僕と似たり寄ったりの知識ではありませんでしたか？」

「まあ、そうでした」

「だったら、伴島さんに話したのと同じように話してください」

「そうですか、分かりました」

本庄は若々しい目を天井に向けて、そのときの情景を思い出すようにしてから、ちょっと唇を舐《な》めて、話しだした。


いわゆる「老女殺し」の正式名称は「内小友強盗殺人事件」である。

事件が起きた八月二十四日は、雄物川畔で「全国花火競技大会」が開催された。その名のとおり、全国から選抜された一流の花火師三十数名が、それぞれの名誉をかけて花火の技術を競う大会である。ふつうの花火大会と異なって、花火師ごとに「〇〇県の××」と紹介してから作品が打ち上げられる。

打ち上げは創作した花火師自身によって行なわれなければならないのが決まりで、コンテスト優秀作品には通商産業大臣賞、中小企業庁長官賞などが贈られる。むろん全国的に有名な催しで、毎年この日の大曲は文字どおり花火一色に染まる。ことしはとくに熱気を帯びて、観客総数は五十万人を超えた。この数字は大曲市の人口の十数倍にあたる。観客は近隣近在はおろか、遠く九州、北海道からもやって来る。

おおげさでなく、この日ばかりはすべての大曲市民が家を挙げて花火見物に出かけるといっていい。早い者は前日の夕刻から雄物川畔の広大な河川敷にござを敷き、徹夜の陣取り合戦を繰り広げる。

内小友の横居家でも例年どおり、花火見物に出かけた。交通の混雑を見越して、午後四時には祖母のナミを除く家族五名全員が自宅を出ている。

内小友の集落は大曲市街地から雄物川を渡った西南の山裾である。昭和二十九年に大曲町などと合併し、大曲市が成立するまでは仙北郡内小友村であった。

横居家は、終戦時に農地改革が行なわれる以前は「庄屋様」と呼ばれた家だ。江戸期にこの地を治めていた佐竹侯が視察に来たとき、灌漑《かんがい》用の溜《た》め池作りを奨励した。内小友にはその溜め池が四十近くもあり、すべてを地主の横居家が所有し、事実上、この地方の水利権を支配していた。そのために近郷の農民は横居家に頭が上がらず、その権勢は並ぶ者がなかった。明治期の調査によれば、秋田県内における産米一万俵以上の大地主は四人いたが、横居家はその一人であった。

横居ナミは大正八年、横居家の一人娘として生まれ、横居家最後の「姫様」として育てられた。当時の横居家は三百五十数戸の小作農家を支配下に置き、雇い人およそ二十名を屋敷内に住まわせていた。

終戦後の農地改革で瓦解《がかい》したとはいえ、残存する屋敷はいまも往時の繁栄と栄光を物語る広壮なものだ。

ナミは昭和十四年、二十歳のときに吉野亀次郎と結婚した。吉野は秋田県北部の自作農家の次男坊で、苦学して早稲田大学を卒業、秋田県庁に勤めていたところをナミの父親に認められ、横居家に婿入りした。亀次郎はおとなしい男で、気性の強いナミにとっては、うってつけの従順な夫の役を務めた。両親亡き後は、事実上横居家当主は「姫様」のナミであったといってもいい。

亀次郎、ナミ夫妻には二男一女が生まれた。理想的な一姫二太郎だが、第二子の長男が誕生して間もなく終戦を迎え、やがて農地改革の嵐が吹き荒れる。さしも権勢を誇った横居家も没落の運命に飲み込まれた。

没落といってもまだまだ大農家であり、広大な山林の持ち主であることには変わりはなかったのだが、「姫様」としては屈辱の日々であったにちがいない。昨日まで小作農として、辞を低くしていた人々が、対等の立場で物を言うようになったのだ。

それまでも村の人間たちと直接口をきくようなことが少なかったナミは、ますます内に引きこもりがちになり、子供たちの学校のことや、のっぴきならない公式の行事などに顔を出す程度の付き合いを除けば、対外的なことはすべて夫の亀次郎に任せた。

ナミとは逆に亀次郎はむしろ水を得た魚のように活動的になった。村会議員を経て市会議員にも当選、やがて大曲地域を代表して県議にも当選した。もともと学識経験が豊かなところにもってきて、穏やかな人柄は人望が篤く、七十五歳で引退するまで、安定して県議の椅子を守り通した。

亀次郎はまた蓄財の才能にも恵まれていた。若い時期に興した経済研究所を主宰し、地元産業のコンサルティングをしながら、自らも金融投資による利益を着実に上げていった。実質の経営には長男の横居祐太《ゆうた》が当たっており、その後、バブルの崩壊などで大損をしたこともあるけれど、彼が亡くなったときの遺産総額はかなりのものであった。ナミが殺害され奪われた一億四千万円は、その遺産の一部と思われる。

遺産相続人は長男祐太をはじめ次男の横居真二、長女で横手市の沢村家に嫁いだ宏《ひろ》子《こ》と、それぞれの子供たちということになる。

「もっとも、その一億四千万円は税務上の裏金だったという噂がありますけどね」

本庄はそう言った。詳しい事情は銀行関係者からも出てきていないのだが、三年前に亀次郎が死亡した直後、一応の遺産相続が行なわれていたことは事実だ。それから三年も経ってさらに遺産の分配が行なわれるというのは、相続税を逃れた隠し財産があった可能性を疑われても仕方がない。

「事件後、警察が遺族たちに事情聴取をしても、誰もその『遺産』がどれほどの額なのか知らなかったというのです」

「というと、一億四千万という金額は、銀行の証言で明らかになったのですね」

浅見が言った。

「そのとおりです。警察が事件直後に実況見分した時点では、金庫の扉が開いていたけれど、どの程度の金品が被害にあったのか分からなかったのですが、間もなく、銀行から警察に届け出があって、前々日に銀行が現金で一億四千万円を届けた事実のあることが判明しました」

「横居ナミさんは、なぜ銀行振込を利用しないで、現金で遺産分けをしようなどと考えたのでしょう?」

「それも税金対策ではなかったかといわれています。銀行振込にすると、双方の預金口座に記録が残りますからね。それを嫌ったのじゃないでしょうか」

「はあ、そういうものですか」

銀行に縁のない浅見には、あまりよく理解できない。

「いま金庫の扉が開いていたと言いましたが、それは無理やりにこじ開けたのか、それとも鍵《かぎ》を使って開けたものですか？」

「鍵はいらないんです。その金庫というのは、よく質屋さんなんかにある、高さ一メートル以上もありそうな大型のもので、鍵ではなく、ダイヤルを合わせなければ開かない方式のものですから、簡単にこじ開けたりはできません。犯人はナミさんを脅して扉を開けさせたのだろうと考えられます」

「それにしても、大金があることや、家族が出払っていることを知っているところをみると、犯人は横居家の事情に通じている人物ということになりますか」

「さあ、それはどうか分かりません」

本庄は首を横に振った。

「花火大会の夜はどこの家も総出で花火見物に出かけるということは、大曲では常識みたいなものです。それに、犯人は必ずしも一億四千万円があると知らなくても、強盗に押し入った結果、思わぬ大金に出くわした――という可能性もあります」

「なるほど……」

浅見は感心したように頷きはしたが、その可能性は低いと決めていた。犯人の片割れが消されたことから考えても、この事件はかなりの計画性をもって実行された犯罪だと信じていいだろう。

「一億四千万のことは、横居家の三人の親族一家は知っていたのでしょうか？」

「遺産分けがあるらしいことはナミさんから聞いていたそうですが、金額は知らなかったと言ってます。もっとも、その人たちが警察に嘘をついていればべつですけどね。常識的に考えれば、知らなかったというのは不自然です。ただし、あそこの家のことやナミさんの性格を知る近所の人の話によると、横居家なら、そういうことがあってもおかしくないそうですが」

「横居家一族の関係はうまくいってなかったのでしょうか？」

「それなんです」

本庄は浅見の質問が核心を衝《つ》いたことに満足したらしい。

「じつは、ナミさんと三人の子供の家とは、どこもあまりうまくいってなかったみたいなんですよ。長男の奥さんというのが、ナミさんに負けないほど気の強い女性で、いわゆる嫁姑《よめしゅうとめ》の関係を絵に描いたように、ことごとに反発しあっていたそうです。長男ですから世間体は取り繕っていたようですが、仲がいいといえる関係ではなかったでしょう。同じ敷地内ではありますが、ナミさんのいる母家と長男一家の住む建物とは三十メートル以上も離れていて、実質的には独り暮らし同然だったそうです。それから長女の嫁ぎ先とは、以前、長女のご主人と亀次郎さんとのあいだで金銭トラブルがあって、長女も孫たちもそのとばっちりを食って、一時は出入り禁止状態だったそうです。亀次郎さんが亡くなってからは回復したようですが、婿さんのことは信用していなかったみたいですね。唯一、ナミさんのお気に入りだったのが次男ですが、この人は若い頃から素行が悪くて、まあ、そういう子供のほうが可愛いということもあるみたいですけどね。しかしナミさんと嫁さんとのあいだが徹底的にうまくいってなかった。どういう理由なのか、ナミさんが嫁を毛嫌いして、とにかく、家に寄せつけないっていうんですから、相当なものでしょう。それと、長男と次男が不仲でしてね、長男は次男がナミさんのところに来るのは、財産狙いだと思って警戒しているというのが、近所の評判でした。そんなもんで、長男はたえずバリアーを張って、なるべく本家には近づけなくしていたようです」

本庄が資料として書き出した家族構成表を見ると、次のようになっている。

〔長女一家〕横手市在住
沢村　哲　五十六歳　食品販売業
妻　宏子　五十六歳　主婦
長男孝一　二十七歳　会社員
次男高次　二十三歳　会社員
〔長男一家〕大曲市在住

横居祐太　五十三歳　会社役員
妻　烈子　五十一歳　同
長男洋嗣　二十六歳　公務員
長女伸子　二十四歳　会社員
次女晃子　二十二歳　会社員
〔次男一家〕大曲市在住
横居真二　四十六歳　不動産業
妻　マリ子　四十四歳　会社役員
長女光葉　二十一歳　学生

それぞれの家の子供たち――ナミの孫たちは、まだ一人も結婚も独立もしていないということである。

「次男のえーと、真二さんですか、この人の素行の悪さというのは、どういうことなのですか？」

浅見は訊いた。

「詳しいことはあまりよく知りませんが、金銭的にルーズだということは聞きました。というより、商売が下手なんじゃないかと思いますけどね。私も一度会いましたが、加山雄三ばりのハンサムな人で、女性にもてそうです。不動産屋の店は出しているけれど、いまは不景気だし、あまり儲《もう》かっている雰囲気じゃなかったですね。亀次郎の遺産なんかも、とっくの昔に食いつぶしちゃったらしい」

「じゃあ、金に困っている状態だったということですか」

「まあそう言ってもいいでしょう。警察もその点に関心をもって捜査したはずです。しかし結果は出ていないみたいですけどね」

「そのことについて、伴島さんは何か言ってましたか？」

浅見は訊いた。

4

本庄は浅見の質問の意図が飲み込めなかったらしく、「何かっていいますと？……」と、怪訝《けげん》そうな顔をした。

「横居真二さんに会いに行くとか、横居家の長男のお宅に行くとか、そういったことについては、何も言わなかったのでしょうか？」

「ああ、それは言ってました。横居家の本家を訪ねてから、真二氏のところにも行くということで、住所を訊かれましたよ」

「じゃあ、本庄さんが案内したわけじゃなかったのですね？」

「ええ、ちょうど原稿送りの時間が迫っていたもんで、私はすぐには動けなかったし、それに、伴島は地理はおれのほうが詳しいとか言って、一人で行きました」

「しかし、地理に詳しいっていっても、伴島さんが大曲にいたのは十三、四年以上も昔のことでしょう。街の様子は変わってなかったのですかねえ？」

「いやあ、私は昔のことはさっぱり分かりません。内小友辺りは昔のままみたいだけど、大曲市内は変わっちゃったんじゃないですかね。どうなんですか？」

本庄は二人の先輩に訊いた。やや年長で秋田県出身の高橋支局員が「大曲の十三、四年前というのは、私もよく知らないけどね」と当惑ぎみに言った。

「その当時からだと、秋田自動車道が通ったし、バイパスが完備したし、その頃はまだ駅前のデパートみたいのもなかったし、多少は変わったんだろうなあ。昔田んぼだったところも住宅地になったみたいだしね。しかし、市役所だとか、基本的な道路はそう変わっていないと思うが」

本庄が大曲市の地図を持ってきた。大曲の市街地はＪＲ奥羽本線と雄物川に挟まれた南北に長い地域に発達している。横居家のある内小友の集落は雄物川の対岸はるか南西に行ったところで、市街地地図には入りきれない場所だ。逆に寸又峡で死んだ住田が住んでいた花館は市街の北のはずれ。おそらく新開地といったところだろう。

「浅見さん、もし内小友へ行くのでしたら、こっちの地図をコピーします」

本庄はそう言って、不動産屋が使いそうな大判の細密地図から、内小友地区の分を四ページ、コピーしてくれた。

「その日、伴島さんは移動には何を使ったのでしょうか？」

「花よしで食事をした後、僕が駅前まで乗せて行って、レンタカーを借りました。そのレンタカーは十四日——つまり、伴島が殺されたとみられる日から四日後に、姫神公園のてっぺんにある駐車場で発見されました。後に警察がそれを手掛かりにして、姫神公園付近を捜索した結果、遺体の発見に繫《つな》がったわけです」

「なるほど。ところで、横居家の次男坊、真二さんの家はどの辺なのですか？」

「高畑《たかばたけ》です。古四王神社の近くです」

「コシオウ、ですか？」

「ええ、古い四つの王と書くんですが、本殿の建造物が重要文化財に指定されています。大曲で全国的に自慢できるのは花火大会ぐらいですが、この神社も知る人ぞ知る名所といっていいでしょう」

「その高畑というのは、内小友や姫神公園とは近いのですか」

「いいえ、内小友も姫神公園も雄物川の西岸ですが、高畑の集落は、大曲市街地を東南に出はずれたところで、奥羽本線を越えた反対側です。そう近いとはいえないでしょうね。それに、住田の住居のある花館からも遠いですよ」

本庄は地図を開いてその位置を示した。「老女殺害事件」のあった内小友、住田の住居がある花館、伴島の遺体が遺棄されていた姫神公園、横居真二の自宅がある高畑の古四王神社——を地図の上で見ると、大曲市の四隅にあたるような位置関係だ。まるで、なるべく離れ離れの場所を選んだような作為さえ感じさせる。

「伴島さんが、内小友の横居家を訪ねた後、真二さんの家を訪ねると言ってたとすると、警察は当然、真二さんと伴島さんの事件との関わりを疑ったでしょう」

「もちろんです。それもかなり状況が悪いでしょうね。もともと彼は母親が殺された事件で、ほとんど容疑の対象になっているんですから。もし伴島がそのことで彼を追及しようとしていたとすると、真二氏には伴島殺害の動機があることになります」

「ちょっと待ってください。横居家のおばあさんが殺された事件で、真二さんが容疑対象になった事情というのを聞かせてくれませんか」

「それはまあ、さっきも言ったように、金に困っていたことだとか……これがかなり切迫しているらしいんですね。それと、日頃の素行の悪さ、彼には若い頃に前科もあるらしいんですよ。それに、事件当夜のアリバイもはっきりしないみたいですしね」

「母親が殺されたときは、彼はどこにいたことになっているのですか」

「それについては、警察はまだ公式発表はしていないのですが……」

本庄は（どうしようか？――）という視線を先輩たちに送った。二人の支局員は黙って頷いた。

「シンパの刑事さんから聞いた話なんで、オフレコにしてもらいたいのですが、最初は花火見物に行っていたと主張したそうです。ところがそれを証明する者がいない。たしかに花火見物に行ったことは確かで、目撃者もいるのですけど、午後八時以降がはっきりしない。それどころか、どうも真二氏は横居家のおばあさんのところへ行ったのじゃないかという話が出てきたみたいです。もちろん本人は否定しているのだけど、近所の人間が午後八時頃、彼のマイカーとよく似た車が猛スピードで内小友の集落から走り去るのを目撃していたらしいのです。警察がその点を追及すると、その内に、じつは盛岡へ行っていたと言いだしたんですよ」

「ほう、それは事実だったのですか？」

「いや、裏は取れていないみたいです。走り去った車が真二氏のものかどうかはっきりしないことはありますが、彼の弁明によると、盛岡へ行ったことは行ったけれども、訪ねた相手が留守だったそうです。それを黙っていたのは、証明できないことを言うと、アリバイ工作だと思われるからだというのですね。どうも苦しまぎれみたいな話ですが」

「そうなのですか……」

浅見はため息をついた。（なあんだ——）というのが正直な気持ちだった。もしそういうことであるのなら、横居真二は限りなくクロに近いではないか。これでは遠路はるばる出かけてくることはなかったのだ。

（しかし——）と思い直した。

「もし容疑対象になっていたのなら、伴島さんの事件のときは、真二さんは警察の監視下にあったのではありませんか？」

「いや、それがそうでもないみたいなんですよ。母親が殺された八月二十四日の事件発生から九月の終わり近くまでは、警察も徹底的に真二氏をマークしていたみたいですが、ある時点で捜査方針が急に転換した時期がありましてね。後で分かったことですが、その時点で重要参考人として住田が浮かび上がっていたというわけです」

「というと、その時点で真二さんは容疑の対象から外しちゃったのですか」

「そうなんです。住田の容疑がほぼ確定的だったし、住田と真二氏の接点はまったくないと断定したのでしょうね。住田が殺害された疑いがあるとなったときも、あらためて真二氏と住田との共犯関係について調べたみたいですが、結局、いくらつついてみても、二人の接点はまったくないことが分かったという話だったのです。ところが、伴島が殺されたもんだから、警察も今度こそ本腰を入れて取り調べる気になったんじゃないですかね。このところ連日のように事情聴取を行なっています」

「つまり、真二さんと伴島さんには接点があったということですか？」

「いや、いぜんとして証拠もないし、真二氏は否定しているようですが、伴島が彼を訪ねる予定だったのは事実だし、実際、ここを出たあと、そう言っていたとおり、まず内小友の横居家を訪ねています。真二氏の自宅前に見知らぬ車があったことを、近所の人が目撃していたそうです。二人が会ったと思うほうがふつうでしょう」

「しかし、もし横居真二さんが殺人事件の容疑の対象になっていたとしたら、伴島さんがノコノコ一人で会いに行くというのはちょっと危険じゃありませんか」

「そうなんですよ。だから私も、横居家のほうはともかく、真二氏のほうはやめたほうがいいんじゃないですかって言ったんですけどね。伴島は、そんな心配をするような相手じゃない。心配してたら特ダネは取れないって……」

「ほうっ、伴島さんはそんなふうに言っていたのですか」

浅見は顔を上げて念を押した。

「ええ、そう言ってました。だから私も、伴島がわざわざ大曲まで出向いてきたのは、特ダネを狙ってのことなんだなと思いましたよ」

「あ、いえ、そうじゃなくて、『そんな心配をするような相手ではない』と言ったという部分です。伴島さんはそういう言い方をしたのですね」

「は？　ああ、そうですよ。正確には多少違っているかもしれないけど、ニュアンスとしてはそうでしたよ」

「その言い方だと、なんだか伴島さんは真二さんのことを、あらかじめ知っていたように聞こえますね。どうなんでしょう、伴島さんが大曲通信部にいた当時、真二さんと接点があった可能性はありませんか」

「ああ、そういえば、伴島は電話で、内小友の横居家に何度か行ったことがあるとか言ってました」

本庄は二人の先輩と顔を見合わせた。

「おい、本庄、横居真二に前科があるっていうやつ、あれはいつ頃の話だ？」

高橋支局員が言った。

「ひょっとして、伴島さんの時代だったかもしれねえぞ」

「なるほど……調べてみます」

本庄はすぐに大曲署に電話した。次長を呼び出して、ほとんど対等な物言いで訊《き》いている。若いが、自分は東読新聞を代表しているのだ——という気概が感じられた。

「昭和五十五年八月十六日に起きた傷害事件だそうです」

電話を切って、本庄は報告した。

「喧嘩《けんか》みたいなものだったのですが、相手に全治一ヵ月の大怪我をさせて、執行猶予つきながら、禁固六ヵ月の有罪判決が出ているということです」

伴島武龍が東読新聞社大曲通信部に勤務していたのは、昭和五十四年から五十九年の足掛け六年のあいだである。事件はまさにその間に起きていた。

「浅見さんの言うとおりですねえ」

高橋がおおげさに感心した。「だとすると当時、伴島が横居真二に接触した可能性は百パーセントありますよ」

「そういう予備知識があって、心配するような相手ではないと言ったのですか……」

浅見はむしろ、浮かない気分で首をひねった。執行猶予付きにもせよ、六カ月の禁固刑を言い渡されたことに変わりはない。しかも相手に重傷を負わせているのだ。常識的に考えれば凶暴で危険な相手ではないか。

（心配しなくてもいい、何か事情があるのかな？――）と思った。

「僕も一度、会ってみます」

「会うって、真二氏にですか？」

本庄は危惧《きぐ》する顔になった。

「ええ、とにかく伴島さんと同じコースを辿《たど》ってみます」

「そうですか……」

本庄は時計を見て、「じゃあ、私もご一緒しましょうか」

「いいえ、一人で行きます。伴島さんがそうしたように」

「なるほど。だったら車を使ってください。五時までに戻ってきてくれればいいです。ただし軽《けい》ですけどね。鈴木さん、あんたの車、貸してあげて」

鈴木というから、高橋の同僚の支局員かと思ったら、通信部の女性の名前だった。浅見がそのことを言うと、当の鈴木支局員が「秋田県は佐藤、高橋に次いで、鈴木がやたら多いのです」と笑った。

女性の車もスズキだった。赤の可愛らしい車だ。鈴木嬢は簡単に操作マニュアルを解説して、恥ずかしそうに「小さい車で、すみません」とお辞儀をした。「とんでもない」と言ったが、浅見はシートの位置を思いきり後ろに下げた。

市街地をものの一分も行くと、雄物川の橋にかかった。想像していたより大河で、このところ雨つづきのせいか、川の水もたっぷりだ。欄干越しによく整備された広い河川敷が見える。あの辺りが花火大会の会場になるのだろう。

地図によると、この橋から三キロほどのあいだで雄物川には二つの支流がある。一つは大曲市内を流れる丸子川であり、やや下流で玉川という、支流としてはかなり大型の川が合流する。

橋を渡って左へ行くと内小友の集落へ、右へ行くと姫神公園の方角だ。浅見はとりあえず内小友の横居家を目指した。

田んぼの中を行く「県道大曲大森羽後《うご》線」を二、三キロ走った辺りが内小友の集落である。右手に小高い丘が見えた。ここは「余目公園《あまるめ》」といい、姫神公園とともに桜の名所として知られているのだそうだ。

地図に従って県道を右に逸れた。余目公園を行き過ぎたところに、森を背にした大きな屋敷があった。

ひと口に「大きな屋敷」といっても、実際に見た者でなければ実感が伴わないかもしれない。横居家の屋敷の壮大さは、東京辺りの人間の感覚には想像がつかないだろう。杉の巨木を中心にした小山のような森の手前に、およそ百五十メートルはあると思える長い白壁の塀が、鶴翼《かくよく》を広げたように横たわっていた。大きな屋根を載せた門が二箇所と、ほかに冠木門《かぶき》が一つ。どれも車が乗り入れるに十分な幅がある。塀の上から、黒い屋根と白い壁の建物が幾棟も覗《のぞ》いている。モミジかカエデか知らないが、紅葉した樹木も多い。

いまさら近所の人に聞くまでもなく、あれがかつての「庄屋様」横居家であることは一目瞭然《りようぜん》だ。浅見はおっかなびっくり、屋敷に近づいた。

最初の門の前を通過しながら覗き込むと、驚いたことに、塀の内側にもう一重、板塀が巡らせてあった。さながら中世の館《やかた》を思わせる造りである。浅見は思いきって、次の門から車を屋敷内に乗り入れた。

5

外郭の塀と内側の塀とのあいだには十メートルほどの空間がある。その中央を砂利道が走っている。外郭の二つめの門を入った正面にある冠木門の手前で、浅見は道を左に折れた。ハンドルを切る前に、門の奥、二十メートルほどのところにある玄関を窺《うかが》ったが、人の気配はなかった。

内側の塀は、そこからおよそ三十メートルのところで右奥へ折れて、母家とそれに付随する蔵などの建物を囲んでいる。ちょうど、外郭の三つめの門を入ったところである。

その門を入って奥へつづく道を挟んで、母家の塀から三十メートルほど離れたところには別棟の家があった。母家よりはずっと新しい、この屋敷全体の雰囲気には似つかわしくない、新建材を使った二階屋だ。これがどうやら、長男一家が住む建物らしい。これだけ離れていれば、たしかに老母は事実上の独り暮らしだったわけである。

浅見はその家の玄関前に車を停めて、玄関のインターホンを押した。かなりあいだを置いてから、「はい」と、抑制された女性の声が応じた。刑事やマスコミに押しかけられる日々がつづいたのだろう、極度に警戒している気配が伝わってくる。

「東京から来たルポライターの浅見という者ですが、ちょっとお話をお聞かせ願えませんでしょうか」

だめでもともと、真正面から申し入れてみたが、案の定、だめだった。「いま、分かる者がおりませんので」と、邪険に通話を切られた。テレビのレポーターなら、執拗《しつよう》にボタンを押しつづけるところかもしれないが、浅見はあっさり引き揚げる主義だ。

とはいっても、横居ナミが殺された母家のほうだけは、少し調べてみたい。もういちど正面の門前に回って車を降りた。

母家と長男一家の建物とのあいだには、空の開けた空間があったが、この辺りは大樹が天を覆って昼なお暗い。雨は上がっているけれど、地面に敷きつめた落ち葉はしっとりと水分を湛《たた》え、それに冷気が加わって、足元からゾクゾクするような雰囲気が漂う。

門を入って玄関前に立った。間口二間、ガラスの嵌《は》まった格子の引き戸が四枚。古めかしい玄関である。左右に小窓を配し、破風《はふ》には竜の彫り物が施されている。屋根には重厚な鬼瓦《おにがわら》を載せ、訪れる者を威嚇《いかく》する。玄関だけで独立した建物といっていいほどの威容である。

浅見は玄関脇に旧式な呼び鈴があるので押してみたが、もちろん応答はない。しばらく待ってから、建物に沿って右手へ回って行った。

たぶん総檜《ひのき》づくりなのだろう。純和風の木造建築だ。建ててから六、七十年以上は経過していそうだ。白壁のところどころが傷んでいるとはいえ、財力にものを言わせて建てた、当時の勢いを感じさせる。

右手の端には、母家と渡り廊下で結ばれた白壁の土蔵がある。渡り廊下の高い床下を潜った向こう側は、中庭になっている。泉水や築山などが見えて、まるで時代劇に出てきそうな光景だ。

横居ナミが殺された部屋というのは、どの辺りなのだろう――と、一歩二歩、渡り廊下のほうに向かって歩き出したとき、背後から「何をしてるだ」と怒鳴り声がかかった。

振り向くと、厚手のスポーツシャツの上に窮屈そうなジャケットを着て、長靴を履いた五十歳前後の男が、鋭い目でこっちを見て、肩を怒らせている。

「あ、ご長男の祐太さんですね」

浅見は人なつこい笑顔を作って男に近づいた。男はかえって警戒を強めたように、右足を半歩引いた。

「いまお宅のほうへ伺ったのですが、お留守だったようで。お忙しいところお邪魔して申し訳ありません。浅見という者です」

ポケットから名刺を出して渡した。男のほうは、そのつもりはなかったのに、反射的に名刺を受け取ってしまったのか、面白くもなさそうな顔で「横居です」と名乗った。

「だけどあんた、勝手にひとの家に入り込んできてもらっては困るでしょうが」

「すみません。あまりにも立派なお屋敷なので、つい拝見したくなりました。それにしても、こんな大きな家にお母さんが独りで住んでおられたのですか」

「ん？　ああそうですが、独りといっても、まあ、近くに私らもおりますからな」

「しかし、ほとんど行き来はしてなかったと聞いていますよ」

「そんなことはない。誰がそういうことを言うのですか。かりにも親子ですからな、毎日ということはないが、ときどきは顔を出していたですよ」

「それじゃ、その晩、お母さんのところに一億四千万円という現金があったことも、ご存じだったのでしょうね」

「いや、どれくらいか知らんけど、遺産を分配するという話は聞いていたですよ。それだもんで、次の日は兄弟が集まることになっていたのです」

「そのことは、ご兄弟みなさんご存じだったのですね？」

「そうです」

「真二さんもご存じだったわけですか」

「…………」

「警察が真二さんを疑っていることはご存じですか？」

「ばかなことを言うんでないよ。警察がどう言ったか知らんが、真二がそんなばかなことをするわけがない。妙な噂を勝手に書いてもらったら困るよ。場合によったら名誉毀損《きそん》で訴えるからな。さ、帰ってくれないか」

「はい、すぐ引き揚げますが、一つだけ聞かせてください。あの晩ですが、祐太さんご一家は全員が花火見物をしていらっしゃったのですね？」

「そうだよ。うちと姉のところの家族は全員が一緒に花火を見ていた。間違いない。警察にもそう話したよ」

「真二さんのご家族とは一緒ではなかったのですか？」

「ああ、あいつはちょっと変わり者だから、姉のだんなが嫌っているもんでね。それと、真二の娘が……」

言いかけて、「そんなことはどうでもいいだろう。さ、帰ってくれ」と両手を突き出すようにした。浅見は「ありがとうございました」と頭を下げ、車に戻ろうとして、思い出したように言った。

「このあいだ殺された伴島さんですが、あなたはお会いになったのでしょうか？」

「伴島？……ああ、新聞記者かね。私は留守していたが、家内は会ったそうだ。べつに何も話していないとか言っていた。警察はその事件でも真二を疑っているようだが、ばかなことだな。真二はそんなやつではない」

横居祐太は自分の名誉を侵害されたように、怖い目で浅見を睨《にら》んだ。兄が弟を庇《かば》ったことは、当然といえば当然だが、少し意外だった。警察の目が真二に向けられているかぎりは、他の人間は容疑の対象外にある。祐太にせよ姉にせよ、その家族を含めて、犯行動機の点でいえば容疑をかけられてもおかしくはない。実際は事件と関係ないにしても、真二をスケープゴートにしておけば、事情聴取の煩わしさは避けられる。日頃は仲が悪いといっても、やはり肉親同士ということか。

横居家から撤退して、問題の真二の家を訪ねることにした。内小友からだと、ほとんど真東にあたるのだが、雄物川に架かる橋を渡るには、大きく迂回《うかい》して行くことになる。浅見はついでに川沿いの道を下って、伴島の死体が遺棄されていたという姫神公園を見ることにした。

姫神公園は雄物川と道一つ隔てたところから、椀《わん》を伏せたように盛り上がった、高さ百五十メートル程度の小山である。樹木が密生して、北側を登って行く坂は憂鬱《ゆううつ》なほど暗い。その途中の路傍に花束がいくつか捧《ささ》げられていた。ここが死体遺棄の現場と思われる。この辺りの道路脇はかなり急な斜面だ。

車を下りて覗き込むと、灌木《かんぼく》が繁茂する中に、さんざん踏みしだかれたような形跡があった。警察が遺留品の捜索を行なったのだろう。しかし、ここなら死体の発見が遅れたのも不思議はない。歩いて通り、しかも崖下《がいか》を覗いてみなければ、死体に気づくことはなさそうだ。むしろこれほど早く発見されたのが幸運というべきかもしれない。

坂を登りきると広場に出た。レストハウスのような大きな建物があり、その向こうの南側は展望が開けて、眼下に雄物川を控えて大曲市街から仙北平野が一望できる。なかなかの景観で、「新観光秋田三〇景」に選ばれたのも頷《うなず》ける。

時雨《しぐれ》模様のウィークデーとあって、人影はなかった。建物に入ると、レストランは休業で、管理室に老人が一人、ひまそうにテレビを観ていた。

「ここでこのあいだ、殺人事件があったそうですね」

浅見が水を向けると、老人は面倒くさそうに、テレビに視線を向けたまま「ああ、あったけどな」と言った。警察をはじめ、同じ質問を何度も繰り返されたにちがいない。

「死体が捨てられたのは夜だと思いますが、そのときはここには誰もいなかったのでしょうか？」

「ああ、誰もいねえだよ。夏場は宿直の者が交代でいるけんど、いま時分はいたずらしに来るやつもいねえもんな」

坂道の途中では車はUターンができない。

引き返すには山頂の広場まで来るしかないのだが、夜間、この建物に人がいないことや、あの絶好の死体遺棄の場所を知っていたとすると、かなり土地鑑のある人間の犯行と考えていい。

山を下りて、横居真二の家のある高畑へ向かう。奥羽本線の踏切を渡り、大曲市の東南、郊外に出た辺りが高畑地区だ。近くで「古四王神社」と訊くとすぐに分かった。県道を右折して、田園の中を少し行ったところに、神社の森がある。周辺は田んぼだが、北側にだけ比較的新しい住宅がポツリポツリと建っている。

重要文化財だという古四王神社は、一見した印象ではそれほどのものとは思えなかった。参道の正面には、むしろ汚いとしか言いようのない建物が建っている。あれが重文かね？——とかえって興味を惹《ひ》かれた。

境内に入って、少しぬかる参道を歩いて行った。正面に見えたのは神社の本殿ではなくて、なにやら物置と社務所を一緒にしたような汚い建物だった。その背後に拝殿があり、さらにその奥に本殿があった。重文はその本殿を指すらしい。本殿は高い塀に囲まれているが、拝殿の脇に木戸があって、そこから拝観できる仕組みになっている。べつに拝観料を取るわけではないが、いたずらで汚損されるのを防いでいるのだろう。

拝殿にお賽銭《さいせん》を上げて参拝してから、木戸を入って行った。

誰もいないと思っていた本殿の前に、女性が一人佇《たたず》んでいた。浅見の気配に驚いたように振り返った。まだ少女のような若い女性だった。振り向いた勢いで、肩まである髪の毛がフワッと広がって、項《うなじ》の白さがくっきりと見えた。

雪のように白い顔であった。秋田美人の典型なのかもしれない。黒目がちの大きな眸《ひとみ》に見つめられると、思わず視線を逸らしそうになる。

浅見は笑って「こんにちは」と言った。

女性は答えずに、顎《あご》を引いたポーズでじっとこっちを見ている。紺色のセーターに黒いスラックス、白いブーツ……ふだん着らしいところをみると、この近くの住人なのかもしれない。

「なかなかいいお社《やしろ》ですね」

浅見は本殿の庇《ひさし》を見上げながら言った。お世辞ではなく、本殿の造作は立派なものだった。立て札に「元亀《げんき》元年（一五七〇年）の建立」という解説がある。細工のみごとさからいって、よほどの名工が丹精込めたものだろう。

「お近くの方ですか？」

親しげに話しかけたが、女性はいぜんとして上目遣いに睨むばかりで、返事をしてくれない。地方の女性ははにかみ屋が多いことは知っているが、それにしても、よほどの人見知りなのだろう。

「これだけの重要文化財にしては、あまり整備されていないのがもったいないないなあ」

浅見はさらによく見ようと、一歩、本殿に足を踏み出した。

とたんに女性は、サッと飛びすさった。まるで猫の化身のような身のこなしだ。髪の毛が一瞬、逆立つように見えて、場所が場所だけに、浅見はゾーッとした。幽霊や化け物のたぐいに対して、極度に臆病《おくびょう》な人間なのである。しかしすぐに、自分のほうが警戒されていることに気づいて、いささか不本意であった。

「ははは、どうしたんですか。何もしませんよ。僕は怪しい者ではありませんよ」

ばかばかしいと思いながら、弁解した。

しかし女性は警戒を解くどころか、いっそう険しい目を向けながら、少しずつ出口のほうへ移動して行く。

遠くで「ミハ……」と呼ぶ声がした。女性はビクッと反応して、身構えた姿勢から一気に走り出した。浅見はあっけに取られて、しばらくのあいだ、彼女が消えた木戸の方角を眺めていた。こんなに警戒された経験はかつてない。（なんでこのおれが――）と、だんだん腹が立ってきた。

「ミハ」というのが彼女の名前らしい。「ミハ」とは妙な名だが、まさか「ミーハー」と呼んだわけではないだろう。

まあしかし、いなくなった相手に怒ってみても始まらない。浅見は気分を変えて、本殿に柏手《かしわで》を打って拝礼した。

境内を出て、近くで畑仕事をしている老人に「横居家」を訊いた。神社の手前の道を左に少し行ったところの、新しいが、見るからに安普請《やすぶしん》の二階屋がそれだった。建物の前に庭とも畑ともつかないような荒れた土地がある。その一部が駐車場になっていて、車が一台あった。浅見が乗ってきたのと同じスズキの軽自動車である。そこを通って玄関先へ行くと、内側からドアが勢いよく開いた。

驚く浅見の目の前に、最前の白い顔の女性が立って、こっちを睨んでいた。

秋田の女

1

浅見は（あっ――）と思い当たった。本庄通信部員に見せてもらった家族構成表の、横居真二の娘の名前がたしか「光葉」だった。そのときは当然、「みつは」と読むものとばかり思ったが、ひょっとすると「みは」なのかもしれない。

「こんにちは、横居さんのお嬢さん、光葉《みは》さんですね」

笑顔を作ってお辞儀をした。

光葉は反射的にコクリと頷きはしたが、警戒を緩めたわけでなく、表情を強張《こわば》らせたまま、一歩、戸口の奥へ後ずさった。

「お父さんはいらっしゃいますか？」

追いかける素振りを見せずに、浅見はのどかな口調で言った。光葉は答えずに、じっとこっちを見つめている。

そのとき、奥から母親らしい声で「誰か来たの？」と問いかけた。玄関の気配に気づいたのだろう。浅見はその声に向かって「ごめんください」と呼んだ。

光葉は身を翻《ひるがえ》すように奥へ消え、代わりに母親が現れた。真二の妻、マリ子である。光葉の顔をふっくらさせたような、優しい美しい顔だちの中年女性だが、髪のほつれや目の下の翳《かげ》りなどに、心労が窺《うかが》える。娘のただならぬ様子に怯《おび》えた気持ちが、そのまま上目遣いの表情に表れていた。

「あの、どちらさんでしょう？」

「浅見という者です。東京から来たルポライターです」

浅見は腕を思いきり伸ばして、名刺を差し出した。マリ子はしばらく躊躇《ためら》ってから、オズオズと名刺を受け取った。

「ご主人の真二さんはご在宅ですか？」

浅見が明るい声で訊《き》くと、マリ子は困った顔を背後に振り向けて、「いえ、いまは留守ですけど」と言った。彼女の視線の先には、光葉が柱の陰から目だけを覗《のぞ》かせている。

「というと、まだ警察ですか？」

カマをかけて訊いた。

「え？　ええ、まあ……あの、そんなわけで何も分かりませんから、主人のいるときに来ていただけませんか」

気弱そうだが、断固として拒否する姿勢を見せて言った。

「そうですか、分かりました。それでは失礼しますが、しかし……」

浅見は笑顔を消して、声のトーンをグッと落とした。

「このままですと、ご主人はお母さん殺しの容疑者にされてしまいませんか？　それが心配なのですが」

「そんな……主人は何もしていません。そんな恐ろしいこと……」

「おっしゃるとおり、ご主人は潔白なのでしょう。とはいっても、警察に対してそのことをきちんと証明できないと、思いがけないつらい状態に追い込まれないともかぎりませんよ」

「あの、つらい状態というと、どういうことになるのでしょうか？」

「たとえば、起訴されて、拘置所に入れられたり、裁判ということになると厄介です」

脅しではなく、本当にその可能性があると浅見は思った。警察がここまでこだわって真二を調べつづけているとなると、彼をめぐる客観情勢はかなり不利なものであるにちがいない。警察がひとたび思い込むと、彼らの書いたシナリオどおりに調書を作成しようという方向へ向かいたがる。いまは任意による取り調べだとしても、早晩、強制捜査に切り換え、やがて逮捕という経過を辿《たど》ることはよくあるケースだ。

浅見のその真摯《しんし》な気持ちはマリ子にも伝わったようだ。「あの……」と、縋《すが》るように言いかけたとき、背後から光葉の鋭い声が飛んできた。

「お母さん、騙《だま》されちゃだめよ！」

とたんにマリ子はギクリと体を硬直させて、また窺うような目つきになった。

「騙しはしません」

浅見は笑顔で言った。

「僕はこれで失礼しますが、もし何かご相談なさりたい事がありましたら、その住所に連絡してください」

名刺に視線を落としたマリ子に「では」と頭を下げて、ドアを閉めた。

通りに戻ると、車の傍にさっきの老人が佇《たたず》んでいた。横居家の様子を窺いながら、「新聞記者さんかね？」と訊いた。

「ええ、似たようなものです。横居さんは警察に疑われているみたいですね」

「んだべな、おふくろさんのこともあるし、疑われても仕方ねかんべな」

「横居さんはご近所の評判はあまりよくないのでしょうか？」

「いや、そんたらことはねえよ。そりゃ、だんなは少し遊び人みてえなところもあるけんど、人付き合いはいいし、奥さんも気さくでいい人だ」

「お嬢さんはどうですか？」

「ん？　ああ、光葉さんかね。ひとの家のことは言いたくねえけんど、あの子はちょっと精神状態がおかしくなってるとかいうこんだ。大学さ行っておったども、ずっと休んでるんでねべか」

「あ、そうだったのですか」

浅見は光葉の異様な目の輝きを思った。

本家の横居祐太が、光葉のことを言いかけて口ごもった理由が分かった。遊び好きだという父親の仕事はあまり安定していないらしいし、人付き合いがいいというのは、裏返していえば内に対しては暴君だということかもしれない。娘の光葉には、彼女なりに気苦労やストレスがあるのだろう。それが情緒不安定の原因になった可能性はある。

古四王神社脇に停めてあった車に乗って、大曲市内へ向かった。

東読新聞通信部へ戻る途中で、釣り具店の看板を見かけた。浅見は閃《ひらめ》くものがあって、立ち寄ってみた。間口が二間ばかりの小さな店だ。所狭しと釣り道具が並べられ、隙間の壁にはさまざまな種類の魚の魚拓が飾られている。海には遠い地域だけに、湖と川の魚がほとんどのようだ。五十センチを超える巨大イワナの魚拓が断然他を圧している。

店番にはいかにも気のよさそうなおばさんタイプの中年の女性がいて、「いらっしやい」とは言ったが、見知らぬ顔の客に戸惑った様子だ。

「この辺りの川ですと、何が釣れるのですか？」

浅見は素人っぽい質問をした。

「いろいろだね、アユ、ウグイ、コイ、それにサケとかサクラマスとか。少し山のほうさ行けば、イワナもヤマメも釣れるっけど」

「サケも釣れるんですか？」

「ああ、大曲では雄物川さサケを放流してるし、遡上《そじょう》もしてきますよ」

「そうか、それで伴島さんは大物が釣れるって言っていたんだな」

独り言のように言うのを、おばさんは耳聡《みみざと》くキャッチしてくれた。

「伴島さんて、あの、このあいだ殺された伴島さんけ？」

「そうですよ、友だちだったんだけど、ひどいことになっちゃった。いつか雄物川に釣りに行こうって約束していたのに……」

「んでしたか。お客さん。伴島さんのお友だちだったかね」

「えっ、それじゃ、伴島さんのこと、知っているんですか？」

「知ってるどころでねえだ。むかし、東読新聞社の通信部さおった頃、うちさよく見えたお得意さんだもんねえ。殺される前にもこの店さ来て、そん頃の話をしてったたっけが。まんつ釣りが好きな人でした」

浅見の勘は当たった。おばさんは懐かしそうな、そして悲しそうな顔をした。

「事件の前にここに来ていたというと、何時頃ですか？」

「いまより少し早い時分だったと思うけんど」

「そのことは、警察も知っているんでしょうね？」

「知ってるっていうか、私が教えてやったんだわ。昔と違って、近頃のお巡りさんは釣りもしねえし、伴島さんがここさ来たなんて考えつかねかったんでねべか。飲み屋さんだとか、そんたらとこばっかし聞き込みに行ってたみてえだもんな」

近頃のお巡りさんでなくても、釣り道具店は盲点だったにちがいない。とにかく、時間的にみて、伴島は東読新聞社大曲通信部を出たあと、まず内小友の横居家を訪ね、そしてここを訪れたということになるらしい。

「そのとき、伴島さんはどんな話をしていましたか？」

浅見は訊いた。

「どんな話って、昔の釣りの話をしてたっけがね」

「事件の話はしなかったですか。例の、内小友の殺人事件の話は」

「ああ、それはしてただよ。なんでも、静岡県の寸又峡で殺された男の人が、内小友のおばあさんを殺した犯人だったとか言ってただよ。伴島さんは静岡さ転勤してたんだと。向こうの川だば、ろくな魚が釣れねえもんで、大曲の頃が懐かしいとか言ってたな。あん頃はあんた、事件も大してねかったしな。新聞も警察もひまで、釣りばっかしやってたんでねべか」

　おばさんは屈託なさそうに笑った。

「伴島さんはこのお店を出たあと、どこへ行ったのか、警察にそのことを訊かれませんでしたか？」

「訊かれたけんど、はっきりしたことは分かんねえと言っただ。刑事さんの話だと、高畑古四王神社の近くに横居さんの次男の方が住んでおるだと。伴島さんがそこさ行くって言ってねかったかって訊かれたけんど、そんたらことは言ってねかったような気がする。魚釣りの話ばっかししていたから、たぶん川でも見に行ったんでねえべかって思ったんだけどね」

「川へ行ったというと、姫神公園の下辺りですか」

「んでねえべさ。姫神公園の下は雄物川だもんね。あそこは大して釣れねえだ。伴島さんたちがよく行ってたのは、松倉《まつくら》か、そうでなければ、玉川のサケ漁場の辺りだったね。けんど、この前来たときは、べつに釣りするわけでもねえし、どこさ行ったかは分かんねえすな。川は広いもんなあ」

　まったくそのとおりであって、川は長く、流域は広大だ。

「松倉というのはどの辺ですか？」

浅見が何気なく訊《き》くと、おばさんは急に警戒する目つきになった。

「それはあんまし教えたくねえすな」

「えっ？　どうしてですか？」

「よそから来る人がたに、穴場を教えると、地元のお客さんにごしゃかれる（叱られる）だよ」

「あ、それなら大丈夫です。僕は釣りはあまりやらないし、人に教えたりもしません。約束しますよ」

「んだがや？」

おばさんはなおも懐疑的な様子だったが、仕方なさそうに松倉の場所を教えてくれた。雄物川と玉川の合流点から、ほんの少し上った辺りだ。ついでに玉川のサケ漁場というのも訊いたが、こっちのほうは「穴場」ではないのか、あっさり教えてくれた。

時刻は車を返す約束の五時まで、あと二十分ちょっとあった。せっかくなので、せめてサケの漁場だけでも見ることにした。大曲市街地を北に抜け出して間もなく、東側から玉川が雄物川に合流してくる。その合流点より一キロほど上流の玉川に、サケ漁のヤナ場が仕掛けてあった。

広い河川敷に車を乗り入れて、二百メートルも走ったところがヤナ場のある川岸だ。百メートル近い川幅いっぱいに設けられた鉄製の柵《さく》に、一箇所だけ遡上できるような開放部がある。そこに誘い込まれたサケは、その先で檻《おり》の中に閉じ込められる仕組みだ。

川の水は豊かで清冽《せいれつ》だ。この川ならサケも遡上するだろうし、シーズンにはアユも釣れそうな気がする。しかしいまはサケの漁期もとっくに過ぎていて、遠くに竿《さお》を振る釣り人が見えるほかは人影もなく、侘《わび》しい晩秋の風景が広がっている。

いよいよ時間がなくなった。浅見は車に戻り、慌ただしく河原を後にした。

東読新聞通信部には五時五分過ぎに帰着した。車の持ち主の鈴木嬢に遅れたことを詫《わ》びたが、気分を悪くしているどころか、「ご苦労さま」と労《ねぎら》って、熱いお茶をいれてくれた。白い指のきれいな女性だ。横居光葉もそうだったが、秋田の女性はおしなべて色白で、目が漆黒《しっこく》である。「秋田美人」というのは嘘ではない。

「どうでしたか、収穫はありましたか？」

本庄通信部員があまり期待していない口ぶりで訊いた。支局員の二人は、ついさっき秋田市へ引き揚げて行ったそうだ。警察の捜査が停滞していることからみて、今日も大して稔《みの》りのある送稿はなかったにちがいない。本庄の浮かない顔つきからも想像がつく。

浅見は横居家と高畑の横居真二宅を訪ねたことを報告した。真二の娘に会った話をすると、本庄は「へえーっ」と羨《うらや》ましそうな顔をした。いままで何回か高畑を訪問したが、光葉には一度も会えてないのだそうだ。

「噂では情緒不安定で、誰にも会わないってことなんですけどね。浅見さんはついてる人なのかもしれないな」

「どうですかねえ、最後には怪しい人間のように怒鳴られましたよ」

浅見は笑った。

「ところで、伴島さんが釣り具店を訪ねていたこと、ご存じでしたか？」

「えっ、知りませんが、いつのことです？」

「行方不明になった日の午後四時過ぎか、五時頃じゃないかと思います。たぶん、内小友の横居家を訪ねたあとでしょう。しかしそうですか、ご存じなかったのですか」

「ええ、知りませんでした。警察もそのことについては何も言ってませんしね」

「もしかすると警察は、あまり重要なことじゃないと思っているのかもしれませんね」

そうは言ったが、浅見の感覚からいうと、警察もそれに新聞社も、いささか呑気《のんき》すぎるような気がしてならなかった。

2

その夜の食事は、本庄に頼んで「花よし」に案内してもらった。もちろん浅見は奢《おご》るつもりだったが、本庄は仮払伝票を切った。

「めしぐらい経費で落としますよ。その代わり浅見さん、捜査ルポは本当にうちの記事にしてくださいよ」

抜け目なく取り引きするのも忘れない。若いがしっかりしたものだ。大物の素質ありだな――と浅見は感心した。

「花よし」は大曲ではここしかないと言われるだけあって、東京の高級料亭なみの造りだった。

「高いんでしょうね？」と、浅見が小声で言うと、本庄は「と思うでしょう。それがとんでもなく安いんです。まあ心配しなくても大丈夫ですよ」と笑った。

若い仲居さんがきて、注文を取ったり、テーブルの上に飲み物や先付を用意したりしてから、しばらくして女将《おかみ》が挨拶《あいさつ》にきた。もう六十は越えているだろうか。ふっくらとした色白な女だ。髪と目が真っ黒で、やはり秋田美人系統を思わせる。

浅見が伴島の事件のことで大曲にきたことを知って、「そうでしたか」と沈痛な面持ちになった。

「ほんとに、伴島さんが大変な目に遭ってしまって、びっくりしました。うちでお昼ご飯を召し上がったその日のことだというのですものねえ」

「昔もよくこのお店に来たのだそうですね」

「ええ、お給料日には必ず奥さんと一緒にみえて、奥さん孝行してましたけど。その代わり、それ以外の日はめちゃくちゃだったみたいです。夜討ち朝駆けっていうんですか。朝から晩まで警察の方にぴったりくっついて、スッポンのあだ名で呼ばれていましたね。でも、刑事さんとは仲がよかったみたいで、特ダネをいくつも取っておられたのじゃないでしょうか」

女将自身もまだ十分に若かった頃のことだ。思い出を偲《しの》ぶ目が、ふっと若やいだ。浅見の注文で、秋田名物の「キリタンポ」を出してもらった。浅見はもっぱら食べるほうに専念するつもりだったが、本庄はよく飲み、よく食った。

女将が地酒を勧め、「松倉」という銘柄の酒を持ってきた。伴島がよく行ったという、釣りの穴場が同じ地名だった。そのことを言うと、たぶんその地名からつけられた名前だろうということである。

「松倉はいい水が豊富に湧くところですけ、これもほんとうに美味《おい》しいお酒です。そういえば、伴島さんも、大曲通信部にいらした頃、このお酒を召し上がりながら、そんなふうに松倉の釣りの話をしてました。サクラマスが釣れたとか、お連れさんと自慢してましたっけな」

商売とはいえ、十何年も昔のことを、女将はよく記憶しているものである。

翌朝、浅見はまた通信部の女性の車を借りて、松倉の川を見に行った。雄物川に玉川が合流して、水底から湧き上がるように豊富な水が流れている。シーズンオフなのか、釣り人はわずかに一人。定年を過ぎたような年配の男だった。

単調に竿を振っているばかりで、いっこうに釣れる様子はない。見ているほうは退屈だが、当人はべつに苦痛ではないらしい。むやみやたら釣るばかりが能ではないということなのだろう。

川べりを釣り下がってきた男が、浅見のほうを邪魔なやつだ――という目で睨《にら》んだ。そんな川の近くに立っていては、魚が逃げるだろう――と言いたげだ。浅見は辟易《へきえき》して少し位置を移動した。とたんに男の竿にアタリがきて、みごとなウグイを釣り上げた。

「やあ、釣れましたね」

浅見が歓声を上げると、男は面白くもなさそうな顔を振り向けて、「ウグイだよ」と言った。

「ウグイではだめですか」

「ああ、マスを狙っているだ」

魚を魚籠《びく》に仕舞いながら、浅見に近寄ってきて、「煙草の火を貸してくれねえか」と言った。浅見は昨夜「花よし」でもらっておいたマッチを出して、「これ、上げますよ」と男に渡した。

「ふーん、花よしのマッチでねえすか」

男は感心したように言った。

「あんた、東京から来ただか？」

「ええ、そうです」

「いま時分、大曲さ来る人は珍しいすな。仕事だべか？」

「まあそんなところです。旅行雑誌の記事を書いているもんで」

「んだかや。けど、大曲さ来ても、あんまし見るべきところはねえべ。角館《かくのだて》のほうさ行けばいいんでねえか」

「角館はポピュラーですが、書き尽くされた感じです。それと、知り合いからこの辺りはサクラマスなど、釣りのメッカだと聞いたものですから、取材に来たのです」

「それ、雑誌さ紹介するんかね」

「ええ、たぶん」

「困るな」

「は？」

「やめてもらいてえすな。そうやって教えてしまうもんで、余所者《よそもの》がどんどん入り込んできて、穴場を荒らしてしまうだよ」

釣り具店のおばさんと同じことを言う。

「おれらは、仲間うちにしか話さねえようにしてるだけんど、あんたにこの場所を教えた知り合いっていうのは、誰だね？　文句を言ってやんねばなんねえな」

「その人は亡くなりました」

「えっ、亡くなった？……誰だべ？」

釣り仲間のあれこれを思い浮かべるように、視線を天に向けた。

「このあいだ姫神公園のところで殺されていた人ですが」

「えっ……」

男はギョッとして、死体でも見るような目で、浅見の顔を見つめた。

「伴島さんという、以前、東読新聞社大曲通信部の記者だった人で、昔はこの辺りでさかんに釣りをしていたそうですが、ご存じないですか」

「伴島さんかね……さあなあ、知らねえすなあ。地元の人間でねえと、ちょっと分からねえすよ。したば、んだかや、亡くなってしまっただかや。それだば、文句を言っても仕方ねえすな」

男は「さてと」と煙草を足元に捨て、踏みつぶすと、「んだば」と挨拶して背中を向けた。浅見はしばらく男が竿を振る姿を眺めてから、車に戻った。

大曲署は思ったより閑散としていた。報道関係者らしい人間も見当たらない。このぶんだと、どうやら横居真二は自宅に戻されたらしい。捜査員たちは全員が持ち場に散って、聞き込み捜査を行なっている真っ最中だろう。署に帰ってくるのは夕方か。

浅見は寸又峡で殺された住田貞義の自宅を訪ねることにした。住田が住んでいたアパートは、市街地の北のはずれ近い「花館」にある。この辺りは新開地だけに、新しい建物が多い中にあって、このアパートは飛び抜けて古く、安っぽい建材を使った、薄っぺらな二階屋であった。

住田は兄弟、親戚《しんせき》の持て余し者だったと聞いた。金銭にルーズで借金を重ね、それが原因で離婚して、このアパートに独り暮らしだったそうだ。

隣近所を訊《き》いて歩いたが、どの家も口が重い。「奥さんは気の毒だったねえ」と語る主婦もいた。その家の老人の話によると、住田が身を滅ぼしたのは、仕事嫌いだったこともあるが、最後に決定的だったのは、近くに競輪の場外車券売り場が出来て、そこにのめり込んでしまったからだそうだ。

「ほとんど毎日のように入り浸りだったもんねえ。あれで借金も増えてしまったんでねえべか」

「えっ、大曲にも場外車券売り場があるんですか？」

こんな牧歌的なところに――と、信じられない気持ちで訊いた。

「んでねえよ、大曲でなく、六郷町《ろくごうまち》つうところだ。あんなもんが出来るから、人間はだめになってしまうだ。秋に稼いだ金を、全部、持っていかれてしまうもんな」

「じゃあ、もしかすると、住田さんはそこで悪い仲間と知り合ったのかもしれませんね」

水を向けると、老人も「んだな」と大きく頷《うなず》いた。

「住田はだめな男だけんど、誰かに誘われでもしねば、人殺しみてえな、そんたら恐ろしいことまでできるようなやつでねえだ。それが証拠に、殺されちまったでねえか」

場外車券売り場というのは、浅見のこれまでの知識にはなかった。そんなものがあるのでは、警察は当然、そこを聞き込み捜査の対象にしているにちがいない。

浅見は老人に六郷町へ行く道を聞いて、場外車券売り場を見てみることにした。行ってみて分かったのだが、六郷町というのは大曲の南東――つまり、古四王神社や横居真二の家のある、あの高畑付近を通ってゆくのであった。警察が真二に強い関心を抱いているのは、そのことも理由のひとつになっているのだろう。

その道をどんどん行くと、ますます牧歌的な風景が広がった。やがて、奥羽山脈が行く手に見えてきた辺りの田んぼの真ん中に、とつぜん淡いベージュの壁面の近代的な建物があった。周囲の田んぼを潰《つぶ》して作ったのだろう、広大な敷地の駐車場もある。減反政策が進行中とはいえ、穀倉地帯の田んぼを潰して、場外車券売り場を作るという世相が、はたして正しいのかどうか、疑問だ。さっきの老人の嘆く気持ちが分かるような気がする。

あとで知ったことだが、六郷町というのは鉄道路線からもはずれ、開発が著しく遅れた地域なのだそうだ。辺地とあって工場誘致もままならず、さりとて肝心の米は減反を強いられる。だからこそこうして、場外車券売り場などという発想がすんなり町民に受け入れられたのだろう。

駐車場の端のほうにようやく車を置いて、浅見は車券売り場の建物に入った。高い天井に、「ワーン」という異様な音と熱気があふれかえっている。

すでに農閑期なのか、お客の数はかなりのものだ。巨大なスクリーンに映し出されるレースの映像を見ながら「そこだ！」「よし、行け！」といった喚声が飛び交う。着順が決まると、はずれ車券を千切って投げ捨てるのが、吹雪のように舞い飛んだ。清掃係の女性が、ホウキとチリ取りを持って走り回る。

その混雑にもめげず、明らかに刑事と分かる男が数人、客たちのあいだを縫うようにして、写真を見せながら動き回っていた。訊かれた相手が写真の顔に見覚えがあるような反応を見せると、執拗《しつよう》に食い下がる。次のレースが気になって、それどころではない客の顰蹙《ひんしゅく》を買っているのが、ありありと分かった。

刑事の一人が浅見のところにやってきた。新しい客と見れば、相手構わず訊いてみるらしい。

「ちょっとすみません、この写真の人に見覚えがありませんか？」と訊いた。写真の主は住田だった。

「ああ、この人は住田貞義さんですね」

「えっ、知っているのですか？」

刑事は意外そうな顔をした。これまで何十人と訊いてきて、「知らない」という答えが多かったのだろうか。だいたいこの手の聞き込み捜査に対しては、たとえ知っていても頭から知らぬ存ぜぬを決め込むのがふつうだ。

「知っているといっても、寸又峡で殺された人物として知っているにすぎません」

「は？　どういう……おたく、ブン屋さんですか？」

東京弁を聞いて、ようやく気がついたようだ。

「いいえ、そうではありませんが、フリーのルポライターをやっています。じつは……

……」

言いかけたとき、「浅見さんじゃないですか」と声がかかった。視線を上げると、島田署の七高部長刑事の驚いた顔があった。

「やあ、どうも」

予想していなかったわけではないが、やはり遠くへ来て、知った顔に会うのは嬉《うれ》しいものだ。浅見は思わず手を差し伸べて、七高の無骨な手を握った。しかしそれも束の間、ついこのあいだ、共に付き合っていた伴島の死を思うと、つらい気持ちになる。

「残念なことになりました」「まったく」と慰めあう二人を、地元署の刑事はあっけに取られて傍観している。

「いよいよ合同捜査が始まったのですか」

浅見は訊いた。

「まあ、そういうことですが、われわれとしては、もっぱら伴島さんがらみのほうに関心がありましてね。目下、目撃者探しに努めておるところです」

七高の手にした写真は伴島のものだった。

「伴島さんはここに来ているのですか？」

「いや、それは分かりませんがね、住田の共犯関係を探っていたとすると、当然、場外車券売り場にも来ていると考えられます」

「しかし、それはどうですかねえ？」

浅見は首をひねった。

「伴島さんは、大曲に着いた当日、場外車券売り場がオープンしている時間帯には、ここに来る時間的余裕はなかったのじゃないでしょうか。僕が東読新聞社通信部で聞いた話や、横居家を訪ねていること、それに市内の釣り具店に立ち寄っている足取りからいっても、ここには来ていないと思いますよ」

「当日はそうかもしれないが、翌日だったら可能性はあります」

「えっ、伴島さんは大曲に来た当日、つまり十月十日の夜に殺されたのではないのですか？」

「それがはっきりしないのです。死亡推定時刻は、十日の夜から翌日の昼頃までと、かなり幅がありましてね」

「それは違いますよ。伴島さんはその日の夜には殺されていたんですよ」

浅見は少し声が大きくなった。

「伴島さんが翌日も生きていたとは考えられません。生きていればその夜、自宅に電話ぐらいしそうなものではないですか」

「たしかに、伴島さんの奥さんも同じことを言っていますよ。しかし、警察としては、あらゆる可能性を確認しないとならんのです」

そうかもしれないが、無駄なことを――と浅見は歯がゆい思いであった。

3

次のレースの締切りが迫って、場内はまた騒然としてきた。浅見は七高を誘って建物の外に出た。いまにも降り出しそうな曇り空だが、入口を出た瞬間、思わず深呼吸したくなるような解放感が心地よい。そう思ったのも束の間、西から吹いてくる風が冷たく、二人は赤い軽自動車の、狭苦しい空間にもぐり込んだ。

七高が大曲署から仕入れた話によると、住田が場外車券売り場に来ていたという点については、聞き込み捜査の成果はあったそうだ。捜査員たちは合計九人の人間から住田、あるいは住田と思われる人物を知っているという答えを得られたという。住田は常連の一人だったらしい。ただし、住田と親しく言葉を交わした人間はほとんどいなかった。「陰気くさいやつでよ、話していても、ちっとも面白くねえだ」「車券が外れると機嫌が悪くてな」と、評判は最悪だったのである。

誰か、住田と親しげに接触していたような人物を知らないか――という質問には、一様に首を振った。住田と親しく付き合うような物好きは、「まんつ、一人もいねんでねえべか」というのが一致した意見であった。

七高によると、住田には、不動産取引に関係する詐欺まがいの事件で「前科」があったそうだ。何年か前、兄名義の土地を担保に金を借りて踏み倒した――というものである。そのときは、直接の被害者である兄が訴えを取り下げたから、不起訴になったが、それ以降、住田は兄弟親戚と完全に縁切り状態になったということである。

「そういう性格からいって、ほかにも何かやらかしていそうなもんだけど、むしろほかに前科がないのが不思議なくらいですよ。おそらく、事件が起こるたびに、みんなで揉《も》み消していたんじゃないですかねえ」

地方では、身内に不祥事が起きると、その弊害は親戚縁者にまで及ぶことがある。よってたかって隠蔽《いんぺい》しようとするのは、珍しくないのだそうだ。

「ところで、大曲署の捜査本部は、横居家の次男坊、真二氏と住田の関係を追及していたようですが、結局、何も出なかったのでしょうか?」

浅見は訊いた。

「まったく出ないみたいですよ。大曲署が横居真二に容疑を向けたのは、殺されたナミさんの金庫が開けられていることに注目したからなのです。ナミさんというのは狷《けん》介《かい》といっていいほど、他人を信用しない人だったそうでしてね。それに、無類の気丈なばあさんだったそうです。たとえ脅されたとしても、金庫を開けることはしなかったのではないかという意見が、何人かの証言者から出ています。もしもただの強盗だとしたら、金庫を開けてもどうせ殺されると分かっていますしね。いや、実際に殺されちまったんですからなあ。それにも拘《かかわ》らず金庫を開けたのは、よほど親しいか、よほど信用できる人物の頼みだったのではないかという解釈です。あるいは犯人自身が金庫のダイヤルを知っている、たとえば身内の人間とか」

「それに該当する人物が真二氏だということですか」

「そうです。しかもアリバイもはっきりしないというんで、捜査本部はだいぶ入れ込んだみたいですけどね」

「真二氏は競輪はやってなかったのですか」

「いや、われわれもそこに期待したのだが、それがやってないんですね。ここに来たこともないらしい。最初のうち、住田の写真と一緒に真二の写真を持って、目撃者探しをしていたのだが、真二についてはまったく目撃者が出てこなかったそうです」

「伴島さんの事件についてはどうなんでしょうか。真二氏と伴島さんの接点は？」

「それもはっきりしないみたいですね。もちろん真二は会ったことはないと否定しているのだが、接点がなかったという証明はできないらしい。もっとも、会ったことを証明するのはわりと簡単だけど、会わなかったのを証明するのは難しいですからね」

たしかに七高の言うとおりだ。殺したことを証明するのは簡単だが、殺さなかったことを証明するのが困難なのと同じである。

「それで、浅見さんが今回、大曲に来た目的は、やはりこの事件の取材ですか？」

「いえ、この前も言ったように、僕は事件の取材はしません。ただ、伴島さんの事件については、いったい何があったのかを調べるつもりですし、結果として東読新聞にその情報を伝えなければならないのでしょうけれど。なにしろ、この車を借りたりしてますからね」

「えっ、この車は東読のものですか。そいつはまずいな、これがばれると、刑事が東読に取材協力したかと邪推されかねない」

冗談かと思ったが、七高はかなり本気らしく、背中を浮かせ助手席のドアを開けた。

「あ、最後に一つ聞いておきたいのですが」と浅見は七高の後ろから言った。

「寸又峡での捜査はすべて完了したのでしょうか？」

「ああ、あっちはもうほとんどやるべきことはやり尽くした感じですよ。しかし、あれ以降、特筆するような目撃情報も出てこないですな。もっとも、犯人は住田を殺《や》ったやつと同じ、大曲の人間と考えられるところまできているのだから、問題ないでしょう」

「例の、久保さんが伴島さんの奥さんに言っていた『面白い人』のことも分からないままなのですね？」

「ぜんぜん分かりません。そいつが犯人かどうかも、ですね」

七高は「それじゃ」と言い残して、車を出て行った。

場外車券売り場を引き揚げて、大曲市へ向かう途中、古四王神社のある高畑を通る。浅見の脳裏を例の「光葉」という女性の鋭い目の記憶が過《よぎ》った。警察からひとまず解放されて、横居真二は帰宅しているはずだ。

浅見はハンドルを切って、横居家を訪ねることにした。横居家から少し離れた古四王神社の脇に車を停め、境内を斜めに突っ切って行った。

古四王神社は相変わらず人けがまったくない。横居家もひっそりとしていた。周辺の家々も静まり返っている。子供の声がしないのは、まだ学校に行っているからだろうけれど、それにしてもずいぶん静かなことだ。

しかし、静かだが、歩いているとどこかから見られているような視線を感じる。そういう気配に関しては、浅見は妙に勘が働くのである。横居家の近所の家々は、殺人事件で警察の取り調べを受けた人間の去就を、息をひそめるようにして、じっと見つめているのかもしれなかった。

横居家の庭に、今日は車が二台あった。一台は例のスズキ、もう一台は少し古いタイプだが、マツダカペラ――普通乗用車としては高級な車種といっていい。真二は在宅らしい。

戸口の前に立って、インターホンのボタンを押した。「キンコン」と、びっくりするほど大きな音が聞こえて、間もなくドアが開いた。横居真二と思われる男が、無愛想な顔で「何です?」と言った。

「昨日、お留守のときにお邪魔した浅見という者ですが、ご主人ですね?」

「ああそうだけど……そうか、あんたか、女房や娘におかしなことを言ってった人というのは」

「おかしくはないと思いますが」

浅見は真っ直ぐ真二の顔を見つめた。

「ん? まあな、あんたの言うとおりかもしれねえけどな」

横居真二は芝居じみて、大袈裟《おおげさ》に頰を歪《ゆが》めて笑ってみせた。

「まあ入ってもらおうか、近所の目もあるしよ」

下手すると追い返されるかと覚悟していたが、思ったよりすんなりと入れてくれた。それほど上等な建物ではないが、よく手入れされ、家の中も片づいている。おそらく夫人が几帳面な性格なのだろう。

居間に入ると、夫人がびっくりしたように立ち上がって迎えた。またいちだんと面《おも》窶《やつ》れした感じだ。

「昨日の人だべ」

真二が言うと、黙って頷《うなず》いた。彼女も夫がこの客を迎え入れるとは考えていなかったようだ。しかし真二は構わず、「お茶っこいれろや」と命じて、浅見にはテーブルの前の椅子を勧めた。テーブルの上には醤油《しょうゆ》や胡椒《こしょう》といった調味料がセットしてある。どうやら居間兼食堂として使っているらしい。

「あんた、おれが警察で犯人扱いされるって言ってたみたいだな」

向かいあいに座って、真二は言った。こっちを試すような目つきだ。

「たぶんそうだと思っていました」

「けど、おれは無罪放免になったよ。もっとも、当たり前のことだけどよ」

「そうですね、案外早かったですね」

「早いことはねえよ。一週間も行ったりきたりしてただもんな。それも朝早くから夜遅くまで、同じことを何度も何度も繰り返して訊きやがる。こっちが前とちょっとでも違うことを言うと、まるで嘘をついたみたいに怒鳴りやがってよ。だけど、いくら訊かれたって、知らねえもんは知らねえし、やってねえことはやってねえんだ。それを分からせるために、おれは大地になることにした」

「大地に……」

この、いかにも商売人然とした中年男から、思いがけなく詩的な修辞が飛び出したので、浅見はちょっと意表を突かれた。

「んだ、大地だ。あんた、分かっかね、その意味は？」

「ええ、分かるような気がします。大地のように沈黙するか、それとも、どこをどんなふうに掘られても、同じ色をした土ばかりしか出てこないとか」

「んだ、そうだ。あんた、頭いいな」

真二はようやく心を許したように、大きな笑顔を見せた。この男は見かけによらず、ロマンチストなのかもしれない。

「お褒《ほ》めにあずかって恐縮です」

浅見は苦笑して、言った。

「それで警察が無罪放免した理由も理解できました。しかし、警察はあなたを完全にマークから外したわけではないかもしれません」

「それは、言われねえでも分かってるよ」

真二も否定しなかった。

「警察はずっとおれを見張ってるもんな。泳がすっていうのか？　あれだな。おれがそのうち動きだして、仲間と接触するか、それとも、隠してある金を取りに行くとでも思っているんでねえべか。ばかどもが」

目にとつぜん、凶暴な光が走ったが、すぐに消えて、また大地のような表情のない目つきに戻った。

「伴島さんという人を知っていますか？　伴島武龍という人ですが」

「ああ、警察でもそのことを何度も訊かれたな。東読新聞の人だとか言ってたが、おれは知らねえから知らねえと答えた。しかし、警察はその人もおれが殺したんでねえかと、疑っているみてえだな。あんたも警察と同じかね」

浅見は首を横に振ってから、訊いた。

「十七年前にあなたは傷害事件を起こしていますね」

「ふーん、あんたもよく調べたもんだなや。たしかにそんなこともあった。けど、悪いのは向こうのほうだったよ。ちょっとやり過ぎて、怪我の度合いは向こうがひどかったもんで、こっちも有罪判決を食らったが、執行猶予つきだった。もっとも、最初はこっちが一方的に悪くて、傷害罪みたいなことで起訴されたけどね」

「どういう事件だったのですか？」

「古い話で、細かいことは忘れたが、県会議員選挙のときだったな。現職候補者の選挙違反の事実を摑《つか》んで、立候補をやめろって言いに行っただよ。こっちが担いでいる候補者が負けそうだったからだが。そしたら、帰り道に襲ってきやがった。こっちは一人、相手は三人だったな。それを反対にぶちのめしてやったんだ。おれはほとんど無傷で、相手は全員が重軽傷を負った。その中の一人は片目が失明するという重傷だった。警察は単純な喧嘩《けんか》だと思ったんだべな。そいつらの供述を鵜《う》呑《の》みにしたわけだ。それでもって、あぶなくこっちは傷害罪で三年程度の実刑を食らうところだったのだが、刑事に一人優秀なのがいて、真相を調べてくれた。思ったとおり、三人組には背後関係があって、選挙違反事件まで暴露した。それでも過剰防衛とかで、おれは執行猶予つきながら有罪だもんな。まったく、警察なんてものは信用できねえよ」

横居真二は話しながら、当時の情景を思い出すのか、ときどき鋭い目つきになった。

「その事件を取材した新聞記者が、当時、東読新聞の大曲通信部にいた伴島さんだったのですが」

「えっ……そうだったんかや」

真二はキョトンとした目を浅見に向けて、記憶の奥をまさぐった。

「そうか、あのときの記者さんがそうだったのか……そうだ、思い出した。地元新聞は現職議員と関係があるもんで、一方的におれが悪いと書いたが、全国紙の東読新聞だけはそうでねかったんだ。そういえば、おれが拘置所から戻されたとき、おふくろがおれに、記者さんに感謝しろって言っていたっけな。女房の話だと、記者の人がおれの家さ来て、娘に土産をくれたりもしていたみてえだ。あれがその伴島さんという人だったのか……」

しばらくのあいだ、やや茫然《ぼうぜん》とした様子だったが、やがて愕然《がくぜん》と気がついた。

「えっ、だとすると、おれは伴島という人を知っていることになるんではないか……

…」

「そのとおりですよ」

浅見は冷徹な目で、真二の狼狽《ろうばい》ぶりを眺めた。真二は明らかに、予想もしていなかった新事実に出くわして、うろたえていた。

「それだと、おれは警察で嘘をついたことになるな。伴島なんていう人は、ぜんぜん会ったこともないし、知らねえって言ってしまったんだから」

「そういうことですね」

「警察はそのことに気がつくべか。もし気がつけば、また容疑をかけてくるかもしれねえな。浅見さん、そうでないですか？」

浅見は黙って頷いた。

4

横居家を出て歩き始めてすぐ、浅見は背後に人の気配を感じた。足音の重さから（男だな――）と分かった。来るときに視線を感じたのはこれだったのかもしれない。いまのところは相手は一人らしい。距離は三十メートルは離れていそうだ。そのまま知らん顔で車へ向かった。

赤い軽四輪の向こうに、ベージュの覆面パトカーらしき車があって、その向こう側に男が佇《たたず》んでいた。これも雰囲気からいってどうやら刑事らしい。

男は浅見が近づくのを待って、煙草を足元に落とし、おもむろに動き出した。背後の足音もグングン接近してきた。浅見が車の脇に到達したときには、前後の二人に等間隔で挟まれた恰好《かっこう》になった。

「ちょっとすみませんが、警察の者です」

前方の男が言って、ポケットから黒っぽい手帳を出した。思ったとおり刑事だった。浅見と同じような年代で、それほど土地の訛《なま》りはない。二人のうちこっちのほうが上司にあたるようだ。振り返ると、後ろの刑事はそれより若く、浅見の退路を断つように、黙って控えている。

「いま、どちらに行っておられたですか？」

刑事は訊《き》いた。（見てた癖に——）と、浅見は苦笑した。

「あそこの横居さんというお宅ですが」

「横居さんとは、どういうお知り合いですか？」

「知り合いというわけではありません。今日はじめてお会いしたのですから」

「恐縮ですが、お名前とご住所、それにお仕事を教えていただけますか。運転免許証を拝見できればありがたいのですが」

浅見が名刺と一緒に運転免許証を差し出すと、刑事は「ほう、東京の方ですか」と感心したように言い、免許証を部下に渡した。交通違反や事故歴、それに前科の有無などを確認するつもりなのだろう。部下は履面パトカーにもぐり込んだ。

「横居さんのところには何をしに行かれたのでしょう？」

刑事は訊いた。

「まあ、取材のようなものです。僕はフリーライターをやっています」

「ふーん、マスコミ関係ですか」

とたんに、面白くなさそうに、頰を膨らませた。

「目下、捜査中の事件ですからねえ、マスコミ関係の方にはあまり荒らしてもらいたくないですなあ」

「というと、まだ横居真二さんは容疑の対象になっているのですか？」

「いや、そういうわけじゃないが」

「どうなんでしょうか、横居さんと伴島さんや住田さんとの接点はあったのですか？」

鋭く訊かれて、刑事は鼻白んだ。

「おたく、どこからそんな情報を仕入れたか知りませんがね、われわれはそういうことで動いているわけではないですよ」

「ほう、ではどういうことですか？」

「そんなことをあんたに言う必要はないでしょう。とにかく捜査の邪魔をしてもらいたくないのです」

「分かりました。今後は注意します」

浅見はあまり抵抗する気はなかった。それに、警察の捜査が想像以上に進んでいない様子に、失望も感じていた。

部下の刑事が戻ってきて、つまらなそうに首を横に振りながら、浅見の免許証を上司に渡した。当たり前の話だが、結局、何も出てこなかったにちがいない。

「では、僕はこれで」

浅見が免許証を受け取って、踵《きびす》を返しかけると、刑事は「その前に」と言った。

「横居真二さんは、どんな話をしていましたか？」

「べつに大したことは言いませんでした。要するに警察の調べは見当違いだということのようです」

「ふーん、生意気なことを……で、あんたはどう思ったですか」

「僕にはよく分かりませんが、彼が伴島さんのことを知らなかったというのは、嘘ではなさそうでした。その印象からいって、少なくとも伴島さんの事件に関しては、横居さんは無関係なのじゃないでしょうか。この事件は警察が考えているよりかなり複雑そうですよ」

「余計なことは言わないでもらいたい」

刑事はブスッとした口調で言った。そっちが訊いた癖に――と思ったが、浅見は「すみません」と謝っておいた。その代わり「あ、そうそう、一つだけお訊きしたいのですが」と言った。

「静岡県の寸又峡で住田と久保という人が殺された日の、横居さんのアリバイはどうだったのですか？」

「さあねえ」

刑事はうるさそうに脇を向いた。

「そっちの事件のほうは静岡県警の管轄ですからね。自分らは知りませんよ」

「しかし、合同捜査に入っているそうじゃないですか。それに、もしその事件で横居さんにアリバイがあるなら、理論的にいって、彼はすべての事件に関係ないわけですから、捜査対象から外れることになります」

「そんなことはいちがいに言えねえすよ。ま、とにかく捜査の邪魔はしないでもらいたい」

刑事は「行こうか」と部下を促して、車に戻った。邪魔が入ったので、今日のところはひとまず引き揚げる――と言いたそうな様子であった。

浅見はいよいよ失望した。合同捜査とは言いながら、秋田県警と静岡県警との連携は、必ずしもうまくいっているわけではなさそうだ。

それにしても、横居ナミ殺害から、久保、住田そして伴島に到る四つの殺人事件を、連続性のあるものと見るか否かでは、まるっきり別の捜査になってしまう。その根本のところで、警察は迷走しているのではないかという気がして、心もとなかった。

警察の車を見送ったあと、浅見はそのままその場所を動かなかった。さっきから、刑事のものとは異質の、もう一つの視線が気になっていた。

案の定、警察の車が遠ざかるのを待って、視線の主が古四王神社の拝殿脇から現れた。横居家の娘、光葉である。光葉は警戒心の強い小動物がそうするように、用心深く、オズオズと近づいてきた。浅見は思いきり無防備な笑顔を向けて、「やあ」と言った。

光葉はビクッと動きを停めたが、すぐに警戒を解いて、境内の柵《さく》の向こう、四、五メートルの距離まで近づいた。こっちに向けられた大きな目に、このあいだとは違う、優しいものが感じられる。

「あんた、父さんを守ってくれる?」

小首をかしげて言った。

「ほう、いまの話、聞いていたんですね」

浅見は微笑した。

「そうだなあ、はっきり約束はできないけれど、もし、お父さんやあなたが、正直に真実を話してくれれば、たぶん守れると思いますよ。しかし、お父さんは何か隠しているのじゃないかな。なぜなのかは分からないが、少なくとも、警察はそう疑っていて、だからお父さんを拘束したんですよ」

「そう……」

光葉はしばらく考えてから、「だったら教えてあげる」と言った。

「伴島っていう人、うちに来たわ」

「えっ……」

浅見は思わず小さな声を発して、周囲を見回した。無意識のうちに、刑事の存在を気にした。その様子を見て、光葉は「誰もいないわ」と笑った。

「笑いごとじゃないですよ」と、浅見は真顔で窘《たしな》めた。

「それが事実なら、お父さんの立場はますます悪くなってしまうのだから」

「分かってる。だから黙っていた。私以外、誰も知らないもの」

「というと、伴島さんに会ったのは光葉さんだけなの？」

「うん。父さんも母さんも留守だった」

「いつのことですか、伴島さんがお宅に来たのは」

「十日の夕方」

「何時頃？」

「それで、どうだったんですか？　何か話したんですか？」

「少し」

「どんなことを？」

「父も母も留守だって言った」

「そしたら？」

「そしたら、何時ごろ帰るかって訊かれたから、分からないって」

「それから？」

「どこへ行ったか訊かれたから、お店に行ってるって言った。そしたら、その人、帰って行った」

「じゃあ、伴島さんはお店のほうへ行ったのかな？」

「知らない」

「お父さんは伴島さんに会ったかどうか、何か言ってました？」

「ううん、父はお店にはいなかったから」

「えっ？　いま、お店に行っているって、そう言わなかったっけ？」

「父は横手のおばさんのところへ行ってたみたい。お店にいたのは母だけ」

「そう、お母さんだけだったの……」

浅見は伴島がこの家を後にして、夕暮れの道を帰って行く様子を思い描いた。

「じゃあ、お母さんは伴島さんに会ったのかな？　何かおっしゃってた？」

「行かなかったって」

「そう、行かなかったの……その後、伴島さんは来なかったんですね？」

「うん、来なかった」

横居家の方角から「光葉……」と呼ぶマリ子の声が聞こえた。

「行かなくちゃ」と、光葉は後ずさりした。

「ありがとう、よく話してくれました」

浅見は感謝して、小さく頭を下げた。

「これ、秘密よ」

光葉の不安そうな目に、浅見は「もちろんですよ」と応《こた》えた。光葉は身を翻して、自宅の方向へ走って行った。

浅見は車に入った。小さな車だから、シートにゆったりと——というわけにはいかないけれど、背凭《せもた》れを少し倒して、前方を見据えた恰好で思案に耽《ふけ》った。

十月十日の午後五時頃——伴島も横居真二の家から引き揚げ、こうして車に戻ったのだ。横居真二が帰宅するのは、おそらく五時半か六時頃か。それまでの時間を、伴島はどこでどのように時間つぶしをしていたのだろう——。

（釣りか――）

ふとそう思った。とはいっても道具もないだろうし、日暮れまではせいぜい一時間。釣りをするほどの余裕があったわけではない。しかし、川へ行って釣り人を眺めるとぐらいなら、あるいはしたかもしれない。昔の戯《ざ》れ言《ごと》か何かに「釣りをする馬鹿釣りを見る馬鹿」というのがあった。

浅見は思いつくのと同時にエンジンをかけた。

昨日見た川までの所要時間は二十分と少しである。松倉という穴場まで行くにはさらに十分程度はかかりそうだ。

今日は釣り人の姿がなかった。その日はどうだったのだろう――。

しばらく川を眺めてから、浅見は東読新聞の通信部に戻った。本庄は浅見の顔を見るなり「どうでした？」と訊いた。

「だめでした、さしたる収穫はなしです」と浅見は答えた。刑事に不審訊問《じんもん》されたことも、それから伴島が横居家を訪問していたことも、伏せておくことにした。

「そうですか、だめでしたか」

本庄は残念そうに、しかし、どことなくほっとしたように言った。自分がしゃかりきになって動き回ってもだめなのに、外部の人間が特ダネをものにしたりしては沽券《こけん》にかかわるにちがいない。

「参考までにお聞きしたいのですが」と浅見は言った。

「大曲で夕方の一時間ばかり、時間をつぶすとしたら、何をしますかね？」

本庄は「は？」と目を丸くした。とつぜん何を言い出すのか——という顔だ。

「たとえば、釣り好きの伴島さんだったら、川でも見に行くかな——と思ったのですが、ほかに何かすることがありますかね？」

「さあ……パチンコとか、ですか。この辺りじゃ、ほかに大して遊ぶようなところはありませんよ。かといって、まだ飲みに行くには早すぎるし」

「パチンコですか。なるほど。伴島さんにパチンコの趣味があったかどうか、聞いてみる必要はありますね」

「それはどういうことですか？　伴島がパチンコをやっていたとでも？」

「分かりません。仮定の話です。もし時間をつぶすとしたらどこへ行くか。パチンコ屋なんかも考えられますね。いや、ひょっとすると、そこで誰かと出会ったかもしれないと思ったのです」

「誰かというと？」

「それも分かりません。たとえば、面白い人とか……」

何気なく言って、浅見はギョッとなった。いつも潜在意識下にチラチラ見え隠れしている「面白い人」が顔を覗《のぞ》かせた。久保が殺される直前に、伴島夫人に電話して言ったというその言葉が、やはり常に気になっている証拠である。あの言わば「ダイイングメッセージ」は、あれからいっこうに解明されないままになっている。

浅見は時計を見て、立ち上がった。

「僕、帰ります」

「えっ、帰るって、東京へですか？」

本庄は呆《あき》れて、座ったまま浅見を見上げて言った。浅見は頷《うなず》いた。

「調査のほうは、もういいんですか？」

「よくはありませんが、ちょっと気になることを思い出しました」

浅見は慌ただしく挨拶《あいさつ》をして、通信部の建物を出た。後から鈴木嬢が追いかけてきて、「駅までお送りします」と言ってくれた。考えてみると、地方都市には流しのタクシーというのはほとんどないのだ。

鈴木嬢のおかげで、ちょうどうまいタイミングで「こまち」に飛び乗れた。

晩秋の田園は今日も憂鬱《ゆううつ》な時雨《しぐれ》模様だ。気温が下がればいつでも雪になりそうな気配である。山間に入ると、もう夕闇のように暗くなった。

やはりキーワードは「面白い人」なのだ——と浅見は思った。伴島と久保とのあいだで、共通した話題になりうる「面白い人」とは何者なのか。それをもっとつきつめてみるべきだったのかもしれない。むしろ警察がその作業を蔑《ないがし》ろにしていることがおかしいのだ。

面白い人

1

浅見がふたたび島田を訪れたのは、秋田から帰京して、四日目のことである。

そのあいだに遅れに遅れていた仕事を片付けなければならなかった。今回は東海道五十三次の内「島田宿」を中心に、その周辺を紹介するルポにした。むろん、寸又峡も入っている。このテーマはこっちの都合だけで決めたものだが、『旅と歴史』の藤田編集長はそんなこととは知らない。

「いまどき島田宿なんかをテーマにしても、ウケるとは思えないけど、まあいいか」

浅見が電話でその企画を話すと、いつもどおり、投げやりな口調でOKを出した。とりあえずギャラの安い原稿でページが埋まればいい。浅見のルポの出来いかんで、『旅と歴史』の部数に影響が出るわけもない——と最初から思っている。

それはともかくとして、大井川鉄道や蓬萊橋《ほうらいばし》など、分かりきっているような「名所」でも、描きようによっては新鮮な面白さがあるものだ。たとえば蓬萊橋が、明治維新で食い詰めた武士たちによって、島田宿から大井川を渡り対岸の牧ノ原の台地に茶畑を開墾する目的のために作られた――などという話を、浅見流にアレンジすると、けっこう面白い読み物になる。そのほか蓮台《れんだい》渡しとか文金高島田といった、島田ならではの古い文化を写真入りで紹介したのも、歴史好きなこの雑誌の読者なら喜ぶにちがいない。

原稿をＦＡＸで送ると、ゲラが出るまでの二日間を利用して、浅見は島田へ出かけた。目的は決まっている。伴島未亡人を訪問することである。

洒落《しゃれ》た建物の大曲通信部と違って、三軒長屋のような島田通信部は、いかにもうらぶれた感じだ。あの伴島のイメージとよく似合う。

伴島武龍の死後、東読新聞社島田通信部は廃止され、この地域は静岡支局がカバーすることになったそうだ。交通機関と通信手段が発達した現在は、通信部がなくてもこと足りる。あの事件が起こらなくても、いずれはリストラの憂き目を見ることになっていたものらしい。

しかし、しばらくの間は通信部としての機能をそのままに、未亡人の春恵は住居を保証されることになっている。現に、いまだにあちこちに伴島が培った人脈から、地域の出来事などを知らせる連絡が入ってくる。その都度、春恵はまもなく通信部が廃止されることを伝えなければならないわけだ。

春恵は浅見のことを憶《おぼ》えていてくれた。

「いつぞやのお電話のあと、主人からいろいろ聞きました。なんでも、浅見さんはとても優秀なルポライターさんだそうですね」

のっけから照れるようなことを言われた。見た感じは、カラオケやパチンコでのんびり暮らしていそうなおばさん——という容姿だが、話し出すとどうして、仕事のできる女性であることが分かる。外出の多い夫の留守を守って、東読新聞の看板を背負っていただけのことはある。

浅見は伴島の足跡を追って、秋田へ行ってきたことを話した。大曲通信部や横居家、それに釣り具店などで耳にした伴島の様子を話すと、春恵はうっすらと涙を浮かべた。

春恵は今度の事件で、遺体の身元確認に大曲を訪れている。十数年前、大曲に勤務していたときと、あまり風景が変わっていなかったことに、かえって驚いたそうだ。

大曲は秋田県の奥まったところに位置していて、港からも、幹線道路からも遠い。発展や変化から立ち遅れているところだ。

「その当時のことを、話していただけませんか」と浅見は言った。

「はあ……でも、何をお話しすればよろしいのでしょう?」

「伴島さんは、通信部の記者としては、大曲時代がいちばん脂《あぶら》の乗っていた頃だと思います。横居家の次男坊が、危うく傷害罪になるところを救ったという話も聞きました」

「ええ、そんなこともありましたわねえ。それで、びっくりしたんですけど、今度の一連の事件は、その横居さんのおばあさんが殺されたことから始まったらしいって、主人が秋田へ行く前にすごく怖い顔をして言ってました。詳しいことは話しませんでしたけど、それもあって、主人としては放っておけない気持ちに駆られたみたいです」

「場所が大曲だったことも、伴島さんにやる気を起こさせたのかもしれません」

「そうだと思います。おかしな言い方ですけど、若い血が騒いだのでしょうね。それに、浅見さんに刺激されたみたいなことも言ってました」

夫人は笑いながら言ったのだが、浅見は厳粛なものを感じて、「そうでしたか」と、わずかに頭を下げた。

「新聞記者人生の中で、伴島さんご自身にとっても、大曲にいた頃の武勇伝がもっとも多かったのではありませんか」

「そうですわねえ。事件としては釜石のほうがいろいろありましたけど、大曲は選挙違反だとか、喧嘩沙汰《けんかざた》だとか、酔っぱらって耳に噛《か》みついたとか、そういうこました事件が多くて、走り回っていました。でも、それよりも、大曲のよかったのは、なんといっても釣りができたことでしょうね。ここに来てからは、もういいかげんトシですし、それに平和な土地柄のせいもあって、あまりパッとしないもんで、その頃が懐かしかったんでしょうか。酔うと、お客さんの迷惑も知らず、いつも昔の自慢話をして顰蹙《ひんしゅく》を買ってましたけど」

「その自慢話ですが、久保さんもその話を聞かされたクチではありませんか？」

「ええ、相手構わずでしたけど、久保さんがいちばんの被害者ですわね」

寂しそうに笑いながら言って、「被害者」という言葉が穏当でないことに気がついて、「あ、ごめんなさい」と、誰にともなく謝った。

「久保さんは他社の、それもテレビの人間ですが、よくこちらに見えたのですか」

「よくっていうほどでもありませんけど、見えました。あの方は地元の清水の生まれでしたけど、ちょっとお高いところがあったでしょう。なんとなくほかの記者さんたちと折り合いが悪く、市役所の記者クラブの中で、一人だけ浮いた感じの人だったそうです。主人はそう親しいとは思ってなくても、余所《よそ》から来た人間だけに、久保さんのほうは気が楽だったのじゃないかしら。ときどきフラッとやってこられて、主人とお酒を飲みながら、昔の話を聞きたがったりしていました。主人も興に乗るとよく喋《しゃべ》るほうでした。そこのテーブルの上に特ダネ記事を切り抜いたスクラップブックだとか、写真だとかを広げて、毎回同じような話でしたけどねえ」

その日の様子が思い浮かぶのだろう、春恵の頬を涙が伝った。

思えば、そのときそこにいた二人が、二人とも、いまはこの世にいないのである。わずかの期間に、その二人を含めて、たぶん四人を殺害したと思われる犯人の、鬼畜のごとき理不尽に怒りを抑えられない。

「スクラップブックと写真を拝見できませんか」

浅見は頼んだ。春恵は奥の部屋から大事そうに、「大曲」とマジックで書いた段ボール箱を持ってきた。

「これが大曲時代のものです」

蓋《ふた》を開けるとスクラップブックが五冊と、写真がぎっしり詰まっている。これだけのものを、毎度のようにテーブルの上に広げられては、後片付けするほうはたまったものではなかったにちがいない。

「ずいぶんいっぱいあるでしょう」

春恵は言いながら、写真の折れ目をいとおしそうに伸ばし、テーブルに広げ始めた。写真はいくつかに分類され、袋に仕分けされている。主に、春夏秋冬の大曲近辺の風景を撮ったものが多い。ときには県版トップの紙面を飾ったであろう、なかなか芸術的、意欲的な作品も少なくない。祭りの風景や運動会、花火大会、何かのテープカット、初詣《はつもうで》、七五三……そして、ごくまれに事件の生々しい現場写真、交通事故の記録もあった。分類の中に、「人物」というのがあった。市長や有力者と思われる人物から、珠算コンクールで優勝した女の子、高校球児……といった具合だ。伴島自身が写っているのもある。

　春恵は次々に写真を出しては、分類ごとにきちんと山積みしてゆくのだが、あまりにも膨大すぎる。浅見はひとまず写真に手をつけるのはやめて、スクラップの中から昭和五十五年八月十六日に起きた「傷害事件」の記事を捜し出した。

「これがさっきお話しになった傷害事件ですが、この事件のことを詳しく憶えていますか？」

　浅見は訊《き》いた。春恵は浅見の手元を覗《のぞ》き込んで、「ええ、憶えています」と言った。

「横居さんというのは、たしか、大曲の町はずれのようなところにある、大きなお屋敷でしたけど、そこの息子さん——といっても、結婚して別のところに住んでましたけど、その人が、傷害事件を起こして、もうちょっとで懲役になるところだったのです。ところが、主人が真相を調べたところ、実際は怪我したほうの三人の男が横居さんを襲ったことが分かって、判決が逆転したという、そういう事件だったと思いますよ」

　浅見が大曲通信部で調べてきたのと、ほぼ間違いなかった。時には夫に成り代わって、取材や連絡事務を受け持たなければならない通信部員の妻だけあって、さすがに記憶は確かなものだ。

「事件の後、お母さんが喜んで、うちにお礼に来たんじゃなかったかしら。でもそのお母さん——もうずいぶんおばあさんだったでしょうけど、そのときのお母さんが殺されたっていうんですものねえ。おまけに金庫にあった一億何千万円だかのお金が盗まれたんでしょう。昔の大曲にはそんなひどい事件はなかったと思いますけど」

「しかも、今度のご主人の事件や寸又峡の事件など、すべてがどうやらその殺人事件の犯人の犯行だと考えられます」

「えーっ……」と春恵は悲鳴を上げた。

「じゃあ、もしかすると、そのとき、逆転で加害者になってしまった三人組が、仕返ししたということじゃありませんか?」

「なるほど」と浅見は感心した。伴島春恵は五十歳をいくつか越えているはずだが、こういうことを思いつくのは、さすがといっていい。その発想は警察でも出ていなかったけれど、たしかに、伴島と横居ナミの二人に関していえば、昔の事件との関わりを疑ってみる価値はある。少なくともそういう考え方が出てきてもおかしくはなかった。

「しかし、今回の連続殺人事件は、どうやらそれとは直接の関係はないようです。横居ナミさん殺しは、やはり一億四千万円という大金を狙った犯行で、ほかの事件もそれに関連して起きたものと考えてよさそうです。一つの犯行が次々に犯行を誘発する、典型的なケースだと思います。ただ……」

浅見は言葉を切った。

「問題は伴島さんがなぜこの事件に巻き込まれたのかという点です。これが、どうしても分かりません。あるいは、伴島さんだけは別の動機、別の犯人によって殺害されたのかとも思ってみたのですが、それはむしろ考えにくいでしょう。伴島さんはやはり、この一連の事件を追いかけていて、何か核心に迫るものを摑《つか》んだのだと思います」

「何でしょうか？　核心に迫るものって」

「僕はその答えが、この中にあると思ったのです」

浅見は目の前に広げられた写真とスクラップブックを、両腕で囲むようにした。

「久保さんが寸又峡からこちらに電話してきて『面白い人に会った』と言った。その面白い人とは、この写真のどこかに写っているのじゃないかって思ったのです。久保さんが自分の会社や記者クラブなどの大勢の知人の中から、あえて伴島さんを選んでそのことを伝えようとしたのは、伴島さんでなければ『面白い人』の意味が分からなかったからにちがいない。つまり『面白い人』というのは、久保さんと伴島さんの共通の知り合いで、しかもほかのお仲間はまったく知らない人物だと考えたのです」

「ああ……」と、春恵は天井を仰ぎ見るようにして、頷いた。

「そうですね、そうかもしれません。あのときの久保さんの口ぶりは、主人ならすぐに分かる——と言いたそうな感じでした。それから、あまりにも思いがけないので、ぜひ教えたかったみたいな意気込みでした」

「そこでどうでしょうか。伴島さんが久保さんに昔の話をしたとき、どういう人の名前が出たか、憶えていませんか?」

「さあ……どうだったかしら? こんな狭い家ですから、隣の部屋にいても話はよく聞こえてましたけど、どんな人かって言われると……そうですねえ、新日鉄釜石のラグビーの人の名前はよく出てましたわね。あの頃のスターだった松尾《まつお》さんだとか。そうそう、松尾さんと一緒に撮った写真があって、よく自慢してました。でも、それは釜石へ移ってからのことですものね。大曲ではどんな話をしてたかといえば、釣り自慢が多かったかしらねえ。夕方の送稿を終えると、ほんのちょっとの間でも、すぐに川へ出かけてました。刑事さんに釣り好きの人がいて、その人と誘ったり誘われたりしていました。もっとも、主人に言わせると、そうやって刑事さんに食らいついているのは、単なる遊びではなく、ちゃんと目的があったっていうんですけどね」

「そういえば、ご主人にはスッポンのあだ名があったそうですね」

「ええ、他社からはそう呼ばれていました。その刑事さんから、いろいろと捜査情報をリークしてもらっていたことはたしかです。主人の話だと、すごく優秀な刑事さんで、その人をマークしていれば間違いないとか言ってました。それが狙いですわね。そういえばたしか、横居さんの息子さんの事件のときも、その刑事さんと共同作戦でした」

「その人の名前は分かりますか？」

「えーと、なんておっしゃったかしら。この頃はもう惚《ぼ》けてしまって……この中に写真があったはずですけど。久保さんが見えたときも、その写真を見せて、自慢話をしてました」

春恵は人物写真を捲《めく》って「あ、この人です」と中の一枚を取り出した。キャビネ判に伸ばしたきれいな写真だ。清流を背景にして、男が釣り上げたサクラマスをこれ見よがしに突き出している。

その写真を見た瞬間、浅見は「あっ」と言った。まぎれもなく、玉川と雄物川の合流点近くで出会った釣り人であった。

2

「この人なら、このあいだ大曲へ行ったときに、川で会いました」

浅見は思わず声が上擦《うわず》った。伴島夫人も驚いて、「ほんとですか？」と言った。

「でも、この写真は十何年も昔のものですけど」

「そうですね。しかしあのとき出会った釣り人には、たしかにこの写真の人物の面影があったような気がします。僕は特別に記憶力がいいというわけではないですが、すぐに分かりました。写真のポーズから、あのときのウグイを釣り上げた人物に連想が走ったのかもしれません」

そう言ったものの、（しかし――）という気持ちも一方にはあった。あの男は「伴島」の名前を出したとき、はっきり「知らない」と言ったのだ。元東読新聞社大曲通信部の人間――とまで説明しているのだから、忘れたということはないだろう。

（別人かな？――）

浅見はもういちど写真をしげしげと眺めた。見れば見るほど、あの時の釣り人そのものであった。少し顎《あご》の張った目の大きな顔には特徴がある。年齢差を感じさせないほど、そっくりそのままであった。

にもかかわらず、伴島を知らないと言ったのはなぜなのか。そのことが疑惑を急速に膨らませた。

（この男だ――）と、浅見はほとんど断定した。久保が出会った「面白い人」とは、この男に九分九厘、間違いない。久保がどこでどういう会い方をしたにしても、もしまともにこの人物を見たとすれば、この写真の男だと気づいただろう。

そして——それからどうしたのか。

ただそのままで別れたとは思えない。よほどの引っ込み思案でもないかぎり、声をかけて、相手を確かめるぐらいのことはやりそうだ。好奇心旺盛《おうせい》な浅見ならそうする。久保にしたって、テレビ局の記者をやっているほどの男である。カメラの趣味もあったことだし……そうか、彼はその日、大井川鉄道のスケッチに出かけていたのだ。乗客の写真もかなりの枚数、撮影している。ひょっとすると、この人物をファインダーの中で捉えたのかもしれない。

その場の情景を想像しながら、浅見は心臓が苦しくなってきた。

「この人が、刑事、さんですか」

伴島夫人をびっくりさせないように、精一杯、興奮を抑えて、妙にしわがれた声になってそう言った。

「ええそうです。でもいまは何をしてらっしゃるか知りません。あの頃は部長刑事さんでしたけど、あれからもう、ずいぶん経ちますから、警部補さんか警部さんか、偉くなってるでしょうね」

「この写真、お借りしてもいいですか？」

「は？　ええ、それは構いませんけど、どうなさいますの？」

「もう一度、大曲へ行って、あの釣り人を探してみます」

「えーっ？　あの、どうしてですの？」
「ひょっとすると、この人に聞けば、ご主人のことを何か知っているかもしれませ
ん」
目を丸くする夫人に挨拶して、浅見はそそくさと島田通信部を出た。
車に戻ると、浅見は大曲通信部の本庄に電話して、十七年前の例の横居真二がから
んだ傷害事件で、伴島と一緒に事件の真相を解明した刑事の名前と、現在の勤務地を
調べてくれるよう、頼んだ。
「そんなことなら、大曲署へ行って聞けばすぐ分かると思いますよ。だけど、そのデ
カさんがどうかしたんですか？」
本庄は不審そうに訊いたが、浅見は詳しい説明を保留した。まだ百パーセント、こ
の写真の人物が「面白い人」と決まったわけではない。それに、詳しい事情を話せば、
あの本庄のことだ、特ダネを狙い、先走って行動を起こすに決まっている。少なくと
も、警察にすんなり報告するような殊勝な真似は絶対にしないだろう。
浅見はそこから島田署へ向かった。
七高部長刑事はすでに秋田から引き揚げてきていた。「昨夜帰ったばかりです」と、
疲れた顔で現れた。「収穫はありましたか？」と訊くと、黙って首を横に振った。
秋田への出張は、県警の警部など四人で行なったものだが、主たる目的は合同捜査

を展開するに当たっての情報交換にあった。いちおう、向こうの捜査員と一緒に聞き込み捜査に参加はしたものの、いきなり知らない土地に行ったからといって、具体的な成果が上がるはずもないのだろう。

大曲署の捜査本部は、横居ナミ殺害事件の容疑者として、いまだに息子の横居真二にかなりこだわっているのだそうだ。実行犯は住田であるとしながらも、真二が共犯者の少なくとも一員であった可能性があると考えているらしい。

「このあいだも言ったように、なんといっても、横居家の事情に詳しい者の犯行であるという判断がありましてね、とくに、横居ナミさんに金庫を開けさせた点から言って、ナミさんとよほど親しい関係があるか、そうでなければ、金庫のダイヤル番号を知っていなければならないだろうというわけです。それに該当する人物となると、真二しか浮かばないってことですな。しかも、私が引き揚げる寸前の情報によると、横居真二は伴島さんとかつて面識があったということが分かったらしい。本人はまったく面識がないなんて言ってたのだが、これが嘘だったことになる。なんでも十何年だか前、真二が傷害事件を起こしたことがあって、その事件を取材したのが、当時、東読新聞社大曲通信部にいた伴島さんだったというのです」

「ほうっ、そうだったんですかァ」

そうか、ついに警察もそこに気がついたか——と思ったが、浅見は初めて聞くような顔をして言った。

「それじゃ、真二氏に対する容疑はますます深まったでしょうね」

「でしょうな。私はすぐに帰ってきてしまったから、あとがどうなったか、詳しい話は聞いてませんがね」

「しかし、真二氏は兄弟の中でいちばん、お母さんに可愛がられていたそうじゃないですか。その彼がああいう凶悪な犯罪を起こしますかねえ？」

「もちろん、真二自身が母親を殺したわけじゃないでしょう。犯行計画を樹《た》てたり、手引きをしたのが真二で、殺しの実行犯は住田だったという想定です。最初から殺すつもりはなくても、見つかって騒がれたために殺した、というケースはいくらでもあります」

「というと、寸又峡で住田と久保さんを殺した犯人は何者ですか？」

「それは分かりませんよ。向こうでは、それはやはり真二ではないかと疑っているみたいですがね。しかしアリバイの点で難しいらしい。真二にはどうやら当日のアリバイがありそうです。となると、久保さんが伴島さんの奥さんに電話したときの、例の『面白い人』というのが何者か、ですな」

浅見はおもむろに、ポケットから角封筒に入れた写真を取り出した。

「事件当日、この人物が寸又峡近辺で目撃されていないかどうか、調べてみていただけませんか？」

「は？　この人は誰です？」

「名前は分かりませんが、ひょっとすると、その『面白い人』かもしれません」

「えっ？……」

驚く七高に、浅見は大曲で釣り人と出会った話から、伴島家でこの写真を発見するまでの経緯を話した。

「警察官ですか……」

七高は鼻の頭に皺《しわ》を寄せて、拒否反応を示した。他県とはいえ、警察は一体である。当然のことだが、警察ほど身内から犯罪者を出すことに神経質である組織はない。たとえ下っぱの巡査が犯した万引き程度の犯罪であっても、警察全体の威信を失墜させる。

「そうです。しかもこの人は、十数年前の傷害事件の際は、伴島さんと一緒に横居真二氏を冤罪《えんざい》から救った部長刑事だったそうです。つまり、真二氏とも面識はあるし、横居ナミさんにとっては、恩人であったことになります。条件は揃っていますよ」

「うーん……しかしねえ、かりにも警察官ですからなあ」

「いいえ、現在も警察官なのかどうかは分かりません。現にあの日は、夕方時分に、のんびり釣りをしてましたからね」

「それはあれでしょう。非番だったということもあるでしょう。いずれにしても、この話を秋田県警に持って行けば、えらい騒ぎになりますな」

「そう思って、まず七高さんにお話しすることにしたのです。ただし、東読新聞社大曲通信部に問い合わせはしましたが」

「えっ、もうそこまでやっちゃったの？」

「目的は話してはいません。名前と現在の勤務地を問い合わせただけです」

七高は憂鬱《ゆううつ》そうに、あらためて写真の人物を眺めた。

「浅見さんはそう言うが、この人が久保さんの目撃した『面白い人』であるのかどうか、分からんのでしょう？」

「ですから、まず寸又峡付近の目撃者を当たっていただけないかと思ったのです。秋田のほうの調べは東読の通信部から返事が来てからやればいいとして、その前にこちらで目撃情報が出たりすれば、かなり確定的といえることになるのじゃありませんか？」

「それはまあ、そうですけどねえ……」

七高はしきりに首を振っていたが、最後には観念したように頷《うなず》いた。

「いいでしょう、調べてみますよ。といっても、この人物の素性は伏せたままで、目撃者探しをやることにします」

「というと、まさか、七高さんお一人で聞き込みをやるのじゃないでしょうね？」

「いや、そのまさかですよ。だって、ちゃんとした根拠があるならともかく、そう言っちゃ悪いけど、浅見さん一人の不確かな情報でしょう。それだけのことで、秋田県警の警察官を対象にした捜査活動をやれなんて、私には提案できませんよ。秋田県警からの依頼でもあればべつですがね」

浅見は落胆した。七高なら、もう少しこっちの意を汲《く》んで、積極的に動いてくれるものと思っていたが、やはり彼もまた警察組織の一員でしかなかったのか。それにしても、警察のセクショナリズムと身内意識は想像以上のものらしい。

「分かりました。それじゃ、その写真、複写していただけますか。原版は持って帰りますので」

意識したわけではないが、不満そうなひびきがあったのか、七高はチラッと気づかわしげな視線を向けた。

「まさか浅見さん、あなたが聞き込みをやらかそうというんじゃないでしょうな？」

「いえ、どうせ今晩は寸又峡に泊まるつもりですから、宿を何軒か当たってみます」

「うーん、あまり好ましいことではないですなあ」

七高はそう言うが、こっちが勝手にやることを、禁止する理由はない。

気まずい雰囲気で七高と別れ、浅見は寸又峡へ向かった。

大井川に沿った道が山にかかる辺りから、急に秋の気配が深まってくる。川根、中《なか》川根《かわね》、本川根《ほんかわね》と茶どころの谷が険しくなって、千頭の町から寸又峡に入る。とたんに絢爛《けんらん》たる秋模様であった。

ウィークデーだが、紅葉を楽しむ行楽客が多いのか、例の寸又峡スカイホテルは満員だった。支配人が恐縮しながら、知り合いの民宿を紹介してくれた。懐具合の寂しい浅見にとっては、そのほうがむしろありがたい。

ホテルで早速、問題の写真を見せたが、支配人も従業員も知らない顔だということだ。泊まることになった宿でも知らないと言われた。寸又峡には二十軒ばかりの宿があるそうだから、まだ先は長い。

明るいうちにと思い、すぐに宿を出た。

最初に喫茶店「チータ」を訪ねた。久保はこの店から東読新聞社島田通信部に電話して、伴島夫人に「面白い人」を見た——と告げたあと、チータのママに「一時間ほどしたら戻る」と言い残して飛龍橋へ向かったのである。

浅見は「チータ」でも写真を見せたが、ママも、一人だけいるウエーターも、その顔には見覚えがないそうだ。もっとも、事件からすでに一ヵ月を超えてしまっている。もともと人間の記憶なんてあてにならないし、客の顔をしげしげ見ているわけでもないのだから、それだけでこの人物がこの店に現れていなかったと即断はできない。

コーヒー一杯を飲んで店を出ると、目についた順番に宿を訪ね歩いた。

寸又峡温泉といっても、ここはいわゆる温泉街のように建物が密集しているわけではない。谷間の小さな盆地に、ポツンポツンと宿や店が点在しているから、地理不案内の者が一軒一軒訪ね回るのはなかなか大変だ。

それに、刑事でもない人間が、忙しい手を休めさせて聞き込みをするのは難しいということを、しみじみ実感した。用件を説明しようとする途中から、「ああ、うちはいま間に合ってます」と、まるで押し売りか何かと勘違いしたように言われたのが、何軒かあった。

そこを粘って、とにかく写真だけは見てもらった。写真を出すと、ほとんどの人が、条件反射のように、こっちの手元を覗《のぞ》き込む習性のあることも分かった。好奇心だけは万人に共通しているらしい。

しかし結果は芳《かんば》しくなかった。夕刻まで七軒を回ったが、記憶があるという答えは一つも出てこない。夕食の支度に追われる頃になってくると、ますます対応がそっけなく、さすがに浅見も遠慮せざるをえなかった。

3

宿に戻って、大曲の本庄に電話を入れてみた。「ああ、浅見さん、分かりましたよ」と本庄は陽気な声で言った。「例の横居真二の傷害事件を担当したのは、当時、大曲署の刑事課にいた岩岡忠夫《いわおかただお》という巡査部長でした」

「それで、現在の勤務地はどこですか？」

「それがですね、岩岡氏は四年前に退職しているのだそうですよ」

（やっぱり——）と浅見は出かかった声が喉《のど》に詰まった。

岩岡忠夫が警察官を辞めていたからといって、ただちにその人物が「面白い人」であることにはならないが、少なくとも条件の一つは満たしている。

「それで、岩岡氏は現在、どこに住んでいるのでしょうか？」

浅見は訊《き》いた。

「さあ、そこまでは分からなかったですが、それ、調べておきましょうか？」

「ええ、できたらお願いします」

「だけど浅見さん、その岩岡元部長刑事が、何かあるんですか？」

やはりひっかかるものを感じるらしい。

「そういうわけじゃありませんが、その人に聞けば、ひょっとすると伴島さんの行動のヒントが出るかもしれないと思いましてね」

「なるほど……」と、本庄は半分納得したように言って、浅見の依頼を引き受けた。

翌朝は十時に宿を出て、聞き込み捜査をつづけた。そうしてトータル十五軒目で初めて手応《てごた》えがあった。旅館の女将《おかみ》が「見たことがあるみたい」と言ったのである。

旅館といっても、民宿の上等な程度の小さな宿だ。女将のほかの女性たちも、近所のおばさんが何人か手伝いに来ているといった、気安い雰囲気だった。女将と、その女性のうちの一人に、写真の人物の記憶があった。

「もうちょっと歳がいってたみたいな気がするけど」と首をかしげた。

「岩岡忠夫という人で、住所は秋田県。泊まったのはたぶん九月二十五日か、二十六日だと思うんですけどね」

浅見が勢い込んで言うと、「あっ、そうですね、その頃ですよ、きっと」と、女将が宿泊カードの綴《つづ》りを持ってきた。

しかしその両日とも、岩岡という人物は記録されていなかった。

「ひょっとすると、偽名を使ったかもしれません。一人客だったはずです。東北の訛《なま》りがあったはずですが」

「お一人のお客さんというと、この人だけですけどね」

九月二十五日分の宿泊カードの最後に「片山英二《かたやまえいじ》」と「栃木県矢板市《やいた》……」の住所が書かれている。栃木県の訛りは、東北弁と似たところがある。

「この人は予約ではなかったでしょう」

「ええ、予約はされてません。夕方近くに、電話でお部屋があるかどうか訊いて、すぐにおいでになったのだと思います」

女将は記憶を呼び覚ますように、写真に視線を凝らした。

「そうだわね、この人だわよね」

手伝いの女性に確かめたが、彼女のほうには確信はないらしく、あいまいに首をひねって「はあ」と答えた。まあ、人間の記憶なんてそんなものだろう。

「朝早く散歩に行ったと思いますが」

浅見が訊くと、「ええ、ええ、そういえばそうでした」と、その点では二人の記憶は一致していた。

「たしか、お食事前に散歩してくるっておっしゃって……だけど、このお客さんがどうかしたんですか？」

女将はようやく疑惑を抱いた。

「じつは家出をしちゃいましてね、ご家族が行方を探しているところです」

浅見はとりあえず誤魔化しておいた。

「そうだったんですか。そういえばどことなく様子が変でしたものね」

「どんなふうに変だったのですか？」

「なんだかいつも背を向ける感じで、寂しそうにしてましたよ。あまりお話しもしなかったし」

「それで、二十五日に泊まって、翌日は何時頃の出発だったのですか？」

「さあ、十時頃じゃなかったかしら」

「車ですか？」

「いえ、バスでお越しになったんじゃないですか」

寸又峡をバスで引き揚げたとすると、大井川鉄道の千頭駅辺りで久保と出会う確率は、十分ある。そのとき、久保のカメラのファインダーがその男の顔を捉えた——。

もう何度目か、浅見はまたしてもそのときの情景を想像した。

かりにそうでなかったとしても、男は写真を撮られたと思い込んだかもしれない。そこへもってきて、久保が「失礼ですが、岩岡さんとおっしゃいませんか？」などと話しかける。うっかり「そうです」と答えたりしたなら、久保は嬉《うれ》しがって喋《しゃべ》り出したにちがいない。「あなたの釣り仲間だった伴島さんが、いま島田にいますよ。会いませんか」などと言いそうだ。

もし岩岡なる人物が犯人だったとして、そういう場面が現実に起きていたとしたら、岩岡の胸に殺意が芽生えたとしても不思議はないだろう。

問題はその後だ。岩岡はどうやって久保を飛龍橋に誘い出したのか……。（待て待て——）と浅見は自分の逸《はや》る気持ちを戒めた。まだその男が岩岡と決まったわけでもないのだ。

喫茶店「チータ」に寄って、島田署に電話したが、七高は外出中だった。(寸又峡へ来るのかな?——)と、行く先を訊いてみたが、むろん教えてくれるはずもなかった。

どこか途中で七高の車とすれ違うかもしれないと期待しながら、寸又峡を後にした。しかし島田に着くまで、それらしい車とは出会わなかった。市内を抜ける前に、もう一度電話を入れてみたが、やはり留守だった。彼が本気で聞き込み捜査をやってくれるかどうか心もとなかったが、浅見は諦《あきら》めて東京へ帰ることにした。

夜に入って帰宅すると、本庄から電話があったという。

「刑事さんの行方が分かったとおっしゃってましたけど」

出迎えたお手伝いの須美子が、玄関先で声をひそめ、心配そうに告げた。

「坊っちゃま、また何か事件ですか?」

「いや、何でもないんだ」

警察だの刑事だのという言葉は、この家の次男坊に関するかぎりタブーである。

(本庄さんも余計なことを言わなきゃいいのに——)

胸の内で勝手な愚痴をこぼしながら電話してみたが、大曲通信部はすでに留守番電話になっていた。

須美子が支度してくれた遅い晩飯にありついていると、物音を聞きつけたのか、母親の雪江が現れた。

「光彦、あなた今月のお月謝、まだなのね」

「あ、すみません、忘れてました」

食い扶持《ぶち》のことを「お月謝」と言う。毎月それ相応の「お月謝」を兄嫁に渡すことになっているのだが、月が変わったにもかかわらず、十月分をまだ払ってなかった。

「ちょっと気になって聞いてみたの。和子さんはおとなしいから何も言わないけれど、だめじゃないの」

叱っておいて、顔を寄せて言った。

「忘れてるだけなの？　ほんとは手元不如意《ふにょい》なのじゃないの？　それならそうとおっしゃい、立て替えて上げますから」

「すみません、そのとおりです」

浅見は潔く頭を下げた。雪江は「やっぱりねえ」とため息をついた。

「こまった人だこと。このところ秋田へ行ったり、また昨日から静岡県ですって？　何をしているのか知りませんけど、また妙なことに巻き込まれているのじゃないでしょうね」

「いいえ、ぜんぜん。『旅と歴史』の取材です。今度の号に載ります」

「それならいいけれど」

疑わしい目を次男坊に向けてから、雪江は自室に引き揚げた。その後ろ姿を、浅見は最敬礼で見送った。

正直言って、この際、母親の援助はありがたい。銀行の残高はほとんど底をつきかけているにちがいなかった。秋田への「出張費」をどう捻出《ねんしゅつ》するか、頭が痛い。

そんなことを思って、ふと、大曲の横居家から盗まれた一億四千万円を連想した。犯人はいまもその金をほとんど手つかずで持っているのだろうか。そのほんの一部でもあれば、秋田行きの旅費が出るのに――などとばかなことを考えた。

翌朝、起き抜けにまず本庄に電話した。まだ九時前だったが、本庄はちゃんと出勤していた。朝が遅い浅見には驚異的だ。

「例の岩岡元部長刑事ですが、なんと、現在は仙北郡神岡町《かみおかまち》に住んでいるそうです」

「神岡町というと、どの辺りですか？」

「大曲市のすぐ北隣ですよ」

「えっ……」

浅見は息を呑《の》んだ。

「岩岡氏はそこで何をしているんでしょう？　仕事は」

「さあ、そこまではまだ調べてませんが。それ、調べたほうがいいんですか？」

「え、いや、そこまでする必要はないですが……それで、警察を辞めた理由は何だったのでしょうか？　定年ですか？」

「岩岡氏はまだ五十五歳ですから、四年前は五十一歳。定年ということはありません。もっとも、定年前に警察を辞めるケースは珍しくないですよ。警備保障会社なんかは、警察官上がりだと、けっこう優遇されるみたいだし……それとも浅見さん、何か不祥事みたいなものがあったと思っているんですか？」

本庄の勘のよさは警戒を要する。

「いいえ、そういうわけじゃないです。詳しいことはお会いしたときに話します。あ、そうだ、僕は明日か明後日、そっちへ行くことになりました。秋田新幹線沿線のルポを書くのです。またひとつよろしくお願いします」

最後のほうは、聞き耳を立てているであろう雪江と須美子に聞こえるように、いくぶん声を張り上げた。

午後、浅見は『旅と歴史』編集部に顔を出した。島田宿のルポ記事のゲラを受け取るのが目的だが、秋田行きの費用を捻出するための前借りがもう一つの——というより、むしろ重要な目的であった。

「だめだよ」

予想どおり、藤田編集長はあっさり断ったが、「と、言いたいところだが」と付け加えた。

「おれの頼む仕事を受けてくれれば考えないでもない」

「いいですよ。ほかならぬ藤田さんのご依頼とあれば、不倫の清算でも、夜逃げの手伝いでも、大抵のことは引き受けます」

「ははは、そんなんじゃないよ、れっきとした仕事の依頼さ。それも三ヵ月以上も継続する、割りのいい仕事になる」

「ほんとですか……」

話がうますぎるので、浅見は警戒した。

「本当さ。ただし、海外へ行ってもらわなければならない」

「やっぱりね」と浅見は手を横に振った。

「海外はだめだって言ってるでしょう。僕は飛行機はいっさいだめなんですから」

「いや、飛行機じゃないんだ。九十八日間の世界一周船旅を取材するっていう、けっこうな話だ。もちろんアゴアシ付き、旅費はすべて向こう持ちときてる。原稿料も悪くない。本来ならおれがやりたいくらいだけど、浅見ちゃんみたいなヒマジンじゃないしね。どうかね、受けるだろ？」

「受けます」

断る道理はなかった。その瞬間、浅見の脳裏には、確保された三ヵ月分の「お月謝」のことが浮かんだ。

翌日の午後には、浅見は大曲に着いた。本庄は手ぐすね引いて——といった面持ちで浅見を迎えた。

「昨日の岩岡元部長刑事の話、なんだか気になって仕方がないんですけどね。浅見さん、何かあるんじゃないんですか？」

詰め寄られて、これ以上とぼけ通すわけにもいかなくなった。

「一つだけ約束してくれませんか」

浅見はなるべく深刻そうな顔を作って、言った。本庄もヘビでも飲み込むような目をして、コクリと頷《うなず》いた。

「これから話すことは、いまの段階ではあまりにも仮定の要素が多く、外部に洩《も》れたりすると大問題に発展しかねません。もちろん、これが事実であれば、東読新聞の大スクープになりますが、それがはっきりするまでは、絶対に秘密を守ってくれますか」

「分かりました、約束します」

「それでは話します」

浅見は寸又峡で久保が殺される直前に、伴島夫人に「面白い人と会った」という電話をした話から始めた。その久保が死体で発見され、次いで住田の死体がダム湖に浮かんだこと。そうして、その二つの事件の真相を突き止めるために大曲を訪れた伴島もまた、犠牲になったこと。

「この一連の殺人事件の背景を暗示しているキーワードが、じつは『面白い人』だったのですよ。ところが、警察を含めて、関係者の誰もがその『面白い人』の正体に気づいていなかった。伴島さんでさえ、最後の最後までそのキーワードの重要性に気づかなかったといっていいでしょう」

「えっ？」と、本庄は顔を上げた。

「最後の最後というと、つまり伴島は、最後にはそれが誰なのか、気がついたってことですか？」

「そうだと思います。その人物に会った瞬間、この男が『面白い人』だったのかと悟ったのでしょうね。しかし、伴島さんが悟ったと同時に、相手に殺意が生じた。容赦のない素早さで伴島さんを殺害したのです」

「まさか、浅見さん……」

本庄は息を飲み込んだ。

「その男っていうのが、岩岡じゃないでしょうね？」

浅見は黙って頷いた。少し離れたデスクにいる、鈴木嬢に配慮した。

それから浅見は、川で出会った釣り人の顔を、島田通信部で見せてもらった写真の中に発見した話をした。

「これがそれです」と、テーブルの上に載せた写真を、本庄は恐る恐る手に取った。

九月二十五日に、この写真とよく似た人物が寸又峡温泉に泊まっていたことなど、浅見の「解説」を一通り聞いて、本庄は「間違いないですね」と言った。顔が紅潮して、目がギラギラ輝いていた。

4

岩岡忠夫の現住所がある仙北郡神岡町は、かって「神宮寺《じんぐうじ》町《まち》」と「北楢岡村《ならおかむら》」だったものが昭和三十年に合併して生まれた。町域のほとんどは雄物川の北側にあり、人口の稠密《ちゅうみつ》する市街地は奥羽本線の神宮寺駅周辺にあるのだが、岩岡の住む「岳見《だけみ》」という小さな集落だけが、ポツンと取り残されたように川の南側にある。

岳見地区は面積も人口も微々たるものだけれど、町の名の由来である「神宮寺岳」はここにある。古くはその山麓《さんろく》に式内社《しきないしゃ》があったと伝えられる。標高は二百七十七メートルだが、円錐《えんすい》形の美しい山だ。

細密な地図によると、岩岡の家はこの山の西南側の山裾に、集落から一軒だけ離れて建っているらしい。その少し南には大平山《たいへいざん》という四百メートル近い山があって、山頂の三角点から南北に連なる尾根が大曲市との境界をなしている。

「たぶん、この辺りではとくに山深い地域といっていいでしょうね。僕も行ったことがありません」

本庄は言い、いくぶん緊張した面持ちで、「行ってみますか」と訊《き》いた。

「ええ」

浅見はすぐに応じ、本庄の運転する車で現地を偵察することになった。

冬を予感させる低い雲が垂れ込めて、ゆるい西寄りの風が吹いている。仙北地方は名うての豪雪地帯で、「かまくら」で有名な横手市がここから五十キロほど南にある。まだ本格的な雪の季節ではないが、神宮寺岳の北側斜面から日当たりの悪い山裾にかけて、灌木《かんぼく》の下のそこかしこを雪が覆っていた。

岩岡忠夫の家は灌木と杉が混在する林の奥の、道路の行き止まりのような場所に、ひっそりと佇《たたず》んでいた。建物全体の大きさのわりにはやや大きすぎる急勾配《こうばい》の屋根は、いまはトタン葺《ぶ》きだが、かっては藁《わら》葺きだったことを思わせる。おそらく古い農家を改造した建物なのだろう。

本庄は大胆に、岩岡家の敷地に車を乗り入れた。物音を聞きつけたのか、男が玄関から現れた。服装はひどく粗末なジャンパーにカーキ色のズボンという作業着姿だが、遠目にも間違いなくあの「釣り人」であった。

「どうします?」と本庄は訊いた。ここに至って「どうします」もないだろう——と、浅見は苦笑した。

車を出て、岩岡の立つ玄関先へ歩いて行った。本庄も少し遅れてついてくる。

「すみません、ちょっと伺いますが、この辺に岩岡さんというお宅はありませんか?」

声をかけながら近づいた。

「岩岡はうちだけどな」

「えっ、こちらが岩岡さんですか、どうも突然お邪魔しまして……」

浅見は下げた頭を上げ、それからはじめて岩岡の顔に気づいたふうを装って、「あれ?」と言った。

「あ、あなたはあのときの……」

「ん?……」と、岩岡はとっさに思い出せなかったらしい。

「ほら、このあいだ松倉のあたりで釣りをしていたでしょう。ウグイを釣り上げた」

「ああ、あんただったか」

岩岡は不吉な予感に襲われたように、苦い顔をして脇を向いた。

「驚きましたねえ、あなたが岩岡さんだったのですか、元大曲署刑事課巡査部長の」

浅見はひと息で言って、相手の顔を見据えた。かつての職名を言われて、岩岡はふてぶてしい笑みを浮かべ、浅見を見た。

「昔の話だな。忘れてしまった」

「何もかも忘れたわけではないでしょう。たとえば東読新聞の伴島さん。あのとき、僕が姫神公園のところで殺された伴島さんのことを訊いたのに、あなたはなぜ知らないなどと言ったのですか？」

「知らねえものを知らねえと言っただけだ。それが何か問題でもあるのかね」

「知らないとは思えません。昔、岩岡さんと伴島さんの二人で、横居真二さんの冤罪《えんざい》を晴らしたそうじゃありませんか」

「さあねえ、そんなことがあったかなあ。とにかく昔のことは忘れちまっただよ。そう言っただろう」

「では、最近のことなら憶《おぼ》えていますか。たとえば九月二十五日と二十六日のことは」

「ん？　九月？……さあなあ、その日に何かあったんかね？」

「その日、岩岡さんはどこにいましたか？」

「そんなもん、憶えてねえよ」

「じゃあ十月十日はどうですか。伴島さんと会ったのじゃありませんか？」

「あんたもしつこいな。知らないと言っているだろう。ところで、そっちのあんたは？　刑事ではねえみたいだが」

岩岡は浅見の背後にいる本庄を鋭い目で睨《にら》みながら、指先を突きつけた。

「東読新聞社大曲通信部の本庄です。伴島さんの後輩です」

本庄は喧嘩《けんか》を吹っ掛けるような口調で言った。彼にしてみれば、弔い合戦のつもりなのだろう。岩岡は（聞くんじゃなかった――）というように、しかめっ面を作った。

「何しに来たのか知らねえが、おれは用事があるんだ。帰ってもらおうか」

「いいでしょう、今日のところは帰ります。しかし、今度来るときはパトカー同伴になると思いますよ」

「パトカーだ？　ははは、面白いことを言うな。まさかおれに警察に復職しろってわけではねえだろうな。無駄なことだ。おれは警察には二度と近寄らねえと決めたんだよ」

うそぶくように笑って、暗い土間の奥へ引っ込んだ。その後ろ姿の消えた辺りを睨みつけながら、しばらく佇んでから、浅見と本庄は車に戻った。振り上げた拳《こぶし》を軽くあしらわれた悔しさは否めない。

「あの図太さはなんですかね？」

本庄はいまいましそうに言った。

「自信なのか、虚勢なのか」

「たぶん、自信でしょうね」

浅見は認めないわけにいかなかった。虚勢だけで、ああまで落ち着いていられるものではない。それにしても、その自信はどこから湧いてくるのだろう?

「証拠がないと、高をくくっているんですかね?」

「そういうことなのでしょう。しかし、そんなはずはないんですけどね。現に寸又峡では目撃者が出ているのですから」

そうは言ったが、はたしてあの女将《おかみ》の証言が、どこまで確かなものなのか、保証のかぎりではないような気がしてきた。

「どうしましょう。これから先は警察に任せますか?」

ハンドルを握りながら、本庄は心細い声を出した。浅見も迷った。

「警察にはすでに届け済です。島田署の刑事にことの次第を説明してあります。しかし、正直言って、反応は鈍かったですね。いまだに動きが見られないということは、大曲署でも同じ対応になる可能性が強いのではないでしょうか」

「このまま放置しておいては、岩岡が逃亡する恐れはありませんか」

「むしろ逃げ出してくれたほうがはっきりしますよ。僕の勘では動きそうにない気がします。事件の直後だというのに、あんなふうにのんびり釣りをしていたことからいって、よほど自信があるのでしょう」

「これが警察なら、強制捜査もできるんだけどなあ。あの家の中を家宅捜索すれば、盗んだ金が出てくるんじゃないですかね」

「まさか、そんな無警戒なことはしてないでしょう。どこかしかるべき場所に隠匿してますよ、きっと」

一億四千万円のほとんどが、まだ手つかずで残っているにちがいない。どの程度のボリュームなのか、浅見には想像もつかないが、一箇所に纏《まと》まっているとすると、かなり目立つ存在になるだろう。

「それにしても、殺された横居ナミさんは、一億四千万円をどう分配するつもりだったのでしょうか？」

「長女の宏子、長男の祐太、次男の真二の三家族に等分に分けるとして、ほぼ五千万円ずつですか。すごい臨時収入だなあ」

若い本庄は、浅見以上に大金には縁がなさそうだ。

「もし、三人の子供の誰かがその金額を知っていたとすれば、犯行の動機には十分、なりえますね」

浅見は言った。

「警察もいちおう、そのことは考えたみたいですよ。誰かが金額の大きさを知っていたのではないかとか、あるいは配分に不満があったのではないか、ひょっとすると独り占めにしようとしたのではないか、とかです。とりわけ、三人の中でもっとも金に困っていて、唯一アリバイのはっきりしない真二氏が怪しいと睨んでいるんです。警察が彼を執拗《しつよう》に追いかけているのはそれがあるからでしょう」

「しかし、真二氏が大金のことを知っていた可能性はあるのですかね？　たしか、祐太氏が弟を母親の家に寄せつけなかったという話を聞きましたが」

「まあ、ナミさんが真二氏だけに電話で金額を知らせたかもしれませんしね。なにしろ、あのおばあさんが次男坊を溺愛《できあい》していたことは事実だそうですからね」

「そんなに溺愛していたのなら、ご長男の反対があっても、家に寄せつけないままでいるものですかねえ。第一、真二氏自身、四十六にもなる大の男でしょう。本人がその気になれば、いくらでも本家に行けたでしょう。長い塀で囲まれてはいるけど、べつにバリケードがあるわけじゃないのですから……どうもその辺がよく分かりませんね」

浅見は首をひねった。事件に関わって、横居家の複雑な家庭事情を聞いた当初から、漠然とながらそのことは気になっている。地方の、それも横居家のような旧家のしきたりとは、そういうものなのだろうか。

「どうしますか。そろそろ警察に届けないと、ヤバイんじゃないですかね」

「そうですね、そうしましょうか」

浅見は観念したように言った。いつまでも警察に通報しないままでいると、義務違反の罪に問われかねない。浅見本人のことはともかく、刑事局長である兄陽一郎の立場に配慮する必要があった。

雄物川の橋を渡ったところで、本庄の携帯電話が鳴った。留守番の鈴木嬢からだ。

本庄は「よし、分かった」と電話を切り、アクセルを踏み込んだ。

「横居真二が連行されたそうです。大曲署の次長からの連絡で、今度は逮捕されるだろうとか言ってたみたいです」

大曲署の玄関前には、すでに到着した他社の連中が数人いた。本庄はカメラを鷲掴《わしづか》みにして、威勢よく車を出て行った。浅見もその後につづいた。

署内には「内小友老女殺害事件」と「姫神公園殺人事件」と二つの捜査本部の看板が掲げられている。しかし、「容疑者逮捕か」というわりには、それほどの活気も見られなかった。すでに何度となく横居真二は警察に出頭しているし、またか——という気分もあるのかもしれない。

そうはいっても、東京辺りなら、もっと大勢の報道関係者が押し寄せるだろう。やはりローカルはどこかのんびりしている。

勢い込んで駆けつけたものの、記者連中は二階へ行く階段の下で、手持ち無沙汰《ぶさた》にたむろしていた。テレビカメラも来て、それからさらにしばらく待たされて、ようやく、二階の会議室で署長の記者会見が行なわれる段取りになった。

「かねてより取り調べ中であった横居真二について、当捜査本部は横居の実母横居ナミさん殺害事件および、東読新聞社社員伴島武龍さん殺害事件に関する容疑を固め、先程、逮捕状を執行しました。以上です」

簡単な発表だった。記者側から立て続けに質問が飛んだが、「捜査中なので詳細は申し上げるわけにはいきません」の一点張りだ。質問が途絶え、署長が席を立ちかけたとき、浅見が最後部から言った。

「自供はあったのですか？」

署長はジロリと浅見を見て、「いや」と首を横に振った。

「それなのに逮捕したのは、何か確証が出たのでしょうか？　たとえば一億四千万円が発見されたとか」

「そうではありません」

「じゃあ、状況証拠だけで逮捕したのですか？」

「というより、証拠隠滅のおそれがあるために、身柄を拘束したと考えていただいていいでしょう」

署長はうるさそうに言い残して、そそくさとドアの向こうに出て行った。横顔に

（余計なことを言ったかな――）と後悔する表情が浮かんでいた。

潮が引くように報道陣が去った。テレビは夕方六時の定時ニュースに間に合うのだろう。新聞も原稿送りの時刻が迫ってはいるが、まだ余裕はある。本庄は次長をつかまえてきて浅見を紹介した。

「ああ、あんた、さっき妙な質問をした人だな」

次長は苦々しい顔をした。名刺に肩書のない、東京から来たというだけのフリーのルポライターに対して、次長はあまり好意的にはなれないらしい。

「じつは浅見さんは、内小友の事件と、こんどのわが社の伴島の事件について、驚くべき事実を摑んだのです。本来ならば、わが社のスクープにしたいところですが、警察の捜査に協力することを第一義と考えまして、浅見さんをお連れしたのです」

本庄は恩着せがましく、十分にもったいをつけて喋《しゃべ》った。次長は「ほう、そうですか」と言ったが、あまり信用した感じはない。それでも儀礼的に応接室に案内して、堀田《ほりた》刑事課長を呼んでくれた。浅見某などという、どこの馬の骨とも分からない男のことはともかく、本庄が背負う「東読新聞」の看板がものを言ったのだろう。

浅見は岩岡忠夫に関する話をした。「面白い人」のことから始まって、釣りをしているときに浅見と交わした会話の中で、岩岡が伴島を知らないと嘘をついたこと。住田と久保が殺された九月二十六日に、寸又峡の旅館で岩岡が目撃されていることなどをかいつまんで話した。まさに「驚くべき事実」であったが、次長と刑事課長はそのことよりも、浅見が容疑者に擬した人物というのが、岩岡元部長刑事であったことに驚いた。

「それじゃ、本庄さんが昨日だか一昨日だか訊いてきたのは、そのことだったのか。なんだ、おれを騙《だま》すみたいなことして」

次長は面白くなさそうに言った。

「いや、騙したなんてそんな。僕も事情は知らなかったのですよ。浅見さんから岩岡氏のことを調べるように言われて……」

「そしたら、あんた、この人に頼まれたっつうことかね？　それともあんたのほうで浅見さんを雇って、調査を依頼したのかな？」

「いや、そうじゃないですよ。浅見さんは純粋に殺された伴島のために、いろいろ奔走してくれているのです。べつに当社からお礼を出しているわけでもないし、一文も儲《もう》かるわけでもないんです。あくまでも真相を究明するという目的で調査を進めてきて、この結果に到達したのです。しかし、ここまではっきりしていれば、岩岡氏が事件に関係しているのは間違いないでしょう」

「そんなことがあるわけない！」

次長は顔を赤くして怒鳴った。本庄に一杯食わされた――という思いがあるのかもしれない。その怒りのやり場を求めて、「あんたねえ」と浅見に指を突きつけた。

「かりにも元警察官ですぞ。そんな人を殺すみたいなことをしたとか、誹謗《ひぼう》中傷もはなはだしいことは言わねえでもらいたい。本庄さんも本庄さんだ。こういうフリーライターの言いなりになって警察を愚弄《ぐろう》するみてえなことをして、これが上司に知れたら、あんた困るんでねえか？」

警察の名誉を背負って立っているつもりなのか、激昂《げっこう》して、だんだん口調が荒っぽくなってきた。

本庄もムッとした顔で、「べつに困りはしませんよ」と言い返した。

「僕だってジャーナリストの端くれですからね。真実を追求するためなら、上司に怒られようと何しようと、やるだけはやります。第一、僕たちは警察に情報を提供しようとしているだけで、誹謗中傷をする気なんか毛頭ないんですから。次長こそ、まともに聞いてくださいよ」

「まあまあ……」と、次長よりずっと若い刑事課長が二人のあいだに割って入った。

「本庄さんも悪気があったわけじゃないだろうけどさ、そんなあやふやな情報だけで、軽はずみなことは言わねえほうがいいだ。東読新聞社の信用つうことも考えねえとな。それよりあんた、浅見さんだっけ？　こういう若い記者さんを煽動《せんどう》して、妙な騒ぎを起こさねえでもらいたいな。事と次第によっては、それこそ名誉毀損か誣告罪《ぶこくざい》でパクらねえばなんねえことになるよ」

「驚きましたねえ」

浅見は目も口も精一杯に開けて言った。

「本庄さんが言ったように、僕たちは善意で情報を提供しようとしているだけですよ。岩岡氏が元警察官であろうとなかろうと、まず何を置いても真相究明を第一義にするべきじゃないですか。名誉毀損を言うなら、見込み捜査で横居さんを逮捕したほうが、よっぽど名誉毀損です」

「なにっ？……」

刑事課長と次長が、同時に怒鳴った。大新聞社の記者が同席していなければ、即刻、逮捕しかねないような顔であった。しかし次長はさすがに老獪《ろうかい》で、「ま、いいでしょう」とすぐに平静を取り戻した。

「よろしい、おたくたちの言うことはよく分かりました。いちおう調べてみましょう。開かれた警察としては、市民の意見を尊重せねばなんねえしな。しかし、横居真二を逮捕したことを、何も知らんあんたから名誉毀損だとか、とやかく言われる筋合いはない。無責任な風聞を流さねえでいただきたいもんですな。とにかく、今日のところはお引き取りください。刑事課長、そういうことでよろしいですな」

刑事課長に目配せしながら言った。刑事課長もうんうんと頷《うなず》いている。次長に何か思惑がありそうなのを察知している。

そのことは浅見にも分かった。不吉な予感が胸を過《よぎ》る。次長の言葉どおり警察としてはいちおう岩岡を調べることはするのだろう。それはそれとして、返す力でこっちの身元も調べられる危険性はありそうだ。

だいたい、一文にもならないのに、他人の事件に首を突っ込むなどという奇特な人間がこの世にいるはずがないと思うのが世間の常識である。何か腹に一物あってのことではないか——と疑われても仕方がなかった。

愛憎の傾斜

1

追い出されるように大曲署を出て、浅見と本庄はひとまず通信部に引き揚げた。なかば予想はしていたことだが、警察は元警察官である岩岡について、そう簡単には容疑を向けそうになかった。実際にはそれなりの調査をするにしても、少なくとも民間人――それもマスコミの人間の前では弱みを見せたくないのかもしれない。

「まずかったですね」

浅見は本庄に謝った。

「僕だけならともかく、本庄さんの立場まで悪くしちゃった。これからやりにくくならなければいいのですが」

「なに、大丈夫ですよ。それに、浅見さんのせいじゃないんですから。真実を直視しようとしない警察が悪い。戦いはこれからです」

本庄はカラ元気のように言って、パソコンに向かった。送稿のタイムリミットが迫っている。しばらくは原稿書きに没頭することになるのだろう。

浅見は応接セットの肘《ひじ》掛け椅子に身を委《ゆだ》ねて、ぼんやり天井を見上げた。将棋の枡《ます》目《め》のような天井の仕切りを眺めていると、その仕切りごとに事件の全容が整理されてくるような気がする。

事件は次の四つの殺人事件である。

横居ナミが殺されて一億四千万円が奪われた事件。

その犯人の一人と目される住田貞義が寸又峡で殺された事件。

住田を殺した共犯者（「面白い人」＝岩岡と推定）を目撃したと思われる久保一義が、寸又峡で殺された事件。

謎の解明に大曲を訪れた伴島武龍が、姫神公園で死体となって発見された事件。

これらすべての事件について、岩岡を主犯に擬して事件ストーリーを思い描けば、筋の通った説明がつきそうだ。だが、あの岩岡の自信たっぷりな応対ぶりが気にかかる。岩岡は元刑事であるだけに、捜査する側の弱点を知り尽くしているにちがいない。寸又峡での目撃情報程度では落とせないほどの、強固なアリバイなどがあるのだろう。

それはそれとして、横居ナミが殺された第一の事件から現在に至るまでに何があったのか、仮説をまとめてみる。

事件はナミが巨額の預金を引き出し、金庫に収めたところから始まる。そこまでの事実関係は明らかだ。当日は複数の銀行員が現場に立ち会い、ナミが金庫に大金を仕舞うところを目撃している。

問題はそこから先である。そこから先はすべて闇の中。仮説ばかりで固めたストーリーだ。

横居ナミを殺害し、大金を奪ったのは何者か。一人は住田だとして、ほかに共犯者は何人いたのか。

岩岡が共犯者もしくは主犯だとするのが、事件全体の構成からいうともっとも無理のない仮説なのだが、しかし、岩岡が金庫のダイヤル番号をどうやって知りえたかが分からない。ナミ本人を脅し、聞き出して、その後、殺害したということなのか。

そもそも、ナミがなぜ大金を銀行から、それも現金で引き出したのかも、謎といえば謎であった。税務対策ではないか——という解釈だが、本当にそれだけなのだろうか。なぜ俄《にわか》に遺産を分配しなければならなかったのかも謎だ。七十八歳といってもまだ十分に元気で、死を予測する状態ではなかったという話だ。

それにしても、犯人は絶好のチャンスに横居家を襲ったことになる。花火大会の夜で、家人はほかに誰もいない状態だ。しかも、まるでそこに一億四千万円の大金があることを知っていたかのごとき犯行である。犯人はそういった情報に通じた人物——と考えたくなる。

ひょっとすると、真二が母親殺しとそれ以降の事件の主犯格であるとする警察の判断は正しいのかもしれない――というところまで、引き戻されそうな弱気がチラついた。

少なくとも、伴島は死の直前、真二を訪ねている。その後、岩岡に会ったのでは――というのは仮説でしかないが、真二を訪ねたことは娘の光葉が証言した事実だ。その時点では真二は留守で会えなかったが、その後、どこかで出会った可能性はありうる。

浅見は思考を中断して椅子から立ち上がった。なぜか急に真二の留守宅が気になってきた。とくに光葉の状態が心配だ。

本庄は相変わらず原稿の文案に苦吟《くぎん》している。また鈴木嬢に頼んで車を貸してもらった。退勤時刻まで四十分ほどある。それまでには戻ってくるつもりだ。

雲の厚い東北の初冬の夕暮れは異常なほど暗い。気分まで滅入ってくる。古四王神社の脇に車を停めて、横居家まで歩いて行った。庭先にはカペラとスズキが並んでいる。刑事か、どこかの報道関係者が張っているかと思ったが、周辺に人けはなかった。インターホンを押すと、キンコーンと音は聞こえたが、応答がないまますいぶん待たされてから、ガチャッと鍵《かぎ》がはずされ、ドアを細めに開けて光葉が顔を覗《のぞ》かせた。

「一人ですか？」と浅見の背後に視線を送って、浅見が頷《うなず》くと、用心深くドアを開け、客を招き入れた。玄関は夜のように暗い。光葉はドアを閉めてから明かりをつけた。

「父はいないわ」

「分かってますよ。さっき警察に行ってきたところです。今度は少し厄介なことになりましたね。このあいだ僕が言ったように、警察はお父さんが何か隠していると思って、ついに我慢できなくなったのでしょう。これからは強引な取り調べが始まりますよ」

「もう始まったみたい」

光葉の顔には怒りとともに、疲労感が色濃く滲《にじ》み出していた。

「さっきまで警察がきていて、家の中を引っかき回して行ったわ」

家宅捜索が行なわれたわけだ。当然、警察の狙いは一億四千万円だろう。

「それで、何か見つかったのですか？」

「よく分からないけど、手帳とか書類とか」

「それ以外には何か？」

「何も……」

光葉は不満そうに浅見を睨《にら》んだ。見つかるような何かがあるとでも言うのか──と詰《なじ》る眼差《まなざ》しである。

「お母さんは？」

浅見は家の奥の気配に神経を向けながら、訊《き》いた。

「具合が悪くて、寝てます」

「大丈夫？」

「分からない。死ぬかもしれない」

本気なのか冗談なのか、光葉は表情を変えずに、ぶっきらぼうに言った。

「お医者さんは呼んだのですか？」

「ううん、要らないって、誰にも会いたくないって……それより、何か用ですか？」

「ちょっと訊きたいことがあってね」

「ふん、またなの」

「まあそう言わないで。またこのあいだのように、警察が知らないことを教えてください」

「そんなものないわ。いろいろ聞いて帰ったから」

「それじゃ、あなたが最後にお祖母《ばあ》さんに会ったのはいつか……なんてことはどうかな。そんなこと、訊きましたか？」

「訊かれなかったけど、関係ないもの」

「関係ないとは、事件と関係がないっていうこと？　それとも、お祖母さんと関係がないっていう意味ですか？」

「両方」

冷たい言い方に、浅見はドキリとした。

「お祖母さんのことを、あまり好きじゃなさそうですね」

「まあね」

「しかし、お祖母さんはご兄弟の中でお父さんを一番愛していたって聞いたけど、そうじゃないんですか？」

「そんなの、あの人の勝手でしょう」

「というと、お父さんのほうは違っていたってことですか？」

「知らないわ、そんなこと。ほかに何もなければ帰ってください」

「分かりました、あと一つだけ」

浅見は指を一本立てて、訊いた。

「あなたが一番愛している人と、あなたを一番愛してくれる人は誰ですか？」

思いがけない質問に出くわして、光葉は目を大きく開けて浅見を見つめた。浅見も瞬《また》きもせずに、その漆黒の眸《ひとみ》を見返した。

ずいぶん長い時間そうしてから、光葉は視線を落として、「母……」と言った。

「どうもありがとう。お母さん、お大事にしてください」

浅見は礼を言って玄関の外に出た。冷たい夕風が足元を吹き抜けていった。

庭を通るときに、二台の車をグルッと一回りした。カペラのほうは不動産屋を営む真二が商売用に使っているのだろう。住宅や土地のパンフレットや図面のようなものがシートの上に重ねられている。

もう一台のスズキのほうにも、やはりパンフレットでも入っているのか、社章入りの大型の角封筒がシートの上に置いてあった。

五時過ぎに通信部に戻った。鈴木嬢に車のキーを返し、遅くなってしまったことを詫《わ》びると、「まだいいんです。いつも六時近くまではいるんですから」と言ってくれた。むしろ本庄が心配そうに「どこへ行ったんですか？」と訊いた。

「横居真二氏の留守宅を訪問しました」

「ほうっ、何かあったんですか？」

「いえ、べつにありません。奥さんがショックで寝込んでいました。娘さんもだいぶ参っている様子です」

浅見は首を振って言った。

「ところで、あのお宅の経済状態はどうなんですか？」

「そりゃよくないですよ。不動産業界全体が不況ですからね。おまけにおふくろさんが殺された事件以来、ずっと警察にマークされっぱなしでしょう。仕事にならないんじゃないですかねえ。暴力団がらみの借金に追われているそうだし、どっちみち倒産ですよ。せめて盗まれた遺産の一部でもあれば助かったでしょうけどね」

警察はその点を犯行動機の有力なものと考えているにちがいない。

「しかし、いよいよとなれば、本家に戻ればいいんじゃないですか？　それに、いまとなってはナミさんの遺産分けだってあるのだし、そう悲観する必要はないと思いますが」

「まあそうですね。もともとは金持ちの一族なんだから。われわれが心配してやることはないんですよ」

本庄は投げやりな口調で言った。

そのとき、入口のドアを軽くノックして大曲署の刑事課長が入ってきた。背後に部下らしき私服が二人、従っている。

本庄が「あれっ？　珍しいですね」と腰を浮かせ、浅見も「先ほどはどうも」と立ち上がって挨拶《あいさつ》した。いやな予感が的中しそうな気配であった。

刑事課長は薄い笑みを浮かべて、わずかに頭をさげ、「浅見さん、ちょっと署までご同行願えますか」と言った。

「分かりました」

（身元がバレたか――）と浅見は観念して、理由も訊かず、すぐにブルゾンとバッグを摑《つか》んだが、本庄は気色ばんで、「どういうことですか？」と刑事課長に詰め寄った。

「あ、本庄さん、いいんです。ちょっと行ってくるだけですから」

浅見は慌てて宥《なだ》めた。ことを荒立てて、刑事課長に事情を説明でもされたら、本庄との友情にヒビが入るに決まっている。

外にはパトカーが待っていた。何も知らない通行人が、刑事に挟まれるようにして乗り込む浅見に、好奇の目を向けている。こんなところを雪江が見たら大変な騒ぎだ。浅見は被疑者の心境になって、ブルゾンの襟の中に首を竦《すく》めた。

刑事課長は終始、無言のままだったが、署内に入るやいなや次長が飛んできた。

「いやあ浅見さん、先ほどはどうも失礼いたしました。どうぞあちらへ。署長がお待ち申し上げております」

浅見はいよいよ恐縮して、背中を丸めるようにして次長の後ろに従った。

署長室には恰幅《かっぷく》のいい署長が待機していて、大げさに歓迎の挨拶をされた。

「どうも、浅見刑事局長さんの弟さんが見えておられたと聞いて、びっくりしました。いやあお目にかかれて光栄です。ご高名はかねがね承っておりますよ。今回も警察のためにご尽力いただけるのでありましょうなあ」

警察庁か所轄署に手を回して身元を調べたことなど、おくびにも出さない。

「あのォ、まさか、僕の自宅に問い合わせなどなさったのでは？……」

恐る恐る訊いてみると、大仰《おおぎょう》に手を横に振って、「とんでもない」と言った。

「そのような失礼なことはしておりません。な、堀田刑事課長よ」

いきなりふられて、刑事課長は「は？　はいはい」と慌てて頷いている。

「そういうわけで、浅見さんにお越しいただいた以上、ひとつ捜査にご協力願いたいものであります。と言っても、今回はすでに容疑者を逮捕しておって、なかば解決したも同然でありますので、浅見さんのすばらしき推理のほどを拝見できないのが、まことに残念ですなあ。まあ、これをご縁に次回、このような機会があれば、ぜひともご指導いただきたいと考えております」

さんざん持ち上げておいて、体よく追い返そうという魂胆が見え見えだ。

「そうですか、するともう、横居真二氏が犯人と決定したのですね？」

「え？　いや、まだ決定的とは言いません。いまだ捜査の過程にあることは事実ですのでな。しかし自供は時間の問題でしょう。状況証拠は数えきれないほどありますからね」

「といいますと、どのような？」

「どのような……堀田君、どのようなものかご説明してくれないか」

「まず動機です。横居真二は経営する不動産業が不振をきわめ、借入金の利息も払えない状態に陥っており、しかも暴力団がらみの金融に手を出して、身の危険すら感じるような状況であります。また、真二と本家および親戚《しんせき》とは、事件当時、ほぼ絶交状態にあったものと考えられます。今回の一億四千万円にしても、はたして真二に分配金が渡るものかどうかという懸念もあったと思われます」

「えっ、そうすると、真二氏はそのお金のことは知らなかったのですか？」

「いや、それは知っておりました。本人が言うには、母親から電話で、遺産を分けると言ってきたそうですが、そんな金は貰《もら》う気はなかったということです」

「なぜですか？」

「まあ、本人は意地があるからだなどと言ってますがね。しかし、金に困っている状況からいって、目の前に大金があるのに、みすみす断るわけがないですな。頭を下げて貰うのは業腹《ごうはら》だが、奪うのは構わないということだったのではないでしょうか」

「母親を殺害してでも、ですか？」

浅見は思わず顔が歪《ゆが》んだ。

「そういうことでしょうなあ。現に真二一家は、ナミさんの葬儀にも参列しなかったですからね。そのことが、じつは真二に容疑を向けるきっかけになったのですがね」

「アリバイなどはどうなのですか？」

「はっきりしておりません。花火大会当夜、真二は金策で盛岡まで行っていたということですが、裏付けが取れておりません。盛岡の友人宅が留守で会えなかったそうで、留守だったことは事実ですが、はたして本当に行ったかどうかは証明されないのですな」

「静岡県の寸又峡で殺された住田と真二氏の関係はどういうものだったのですか？」

「本人は面識はないと言っておりますがね。しかし事実は分かりません。たしかに、周辺の調査からは二人が知り合いであったという事実は出てきていませんが、それだからこそ共謀して犯行に及んだという可能性はあるわけであります」

「九月二十五、六の両日のアリバイはどうなのでしょうか。つまり、住田が殺された日のことですが」

「それはあります」

簡単に明言したので、浅見は驚いた。

「えっ、はっきりしているのですか？」

「まあ、残念ながら、住田の事件に関しては真二の犯行ではないようですな。当日、真二は自宅を一歩も出ておりません。その当時、真二には母親殺害および強盗容疑がかけられておって、刑事が終日、真二宅を張っており、早朝と夕刻、真二が家の外に出て、捜査員の様子を窺《うかが》っているのを目撃しております。住田殺害はほかに共犯者がおるのか、あるいはまったく別の事件と考えられます」

「伴島さん殺害に関してはどうなのでしょうか？」

「それもはっきりしません。ただし、真二は当初、伴島さんとは面識がないと嘘をついていたのですが、十七年前の傷害事件の際、伴島さんの尽力で救われたことをわれわれが突き止めたために、隠しきれなくなって事実を認めました」

「嘘をついていたことを認めたのですか？」

「いやそうは言っておりません。あくまでも忘れていたと主張しておりますが、嘘をついたことは明らかでしょうな」

「殺害の動機は何だったのでしょう？　住田を殺したのが真二氏でないとすると、伴島さんを殺す理由はないと思いますが」

「それもまだはっきりしません。伴島さんが何か、真二の犯行を裏付ける重大な事実を知っていたのか、あるいは大金を移動させる現場などを目撃したとか、いずれにしてもどこかで接点があって、身の危険を感じたために犯行に及んだものではないでしょうか」

「なるほど……」

浅見は頷いてから、首をひねった。

「いまのお話をお聞きしたかぎりでは、真二氏に対する容疑は、まったくの状況証拠だけに基づいているのですね」

「ま、それは否定しません。しかし、すべての点で真二の犯行を疑わせるに十分な状況が揃っていることも事実でありましょう。今日の家宅捜索で、金庫のダイヤルをメモした手帳も押収しましたしね。残るは一億四千万円の金の所在です。一部は住田に渡したとして、どこに隠匿したものか、それさえ突き止めれば事件は完全に解決するわけです。本来であれば、その金の所在を突き止めてから逮捕状を請求すべきところでありましたが、真二が頑として犯行を認めず、もちろん金の所在も知らないと言い張りつづけるばかりでありまして、このまま放置しておくと、証拠隠滅はもちろん、密《ひそ》かに金を拐帯《かいたい》して逃走する恐れがあるので、現時点でやむをえず逮捕に踏み切ったというわけです」

警察としては苦心の措置ということのようだが、説得力があるとは思えない。

2

六時をとっくに過ぎていて、署長はカツ丼の出前を取った。署長室で署長と刑事課長を相手に食うカツ丼は、ムードこそないが、それなりに旨《うま》いものである。

「それで、岩岡氏のことについては、調べていただけたのでしょうか？」

カツ丼を平らげ、お茶で口をすすぐと、浅見はいよいよ問題の核心に触れた。とたんに署長も刑事課長も苦い顔になった。

「岩岡元巡査部長は四年前に職を辞しております」

署長が手帳を見ながら言った。それはすでに分かっていることだ。

「大曲署の刑事課に勤務していたのは十二年前まででありまして、最終的には本荘署《ほんじょう》の警備課勤務でした」

「警察を辞めた理由は何だったのですか？」

「一身上の都合ということです」

「それは退職願の文面だと思いますが、本当の理由は分かりませんか」

「そうですな……」

署長はしばらく躊躇《ためら》ってから、「事故がありました」と言った。

「岩岡の奥さんと娘さんが交通事故で死亡したことが、そもそものきっかけだったようです。その間接的な責任を取ったと考えてよろしいでしょう」

浅見は岩岡の暗く淀《よど》んだ淵《ふち》のような目を思い出していた。愛する者を失った以上に、自分の生きる方途《ほうと》そのものを喪失した虚《むな》しさだけが、あの目の奥にはあった。

しかし、それだけだったのだろうか――という疑問も残る。浅見が「パトカーと一緒に来る」と言ったとき、「警察に復職しろというのか」などと皮肉っぽく笑った。むろん、浅見の突きつけた厭味《いやみ》をはぐらかすジョークには違いないが、その言葉や口調には、いかにも屈折した、虚無感に満ちたふてぶてしさがあった。「警察に近づく気はない」と言い捨てたときの、何か警察に恨みでもあるような表情が気になった。

「今日明日にでも、岩岡氏に対する事情聴取を始めるべきだと思うのですが」

「いちおう、そのつもりでおります。浅見さんが言われた、寸又峡の旅館での目撃証言など、静岡県警からも情報を取り寄せて、早急に調査したいと考えております」

署長がそこまで言うのに、これ以上の追及は出すぎたものになる。兄刑事局長の威光をかさに着て——と思われかねない。浅見は苛立《いらだ》ちを抑えるのに苦労しながら、ひとまず引き揚げざるをえなかった。

しかし警察は思いのほか早く対応した。翌朝には捜査員が岩岡家を訪れ、基礎的な事実関係を確かめている。浅見がホテルをチェックアウトする十一時前に署長から電話で、その結果をお話ししたいと言ってきた。浅見はすぐに大曲署を訪ねた。

その結果は浅見の予想とは大きく外れた。署長と刑事課長の話によると、岩岡は寸又峡で旅館の女将《おかみ》に「目撃された」九月二十五、六日とも、風邪を引いて自宅に臥《ふ》せっていたというのである。したがって、住田と久保が殺害された事件に関与できたはずがないことになる。

「岩岡は近所付き合いをまったくしない性格と生活をしているので、周辺での聞き込み捜査からは確認は取れませんでしたがね、九月二十五、六日およびその前後の何日か、岩岡家の庭に車があったことだけは目撃されております」

「しかし、それだけでは岩岡氏が在宅していたかどうか分からないと思いますが」

浅見は言った。

「もちろんそのとおりです」と、署長はむしろ楽しそうに言った。素人の考えることぐらい、とっくに確かめているよ──と言いたげな口ぶりだ。

「刑事がそのあたりのことを突っ込んで聞いておったところ、岩岡が宅配便の配達されたことを思い出しました。九月二十六日の午後二時頃、岩岡のところに宅配便が届いておったのです。その事実はすでに先ほど確認済です。確かに宅配便業者の配達伝票の控えに記録が残っておりました」

「宅配便を岩岡氏本人が受け取ったことは間違いないのでしょうか？」

浅見は一縷《いちる》の望みをかけて、訊いた。

「岩岡は独り暮らしですから、当人以外、受け取り手はありません。そうそう、ちなみに岩岡はそのとき、配達員が車をUターンさせる際、庭先の杉の木に接触したのを目撃しておったというのです。その点も配達員に確認したところ、たしかにそういう事実があったことが判明しております」

ケチのつけようがなかった。岩岡の見せたあの絶対的な自信には、ちゃんとした裏付けがあったのだ。

伴島殺害に関してはなおのこと攻撃材料に乏しい。岩岡が浅見の追及に対して伴島のことを「忘れた」と言ったのを、ただちに「偽証」と指弾するわけにもいかない。

岩岡は警察を辞め、過去を捨てたのである。実際には忘れていなくても、「忘れた」と言いたかったことだって考えられる。

それにしても、岩岡が過去のすべてを忘れてしまいたいほど苦しんだ「事故」とは、いったいどのようなものだったのだろう。

そのことを訊くと、署長は困った顔になった。単なる「事故」というだけではないことが、署長の表情から察しがついた。

「私も詳しいことは知らないのですがね、奥さんが起こした事故で、一方的に奥さんの過失によるものということで処理された。岩岡にしてみれば、そのことが気に入らなかったのではないかと考えられます。仲間である警察に裏切られたような気分だったのではないでしょうか」

署長の説明以上の何か複雑な事情が、交通事故とそれを処理する過程にあったのではないかという気がする。かつて、横居真二の冤罪《えんざい》を晴らすために伴島とともに働いた、いかにも正義感あふれる警察官――というイメージは、現在の岩岡からはまったく感じ取れなかった。

「横居真二氏の取り調べのほうはどうなっているのですか？」

浅見は質問の方向を変えることにした。

「まだ聴取が始まったばかりですからね、自供を引き出すところまではいっておりません。なかなかしぶとくて、肝心なところにくると知らないと言い、さらに問いつめると黙秘してしまう」

「肝心なところといいますと、たとえば金の在り処《ありか》などですか」

「まあそうです。すでに自宅および事務所について家宅捜索を行なったのだが、一億四千万の所在はおろか、手掛かりすらも出てきません」

「警察としては、横居氏と住田の共犯関係は間違いないと考えておられるわけですね」

「そのとおりです」

「それなら、大金は住田がどこかに隠した可能性はないのでしょうか？」

「もちろん住田のほうの家宅捜索も、万全を期して行ないました。しかしどこにもありません。寸又峡のホテルで発見された——あ、あれは浅見さんが見つけたそうですな。その二百何十万だかが、いまのところ出てきた金のすべてです」

一億四千万円もあるというのに、住田がなぜ二百数十万だけを持って逃げたのかも奇妙なことである。

「住田も横居真二氏も、暴力団がらみの借金があって、返さないと殺すという脅しもあったそうですが、借金の返済に充てたことはないのですか」

「いや、それが不思議なのだが、いまだに借金を返済した事実はないらしい。横居真二宅のほうは警察がたえず張っておりますので、連中も無茶なことはできないが、それでも借金取りは押しかけておりますよ。刑事に『なんとかしてくれ』などと泣きついたりしておるそうです」

「え？　横居氏がですか？」

「いやいや、借金取りのほうです。まあ本気ではないにしても、刑事に借金の取り立てを頼みたいほどの心境なのでしょうかな」

署長は珍しく冗談を言って笑った。

「くどいようですが」と、浅見はニコリともせずに言った。

「住田と横居氏の共犯というのは、間違いないのでしょうか？」

「間違いないですな」と刑事課長が断定的に言った。

「むろん、第三の人物が関与していることは考えられますがね。もっとも、横居は住田などという男は知らないと言い張っておって、ここのところだけが、どうもネックになってますな」

「接点がないのですか？」

「周辺をかなり綿密に調べておるのですがね、どうしても二人が知り合いであるという事実が出てこない」

刑事課長は腕組みをして苦い顔になり、署長は悩ましげに、掌で頭の後ろをペタペタと叩《たた》いた。

「いちど、横居氏のオフィスを見せていただけませんか」

「それは構いませんが……なるほど、寸又峡のとき同様、また浅見さんがそこから金を発見しようと言われるのかな。しかし、われわれの家宅捜索は万全を期しましたのでね。あそこはもう何もないと思いますよ。ま、ともかく行ってみてください」

署長の指示で、刑事課長がパトカーで案内してくれた。横居真二の経営する不動産会社「セントラル開発」は市の中心、駅からほど近いところにある。「会社」といってもの三階建てのビルの一階を借りている、いわゆる「不動産屋」だ。入口にはシャッターが下りて、大きな横書きの社名の真ん中に「都合により当分の間休業いたします」と書いた貼り紙が出ていた。

二階と三階はそれぞれ貸事務所として使われている。ビルの持ち主《オーナー》は近所に住む老夫婦で度重なる警察の調べに辟易《へきえき》しているのだろう。「まったく、いつになったら決着がつくんだべか」と、仏頂面で文句を言いながら、シャッターを開けてくれた。

ガランとした室内であった。想像していたよりは片付いていて、清潔でもある。デスクの上も整然として、売り出しのパンフレットや書類などは、ガラスドアのケースに揃えてあった。従業員は以前は二人いたが、経営不振のため、半年ほど前に相次いで辞め、あとは横居夫妻だけが事務所に詰めていたそうだ。

「バブルの頃だば景気もえがったけんど、大曲は人も土地もあんまり動かねえし、不動産は商売にはなんねえだよ」

老人は店子《たなこ》の事業不振を論評した。

「横居さんはご夫婦とも悪い人ではねえし、仕事がうまくいってなくて、奥さんがパートかなんかで働いているみてえだし、気の毒だもんで、家賃を滞納しても文句も言わねかっただが、こっちも商売だしなあ。困ったことだ。ご本家さ頼めば、どうにでもなると思うんだが、なして頼まねかったのかねえ」

ブツブツ愚痴をこぼしつづける老人をそっちのけで、浅見は室内を検分した。刑事課長も付き合ってくれたが、浅見が手を伸ばすたびに、「ああ、そこも調べましたよ」と言った。天井裏にいたるまで、隈《くま》なく調べ尽くしたようだ。

最後に一渡り事務所内を見回して、ついに浅見は諦《あきら》めることにした。ここからは、手掛かりになるようなものは、何一つ発見できそうになかった。

セントラル開発を出て、刑事課長に東読新聞の通信部まで送ってもらった。

途中の車の中で、浅見はふいに何か重大なことに気づきそうな予感を覚えた。胸の辺りにモヤモヤした痛みとも痒《かゆ》みともつかぬものが湧き起こるのである。しかし、それを見きわめる寸前、刑事課長に「これから東京へお帰りですか」と、催促するように言われた。浅見はムキになって「とんでもありません」と言った。とたんにモヤモヤを見失った。

パトカーを降りる浅見を、二階の窓から見ていた本庄が、心配そうにドアの前で待ち構えていた。

「大丈夫だったのですか？　昨夜はまさか泊められたんじゃないでしょうね？」

「ははは、まさか……しかしご心配をおかけしました。実は昨夜は遅くなったもので、ご連絡もできなかったのです。けさは起きぬけに警察に出かけてきました」

「えっ、というと、何か捜査に進展があったのですか」

「いえ、その反対です」

浅見は警察が岩岡のところに事情聴取に出向いた話をした。結局は岩岡に強固なアリバイがあったということである。「なんだか、ずいぶんあっさりしてますねえ」と、本庄は不満そうだ。「相手が元警察官だけに、調べもおざなりなものじゃなかったのかなあ」とも言った。

「そうかもしれませんが、しかし、宅配便の車が杉の木にぶつかったことまで目撃しているのですから、信憑性《しんぴょう》があると見なすしかなかったのでしょう」

浅見は諦め顔でソファーに身を委《ゆだ》ね、ぼんやりと窓の外の暗い曇り空を見上げた。さすがに疲労感が重くのしかかってくる。窓ガラスには「東読新聞社」のマークと社名が逆さ文字になって視界を遮《さえぎ》っている。浅見のような根なし草の一匹狼には憧《あこが》れの文字ではある。もっとも、そういう大きな組織に入っても、長続きしない体質である自分をよく知ってもいた。以前、ちっぽけな新聞社に就職したことがあるけれど、すぐに辞めた。

横居真二もそういう体質の人間なのかもしれないと、漠然と思った。自分で仕事をしたり店を経営したりする人間の多くは、組織についていけない体質なのだろう。胸にバッジをつけて歩く姿は羨《うらや》ましい反面、なんだか気恥ずかしい。

そう思った瞬間、浅見は（あっ——）と思い当たった。いろいろな疑問が、猛烈な勢いで氷解してゆくのが分かった。

「あのマーク……」

少し声が大きくなった。本庄も鈴木嬢も驚いて振り返った。

「あれがどうしたんですか？」

浅見の視線が東読新聞社の社章に向いているので、二人とも自社のマークがどうかしたのかと思ったらしい。

「いえ、あのマーク、セントラル開発のものじゃなかったんです」

「はあ？……セントラル開発って、横居真二の不動産屋ですか？」

「ええ、じつはですね、横居家を訪ねたときに、夫人の車の中に社章入りの角封筒がありました。それをてっきり、横居氏の会社のものだと思っていたのですが、さっき、セントラル開発で書類入れやパンフレットを見ましたが、あれはそうじゃなかった。いまになって気がつきました。あのとき車の中の角封筒のマークを見て、どこかで見たことがあるという気がしたのは、場外車券売り場で見ていたからです。あのマークは場外車券売り場のマークだったのですね。つまり、マリ子夫人がパートで働いていたのは、場外車券売り場だったということです」

一気に喋《しゃべ》ったが、本庄はピンとくるものがなかったらしい。むしろ浅見の興奮ぶりに呆《あき》れ顔である。頭がどうかしたんじゃないのか——という目で、浅見を眺めている。

「住田と横居真二氏の接点がどうしても見つからないということだったでしょう。しかし横居夫人と住田は車券売り場で接点があった可能性があります」

「あっ、なるほど……」

本庄はようやく気がついた。

「だとすると、住田と横居真二は夫人を介して間接的に意思を通じあっていたってことですか」

「そうかもしれませんが、あるいはそうじゃないのかもしれません」

「えっ、それはどういう意味ですか？」

「住田と真二氏は、直接的にも間接的にも、まったく知らない間柄だったかもしれないということです」

「？……」

「僕たちは、ひょっとすると重大な勘違いに囚《とら》われているのじゃないですかね。いや、思い込みというべきかもしれない」

「どういうことですか？」

「警察もそうですが、僕は真二氏がなぜ母親の融資話を断ったのか、それを軽視していました。いや、そんなのは負け惜しみの嘘っぱちだと思っていたのです。もしそれが事実だとすれば、次男坊を溺愛《できあい》しているナミさんに対して、真二氏の態度はずいぶん冷たいと思いませんか。そもそも真二氏一家が本家や親戚《しんせき》と付き合いのないことがおかしいのです。長兄の祐太氏がバリアーを張って、真二氏を本家に近づけないという話ですが、たとえバリアーを張ろうが張るまいが、大の男がその気になれば、いつでも母親に会いに行けるはずではありませんか」

「それはまあ、確かにそのとおりですが」

本庄は（だからどうなのさ？——）という顔だ。

「真二氏はたぶん、プライドの高い性格だと思います。節をまげてまでも、哀れみを乞《こ》うような真似のできないタイプの人間なのじゃないでしょうか」

「ああ、そのことは、あっちこっち取材する過程で聞きました。彼を知る周辺の人たちもそう言ってますよ。頭を下げたり腰を低くするのが苦手で、だから商売が下手なんだと酷評する人もいました」

「たとえ相手が母親といえども、そのプライドを変えることはなかったのでしょうね」

「はあ、それはまあそうかもしれませんが、しかし、それが何か？」

「母親の融資話には、条件があったのだと思います。それも、真二氏が到底、呑《の》めないような屈辱的な条件が、です。彼が警察で言った母親の申し出を断ったというのは、嘘ではなかったのです。目の前に数千万円というエサをぶら下げられても、真二氏はそれに目が眩《くら》むことはなかったのでしょう」

「何なのですか、その条件というのは？」

本庄はじれったそうに言った。

「おそらく、交換条件は、マリ子夫人のことだったと思います」

「えっ、マリ子夫人？……」

「夫人と別れることが、融資の絶対条件だったのではないでしょうか。そう考えれば、真二氏一家と本家とが疎遠であった理由も説明がつきます。ナミさんはマリ子さんのことを徹底的に嫌ったのでしょうね。嫁姑《よめしゅうとめ》の関係といってしまえばそれまでですが、そんな生易しいことどころでない。不倶戴天《ふぐたいてん》の仇《かたき》同士のような嫌悪感がナミさんにはあったにちがいありませんよ。その天敵のような女が、可愛い次男坊をたらし込み、攫《さら》って行ったことへの恨みと憎悪が、長いことナミさんの心にくすぶりつづけていたのでしょう。真二氏からの無心は、ナミさんにとって千載一遇のチャンスに思えたのかもしれません」

「それで交換条件を出したってことですか？　う－ん、だけどそんなむごいことを言うもんですかね。生木を裂くっていうけど、まさにそれじゃないですか」

本庄は嫌悪感剝《む》き出しに、顔をしかめた。

「言ったのだと、僕は思います」

浅見は対照的に冷静な口調で言った。

3

本庄は首を振り振り、数学の難問に苦しんでいるような顔で訊《き》いた。

「それで、浅見さんが言うように、横居ナミさんがマリ子夫人を憎んでいたとして、それが原因で真二がおふくろさんから金を借りるのをやめたとして、どういうことになるのですか？」

「事実関係がはっきりしているのは、真二氏が事業不振で膨大な借金を抱え、ヤクザに殺されかねない窮地に立たされていたということと、ナミさんの金庫には一億四千万円が用意されていたことです」

「ええ、それは分かってますけどね……えっ、それじゃやっぱり、警察が考えているとおり、真二がナミさんを殺して金を奪ったってことですか？」

「まさか……」

浅見は苦笑した。

「ナミさんはかりにも真二氏の母親ですよ。現在は仲違《なかたが》いしているとはいえ、ナミさんの真二氏に対する愛情は本物以上だし、そのことは真二氏も十分分かっていたはずです。いくら金が欲しいからって、母親を殺してまで奪うことはしませんよ。僕は実際に彼に会っていますが、そんな無茶苦茶な人間ではありません」

「でしょうねえ、僕も同感です。昔は武勇伝があったそうだけど、気骨はあるとしても、やたらめたら暴力をふるうタイプじゃないですよね」

そう言って、本庄は怪訝《けげん》そうに訊いた。

「真二は喉《のど》から手が出るほど金が欲しくて、その金がナミさんの金庫の中にあるのを知っていて、アリバイがなくて——と状況証拠は揃っているのに、しかし真二の犯行ではないというと……浅見さんはいったい何が言いたいんですか？」

「真二氏の代わりにその金を奪った人物がいたということです」

「それはそのとおりだけど、その人物が誰なのかが問題なんじゃないですか。要するに住田がやったってことなんでしょう？」

「住田は金庫を開けるダイヤル番号を知りませんよ」

「ナミさんを脅して金庫を開けさせたっていうのはだめですか」

「ナミさんは殺されたって、泥棒の言うことをきかない性格だったそうです」

「確かに、関係者は口を揃えてそう言ってましたけどね。だからこそ警察は、ダイヤルを知っている真二と住田が共犯だと考えているわけですよ。うーん、そうなってくると、やっぱり真二がやったのかなあ……」

「ははは、またそこへ戻っちゃうのですか。そんなふうに揺れてばかりいては、方針が定まりませんよ」

　浅見は笑った。

「いや、浅見さんはそう言うけど、浅見さんのいまの話を聞いても、やっぱりそういう結論に達してしまいませんかね」

「そんなことはありません。とりあえず、ナミさん殺しについては、容疑の対象から真二氏を除外する——と決めてしまえば、自ずから事件の全貌《ぜんぼう》は見えてきます」

「えーっ？　ほんとですかねえ。真二が犯人でないとすると、ほかに金庫の番号を知っているのは……まさか、兄の祐太じゃないでしょうね？　彼にはちゃんとアリバイがあったそうですよ。横手の姉一家も花火見物の真っ最中だったことが確認されてます」

「それ以外の身内に誰がいますか?」

「それ以外の身内っていっても、ほかに誰がいるんですか? 金庫の番号を知っていそうな身内といえば、ナミさんの息子と娘たちの一家ぐらいなものじゃないんですかね。いや、それだって、家族全員が知っているとは考えられませんよ。せいぜい娘さんのご主人か、息子さんの奥さん……」

そこまで喋って、本庄は「えっ?……」とようやく気がついた。

「ひょっとすると、浅見さんはマリ子夫人を疑っているんですか? えっ、そうなんですか? それでさっき、マリ子夫人が住田と接点があったと……」

浅見は寂しげな微笑をもって、本庄の質問を肯定した。

「えーっ、ほんとうにそう思っているんですか? マリ子夫人が犯人だって……まさか、驚いたなあ。どこをどう考えれば、そんなとんでもない結論が出てくるんですか?」

本庄は悲鳴のように言い、鈴木嬢も非難の目を浅見に向けた。二人に非難されるまでもなく、浅見自身、最悪のシナリオを思い描いたことを後悔したいくらいだった。

「まあ、結論と言っても、いまの段階では推論でしかありませんが」

浅見は言い訳のように言って、「ちょっとこのホワイトボードを借りていいですか」

と立ち上がった。

「これまでに掌握している事実関係だけを、時系列に並べてみましょう」

大きなホワイトボードの右端から、なるべく小さな文字で書き始めた。
●一九八〇年　横居真二傷害事件で逮捕、岩岡部長刑事（当時）と伴島が冤罪《えんざい》を救う。
「えっ、そんな昔からですか？」

本庄が呆れた声を発した。

「もちろんです。この事件があったからこそ、横居家と岩岡部長刑事、伴島さんとの関係が発生するのですから」

「まあ、それはそうですが……」

本庄は黙った。
●一九九六年末頃から、真二事業不振で窮地に追い込まれる（この頃から、母親ナミへの援助申し込みがあったと推定される）。
●今年八月二十二日、ナミの元に秋南銀行から一億四千万円の現金が届けられる。その前後にナミから子供たちに遺産分配の意思のあることが伝えられ、また、ナミと真二のあいだでも話し合いが行なわれたと思われる。
●八月二十四日花火大会の夜、ナミが殺害され、金庫にあった一億四千万円が消滅。
●同夜、長女沢村宏子および長男横居祐太とその家族全員は花火大会会場にいた。

●同夜、真二は金策のため盛岡へ行っていた（裏付けはまだない）。
●同夜、内小友の横居家付近で不審な車が目撃されている。その情報等から真二が、そして住田が容疑者として浮かび上がる。
●九月中旬、住田が行方をくらます。
●九月十六日、寸又峡スカイホテルに住田が「川口」と名乗って投宿する。
●九月二十四日、警察が住田を追っているとの記事が新聞に掲載される。
●九月二十五日、寸又峡温泉の旅館に「片山英二」が投宿した（後に調べた結果、宿泊カードに記載された住所地には、片山なる人物は存在しないことが分かった。また、女将《おかみ》の話によると、「片山」は岩岡元部長刑事の写真とよく似ていた）。
●九月二十六日早朝、住田寸又峡で殺害される。
●住田がスカイホテルから外出したのと同時刻、「片山」も外出している。
●同日、久保一義は寸又峡へ向かった。
●同日、午前十時頃、「片山」は旅館をチェックアウト。
●同日午後二時頃、久保は「チータ」の公衆電話から伴島夫人に「面白い人に会った」と連絡してきた。
●その直後、久保は寸又峡に転落死（他殺の疑い濃厚）。
●同日、神岡町の岩岡家には宅配便が配達されており、宅配便の車が立木に接触した事故を岩岡が目撃したと言っている。

「ここまででいいでしょう」

浅見はホワイトボードを離れた。これだけで、文字がボードから溢《あふ》れそうだ。

「このあと、警察の捜査によって住田が泊まった部屋から二百数十万円が発見され、ナミさん殺害事件が住田の犯行であることはほぼ立証されました。しかし一億四千万円のほとんど全額は、どこからも発見されないし、住田の共犯者も特定されない。いぜん、横居真二氏への容疑がつづいた状態で推移している。そして伴島さんが大曲に飛んだのです。その時点で伴島さんに事件解明の確信があったかどうかは分かりませんが、伴島さんとしては、かつての勤務地であった大曲に行けば、何か手掛かりが摑《つか》めるだろうという予感を抱いたのだと思います」

浅見の補足説明を聞きながら、本庄はボードの記述を繰り返し読んだ。

「これを見るかぎり、なんだか住田と横居真二の犯行と考えた警察の判断は、ほとんど正しいような気がしますけどねえ」

「まあまあ、そう言わないで」

浅見は苦笑した。

「もしそうだとすると、久保さんを殺したのは誰だか分からないことになります。久保さんが言った『面白い人』の意味も説明がつきません」

「じゃあ、浅見さんは『面白い人』が誰だか分かっているのですか？」

「もちろん岩岡氏ですよ」

「だけど、岩岡氏にはアリバイがあるって、ボードにも浅見さんがちゃんと書いているじゃないですか」

「いや、僕はアリバイがあるなんて言ってませんよ。ただ、岩岡氏が宅配便を受け取ったことと、宅配便の車が立木にぶつかったのを目撃したという、岩岡氏の証言をそのまま書いただけです。ただし、それらのことは、あくまでも岩岡氏がそう言っているにすぎません」

「というと、それは嘘だったってことですか？」

「たぶんそのはずです。ちょっと確かめてみましょうか」

浅見は大曲署の堀田刑事課長に電話して、岩岡家に荷物を配達した宅配便会社の電話番号を訊《き》いた。堀田は目的をあやしんで、しきりにこっちの意図を聞きたがったが、浅見は適当にはぐらかして受話器を置いた。

宅配便会社には、大曲署刑事課を騙《かた》って電話した。「このあいだお聞きした岩岡さんに届けた荷物のことで、もう一度聞きたいことがある」と言うと、一も二もなく信じて、古い伝票を引っ張り出して調べてくれた。

「その荷物はたしか、九月二十六日の配達日指定になっているはずですが」

「はいそうです。ご依頼日は九月二十二日でした」

「依頼主というのは、発送元というのか、それは誰ですか？」

「このお荷物は秋田市のAデパートから発送されたお品で、ご依頼主はご本人になっておりますが……あの、そのことはたしか、先日お話ししたのでは？……」

先方が疑念を抱きそうなので、浅見は急いで礼を言って、電話を切った。

「そういうことです」

浅見は電話の内容を伝えて、言った。

「つまり、あらかじめアリバイ工作を仕組んだってことですか」

「そうです」

「しかし、岩岡は現に宅配便に判子をついているし、おまけにトラックの接触事故を目撃しているんですよ」

「それが岩岡氏だったという証拠は、いまのところありません。別の人間が岩岡氏になりすましたと考えられます。接触事故を目撃したのもその人物でしょう。岩岡氏はその人物から事故の話を聞いたにすぎません」

「替え玉は誰ですか？　そんなやつが存在しますかねえ？」

「ええ、存在しますよ。横居真二氏です」

「真二が？……じゃあ、やっぱり真二もグルだったってことじゃないですか」

「そう、そこからは二人が共謀して住田を殺したのですね。ただし、最初の事件──ナミさん殺害に関しては、真二氏はもちろん、岩岡氏も関与していたとは思えません。過去、真二氏と住田とに接点がないのは分かっていますし、岩岡氏と住田とのあいだにも、接点はなかったと思います」

「えっ、そうなんですか？　というと、岩岡と真二が共謀して住田を殺した理由は何ですか？」

「もう一人の犯人を、住田から救うためでしょうね、きっと」

「もう一人の犯人て……あっ、それが横居マリ子だっていうんですか？」

本庄は瞠目《どうもく》して浅見を見つめた。頭の中ではおそらく、推理や憶測が入り乱れて飛び交《か》っているにちがいない。

まもなく、本庄は視線を浅見の顔からホワイトボードの上に移した。

「だけど浅見さん、このボードのどこにも、横居マリ子は影も形もありませんが」

「それは表面に現れていないというだけでしょう。行間をよく見れば、到るところに彼女の姿が見え隠れしていますよ。何よりも、久保さん以外の登場人物全員に共通して接点のあるのは、マリ子夫人ただ一人なのですから」

「うーん……」

本庄はついに唸《うな》り声を上げた。鈴木嬢にいたっては、ため息も出ない様子だ。人間、信じがたい状況を前にすると、思考が停止してしまうものらしい。その性質は浅見だって例外ではなく持ち合わせている。人並み以上にフェミニストであることを自任しているだけに、とくに女性を対象にした場合には、無意識のうちに美化したり偶像化したりしたくなる性格である。

しかし、浅見が普通人と違うのは、そういうフィルターやベールを通してなお、ものの本質が見えている冷徹な視力の持ち主であるという点だろう。

住田、横居真二、岩岡——という、一見した感じでは、それぞれがバラバラに存在しているような「登場人物」が、マリ子を狂言回しに据えたとたん、有機的に反応し結合して事件ストーリーを演じるのが見えてくる。

「だとしたら浅見さん」と、本庄は非難するような口調で言った。

「マリ子は三人の男を操った、希代《きたい》の悪女ってことになるじゃないですか。僕はどう見ても、彼女がそんな悪い女だとは思えませんけどねえ」

「その意見には僕も賛成です」

浅見は対照的に穏やかに言った。

「彼女は優しい女性だと思いますよ。しかし、同時に逞《たくま》しさも持っている。まあ、そういうのはごく一般的な女性なら、誰でも持っている資質だとは思いますけどね。子供を産む女性の芯《しん》の強さには、男のわれわれには理解できないし、到底及ばないものがあるのじゃないでしょうか」

鈴木嬢のほうに視線を向けて、「ね?」と同意を求めた。鈴木嬢は「さあ」と首をひねりながら、昂然《こうぜん》と肩をそびやかした。

「それと、マリ子夫人が三人の男を操ったという見方は間違っています。彼女は三人を媒介する中心にはいたけれど、誰も操ったりはしていないはずです。三人の男たちは、おそらく自由意志で動き、結果的に彼女のために働くことになったのでしょう」

「どうもよく分からないなあ……」

本庄は頭を抱えた。

「いったい浅見さんは、何がどうなったと考えているんですか? さっき浅見さんが言った事件ストーリーっていうやつはどういうものなのか、話してくれませんか」

「そうですね……」

浅見は鳶色《とびいろ》の眸《ひとみ》を天井に向けた。いや、正確には天井の方向——というべきだ。焦点の定まらない中空に視点をあずけている。そのポーズとその表情が、この男をもっとも魅力的に見せる瞬間なのだが、本人はそれには気づいていない。鈴木嬢が「ほう……」と小さな吐息を洩《も》らしたのも、浅見には聞こえていなかった。

「あたりまえの話だけれど」と浅見は口を開いた。

「すべての事件の始まりは、横居ナミさんの金庫にあった一億四千万円です。そのうちのかなりの金額を、ナミさんは真二氏の窮地を救うために使うつもりだったのでしょう。ところが真二氏はその申し出を断った。もちろん、マリ子さんと別れることを交換条件にしたからです。それ以外に断る理由は考えられません。それとも、もし何かあるようなら教えてくれませんか。これが事実であるか否かが、事件全体を推理する上での大前提になるのですから」

「いや、そんなものはありませんよ。浅見さんの言ったとおりです」

本庄は怒ったように、仏頂面で言った。

「どうもありがとう」

浅見は頭を下げた。

「さて、そのことをマリ子夫人が知ったとすると、彼女はどうしますかね？　もちろん、真二氏が夫人に事情を話すはずはありませんから、たぶん真二氏とナミさんの電話を立ち聞きしてしまったといったことが考えられます。それを知った夫人は真二氏と別れてもいいと言ったかもしれません。しかし、それに対しては真二氏は激怒したでしょうね、きっと。いずれにしても、目の前にある大金を、みすみす手に入れることができない。それによって夫は破滅するし、ことによると暴力団に殺されるかもしれない。その切羽詰まった状況を、マリ子夫人は車券売り場で知り合った住田にポロッとこぼしたとしても不思議はありません。すぐ手の届くところにある一億四千万円

——この願ってもない情報を、真二氏同様、借金地獄に喘いでいる住田が見逃すはずはない。その大金を奪う計画をマリ子夫人に持ちかけた。それはマリ子夫人にとっても悪魔の囁《ささや》きのように蠱惑《こわく》的に聞こえたでしょうね」

そこまで語って、浅見は口を閉ざした。それっきり、いつまで待ってもつづきを話しそうにないので、本庄は焦れて訊いた。

「それで、それから先はどうなったんですか？」

「は？……」と、浅見は驚いた目を本庄に向けた。

「その先は警察が調べたことから憶測するしかないでしょう」

「えっ？　いま話したことだって、浅見さんの憶測じゃないんですか？」

「とんでもない、これは憶測じゃなくて事実ですよ。いや、事実というと語弊があるかもしれませんが、少なくとも、これを事実として前提にしなければ、すべての事件ストーリーが始まらないじゃないですか」

「驚いたなあ……」

本庄は口をあんぐりとあけた。

「いまのが事実だと言えるくらいなら、その先のことなんか、もっと事実っぽく話してくれてもよさそうな気がしますけどねえ」

「それは話すくらいは簡単です。しかしむやみに憶測と推理を語るのは意味のないことでしょう。これから先は証拠と事実関係を照らし合わせて、無味乾燥に書き綴《つづ》るか、それよりも、関係者本人から話を聞くほうがいいのです。そういう仕事はもはや警察の領分でしょう」

「というと、警察に話すのですか」

「そのつもりですが、ほかに何か？」

「いや、そうじゃないけど……警察が信じますかねえ、この話」

「もちろん信じますとも、信じない理由は何もないでしょう」

浅見は自信たっぷりに宣言したが、必ずしもその思いどおりにはいかなかった。

4

浅見の「提言」に対して、警察の反応はお話にならないくらい鈍かった。堀田刑事課長にいたっては、「なるほど、ミステリー小説の筋としては面白いですな」と、褒めたのか貶《けな》したのか分からない、とぼけたことを言った。考えてみると、彼らには、浅見にはない心理的抵抗がいくつもあって、事実でさえもすんなり受け付けないような壁を作っているのかもしれない。

たとえば岩岡が元警察官であることも、そういう壁を作る一因だろう。たとえ現職ではなくても「警察官」と名がつけば、即ち身内である。世の中の正義の象徴であるはずの警察官が罪を犯すはずがない——というのが、彼ら「警察一家」の拠《よ》り所なのだ。「そんなことはあって欲しくない」という思いが高じて、「絶対にありえない」に昇華したと考えられる。

それに、岩岡のアリバイを否定するとなると、その前提となっていた横居真二のアリバイもなかったことにしなければならない。なぜなら、浅見は岩岡の代役を務めたのは真二だと推理しているからである。ところが、真二のアリバイを保証するのは、ほかならぬ大曲署の捜査員である。九月二十五、二十六の両日とも、横居真二が外出していなかったことを、二十四時間交代で張り番に当たった三人の刑事が確認していたことになっている。

「真二はほとんど一歩も外に出ていないと言っていいし、横居家の車は二台とも動きませんでした」というのが彼らの報告である。もしこれが覆ると、彼らの責任問題に発展しかねないのだろう。

しかし、詳しく問い詰めてみると、彼ら三人が三人とも、建物の中に入って真二の顔や姿を実際に見ていたわけではなかった。

九月二十四日の夕刻、車で帰宅した真二は、翌二十五日の朝と夕刻、それに二十六日の午後八時頃に捜査員の様子を窺《うかが》うように玄関先まで出てきた以外、九月二十七日の朝、車で市内まで買物に出かけるまで、自宅を離れなかった。捜査員はその事実を、警察用語でいうところの「現認」しているにすぎないのだ。

しかも、張り番をしていた場所は、玄関を見通すことのできる、建物のほぼ正面の延長線上、およそ百メートルほどの車の中であって、真二が建物の裏の窓などから脱出したのだとすると、まったくお手上げの状態だったはずだ。

浅見がその点を指摘すると、堀田は「そうはいっても、あそこから神岡町の岩岡の家まで、歩いて行くわけにはいかねえでしょう。第一、ノコノコ歩いていれば、土地の人間に目撃される危険もあるし、ですな」と、素人が何を小賢しいことを言うか——という顔になった。

一方、宅配便の運転手も岩岡の顔をまともに見たわけではなかった。岩岡は本人の言によれば「風邪を引いて」いて、宅配便を受け取りに出たときは、マスクをつけフードつきのコートを着ていたというから、人相を確認しろというのが、土台無理だ。ただし衣服など風体だけは岩岡が言うとおりだったという。

「かりに、浅見さんの言うことが当たっていたとしてもですな、どっちにしても真二が犯行に加わっていることは間違いないのだからして、いずれ真二を自供に追い込めば、はっきりするんでねえでしょうか」

「それはそのとおりですが、彼は自供などしないと思いますよ。自供したくても、真二氏は殺人や強盗に直接は関わっていませんから、何も知っているはずがないのです。もっとも、それ以前に彼は黙秘をつづけると思いますけどね」

堀田は露骨にいやな顔をした。浅見の観測が当たっていたからだろう。

「まあ、とにかく捜査のほうは警察がしっかりやりますので、浅見さんは安心して東京さお帰りください。いや、もちろん横居マリ子についても、われわれは重大な関心をもって捜査に当たりますよ」

この「重大な関心をもって」というのは役所や政治家の常套句《じょうとうく》であって、本当にやる気があるのかどうかは大いに疑問だ。

(困ったな――)と浅見は思った。捜査がこっちの思惑どおりにいってくれないこともそうだが、それと同時に、捜査の進展を待ちきれずに本庄が暴走しかねないことを恐れた。いまのところ、本庄は浅見の推理に対して半信半疑の状態だが、スクープ狙いの功名心に駆られないかどうか心配だ。

大曲署の玄関を出ると、本庄の車が待ち構えていて、浅見を乗せて走り出すやいなや、開口一番「どうでした?」と訊《き》いた。

「どうも、僕の見込み違いかもしれません」

浅見は本庄の過剰な期待を鎮《しず》めるように、いくぶん後退した言い方をした。

「警察は岩岡と真二氏のアリバイに絶対の自信を持っているようですよ」

「そんなことはないでしょう」

　本庄は運転が不安になるほどの大声を出した。

「浅見さんの推理は当たっていると、僕は思いますよ。いや、あれからだんだんそう思えてきたんです。いちおう支局にも相談しますが、これから早速、浅見さんに聞いた話を中心に記事を書いて送るつもりです」

（やっぱり——）

　危惧《きぐ》したことが現実になりそうだ。かりに本庄の提案が支局段階でボツになったとしても、情報は外に漏れる可能性がある。

「まあまあ、もう少し待ってください。ことは複数の人たちの人権にも関わってくる問題ですからね。軽々に推論だけで公表すべきではありません」

「それはそうですが……しかし、それじゃ、いつまで待てば結論が出ますか」

「ははは、なんだか借金取りみたいだな」

　浅見は笑って、笑いの残る顔のまま「明日です」と言った。

　本庄は一瞬、浅見の言葉を聞き逃したらしい。「えっ？」と振り返ったが、すぐに正面に向き直って、もう一度「えっ？」と言い、今度は驚きの声を発した。

「いま『明日』って言ったんですか？」

「ええ、そうですよ。本庄さんがそんなに急ぐのなら、僕もおちおちしてはいられませんからね。明日までには何もかもが明らかになって、そして僕は東京へ帰るつもりです」

「驚いたなあ……ほんとに事件は解明されるんですか？」

「ははは、いまになって本庄さんのほうが弱気になっては困りますね。何がなんでも記事にするんじゃなかったんですか」

「それはまあ、勢いでそうは言いましたけどね。しかし、内心はビビッてるんです」

「それでいいんです。僕みたいな風来坊ならともかく、マスコミは慎重な上にも慎重であってもらいたいです。報道が大勢の人を傷つけることがありますからね。ところで、すみませんが、もう一度大曲署に戻ってくれませんか。署長に挨拶《あいさつ》してくるのを忘れました」

「はあ、署長にですか……」

本庄は訝《いぶか》りながら、車をUターンさせた。

署長は疫病神を迎えるような顔で、浅見を迎えた。

「さっき堀田刑事課長から報告を聞きましたが、浅見さんはずいぶん大胆な推理を披《ひ》瀝《れき》したのだそうですな。しかし、堀田君はまったくありえないことだと言っておりましたが、私も同意見ですよ」

先制攻撃を仕掛けて、浅見がわけの分からないことを言い出すのを拒否している。

「ええ、その話はもういいのです」

浅見はあっさり頷《うなず》いて、署長を安心させてから言った。

「ところで、岩岡さんが警察を辞めた本当の理由は何だったのですか？　あ、奥さんと娘さんの交通事故のことでなく、本当の直接の理由です」

「えっ……」と、署長は視線を逸《そ》らした。その動揺を捉えて、浅見は言った。

「もちろん、公にはしていないことだと思いますし、僕も外部に漏らすことはしませんので、ご心配なく。それに、署長さんがお隠しになっても、調べれば分かることですし」

ずいぶん迷ってから、署長は仕方なさそうに言った。

「じつは、岩岡君には勤務上の落ち度があったのです。本荘署にいたときだが、留置場の警備に当たっていた巡査が眠ってしまって、岩岡君が交代に行ったときも熟睡状態にありましてね。岩岡君はその巡査を起こすのは気の毒だと考え、所定の交代手続きを取らないまま警備についたのです。ところがこれが服務規定違反でしてね。当時の本荘署長から戒告処分を受けることになってしまった」

「えっ、そんなことで処分されるんですか。善意から出た行為じゃないですか」

「善意であっても、服務規定違反は違反に変わりはないですからな」

署長の口ぶりには、岩岡に同情しながらも、立場上、本荘署長を弁護しなければならない苦衷《くちゅう》が滲《にじ》み出ている。

「なるほど、それで岩岡さんは警察を辞めたんですね。その気持ちはよく分かりますね。そんな冷たい仕打ちを受ければ、誰だって愛想をつかしますよ」

浅見は本心から義憤を感じた。

「まあそういうこともあって、警察は慰留に努めたのだが、岩岡君は頑として受け入れなかった。さっさと現住所である神岡町に引っ込んで、百姓をしながら釣り三昧《ざんまい》の日々を送っているということのようです」

署長はなかば羨《うらや》ましそうに言った。

5

岩岡は菊の鉢の手入れをしていた。浅見がスズキを庭先に停めて、「こんにちは」と声をかけるのに振り返って、「またあんたか」と言った。べつに怒っている様子には見えない。虚勢を張っているのか、それとも本当に歯牙《しが》にもかけない自信があるのか、無関心を装っている。

「みごとな菊ですね」

お世辞でなく、浅見は言った。

「ああ、花の盛りは過ぎたけどな。三年目にしてようやくいい花を咲かせた」

「ことしの釣りは、もう終わりですか」

「そうでもねえよ。まだしばらくは釣れる。けど、魚も休ませてやんねえとな。春まではそっとしといてやるだ」

「優しいのですね」

「ん？……おれがか？　ははは、優しくなんかねえだよ。魚と一緒で、人間様も冬眠するだ。こっちもトシだしな」

岩岡は立ち上がって、「お茶でも飲むか」と誘った。

窓の少ない古い建物だから屋内は異様に暗い。ガラス戸をガタピシ閉めて、岩岡は電灯をつけた。頭上の梁《はり》に剝《む》き出しのまま取り付けた蛍光灯が、頼りなくまたたいた。

土間から上がったところがすぐ、障子と襖《ふすま》で囲った部屋になっている。天井はなく、梁が縦横に交差する上は暗黒の屋根裏である。部屋の中央に囲炉裏《いろり》を切ってあって、太い薪が三本、重なりあうようにして燃え、自在鉤《じざいかぎ》には大きな黒光りのする南部の鉄瓶がかかって、さかんに湯気を吹き出している。

「こんな昔ながらの農家のような家があるんですねえ」

浅見は感心した。

「ああ、廃屋みてえなもんだったけどな。とにかく安いのが取り柄で譲ってもらった」

岩岡は慣れた手つきで土瓶のお茶の葉を替え、鉄瓶の湯を注いだ。いい香りが室内に漂った。浅見は自分の前に茶碗《ちゃわん》が置かれるのを待って、言った。

「伴島さんは、最期の瞬間まで、岩岡さんの優しさを信じたかったのでしょうね」

「ん？　なんだ、またその話かね。おれは昔のことは全部忘れたって言っただろう」

「忘れたのはやはり、奥さんとお子さんを事故で亡くされたときですか」

「ふん、同情なんかしねえでもらいてえ」

「それとも、不当な戒告処分を受けたときですか」

「ほうっ……」

岩岡は顔を上げて浅見を睨《にら》んだ。

「あんた、何者だ？」

「僕はただのルポライターです」

「そうとは思えねえな。あの話を知っているのは警察内部の、それもごくわずかな人間だけにかぎられているはずだ……あんた、浅見っていったっけな……」

浅見を見つめたまま、記憶の奥をまさぐるように、じっと表情を停めた。

「……そうか、あんたか、浅見刑事局長の弟というのは。以前、湯沢《ゆざわ》署のやつに話は聞いたことがある。たしか、小町祭りの最中に起きた殺人事件（『鬼首《おにこうべ》殺人事件』＝光文社文庫＝参照）だったが、あんたがそのときの名探偵だったのか……」

そう呟《つぶや》いてから、はじけるように「あははは」と笑い出した。

「その名探偵がおれに目をつけたとなると、面倒なことになるかもしれねえな」

「すでにもう、なっていますよ」

浅見は静かに言った。

「横居ナミさん殺害事件から寸又峡での連続殺人事件、それに伴島さんが殺された事件に到るまで、事件ストーリーは解明しました。あとは警察が動くだけです」

「ふーん」と、岩岡は鼻白んだように首を振った。

「警察なら、あんたたちが来たあと、やって来たけどな。何もねえもんで、引き揚げて行った。それっきりだ」

「そのアリバイのカラクリも分かりました。横居真二さんがあなたの身代わりを務めたというだけのことです。配達日指定の宅配便も突き止めました。あなたは知らないかもしれませんが、受取の判子をつくとき、真二さんは不用意に伝票を手にしてしまったのです。複写用紙ですから、鮮明な指紋が印されました。それから、真二さん宅の裏庭と、その先の畑の中から、真二さんの靴跡が採取されています。これだけでも、どういう犯罪が行なわれたのかを立証するには十分でしょう」

伝票の指紋も、畑の足跡も浅見のハッタリである。しかし岩岡に与えた衝撃は大きかったはずだ。元警察官にとって、それらの「証拠」が持つ意味と効果が、致命的なものであるぐらい、すぐに分かる。

岩岡は追い詰められたように眉《まゆ》をひそめたが、しかし、すぐに立ち直った。

「ふん、嘘を言ったってだめだ。そこまで分かっているのなら、警察がおれを逮捕しに来ねえわけがねえべ」

「警察はまだその事実を知りません」

「えっ？　知らねえって……そしたら、それを調べたのはあんたなのか？」

「ええ、僕が調べました。証拠類はいつでも警察に提出できるようになっています」

「だったら、なんで提出しねんだ？」

「あなたに自首していただきたいからです」

「馬鹿なことを。なんでおれが自首せにゃなんねえんだ」

「もちろん、自首すれば罪が軽減されるということが第一の理由です。しかし、本当の理由は、美意識の問題ですね」

浅見は少し照れ臭そうに言った。

「何だや、その美意識とは？」

「もし、このままあなたが、追い詰められた挙げ句、雪隠《せっちん》詰めか野垂れ死にのように捕まってしまうのでは、あまりにも惨めすぎるとは思いませんか。四人が殺されたこの哀しい事件の、せめて最後だけでも美しくあって欲しいのです」

岩岡はなんとも形容のしようがない、泣き笑いにも似た複雑な表情を浮かべた。彼の心の中の、クルミの殻のように、固く凍りついていたものの一部がカシャッと崩れるのを、浅見は感じた。

浅見はポケットから写真を出した。

「これ伴島さんの奥さんから借りてきました。伴島さんはお客があると、いつもこの写真を見せびらかしていたそうですよ」

「ああ、あれだべ、サクラマスを釣ったときの写真だべ。それだば、おれも持ってる」

岩岡は写真にチラッと視線を投げただけで、手に取ろうともせずに言った。

「伴島さんにとって、あなたは大曲時代の忘れえぬ自慢の友人だったのですね」

「…………」

「伴島さんは僕にもあなたの話をしてましたよ。大曲署には一人、優秀な冴《さ》えたデカさんがいたと」

「…………」

「もし僕が伴島さんのお宅にお邪魔したら、たぶんこの写真を見せてくれたでしょう。殺された久保さんにそうしたようにね」

浅見は歯切れのいい口調で、切り込むように言って、岩岡の顔を見つめた。

岩岡はいたずらを見つかった優等生のように、ニヤニヤと不貞腐《ふてくさ》れた笑みを浮かべていたが、ふいにため息と一緒に「しょうがねえな」と呟いた。大振りの茶碗を両手で抱くようにして、背を屈《かが》めた様子からは、最前までの精悍《せいかん》な気配は消えている。

「そうだよ、あんたの言うとおりだ。あの男、久保とかいう男も、その写真を見せてもらったって言ってた。あの日、おれが寸又峡を引き上げて、千頭駅の構内で時刻表を見ていたら、あいつがいきなり声をかけてきた。なんだか、まるで古い知り合いみてえに懐かしそうによ。『あなた、秋田の大曲署にいた刑事さんでしょう、伴島さんと釣り仲間の。ひと目見た瞬間に、サクラマスの人だと分かった』だと。やたら嬉《うれ》しがって、おれと会ったことを伴島さんに教えてやるとか意気込んでいた。そんなことされたんでは、困ってしまうべ、な、そうだべ」

いまにも泣きだしそうな、縋《すが》りつくような口調で言った。目の前にいる男が、ただの気弱な初老のおっさんに変貌《へんぼう》してゆくようで、浅見はやり切れなかった。

しかし岩岡は矜持《きょうじ》を失うところまでは崩れなかった。いったん閉じた目を、ふたたび開いたときには姿勢を整えていた。

「住田はな、殺してもいいと思った。やつは横居ナミさんを殺したんだからな。おまけに恐喝までしやがった」

「誰を恐喝したのですか?」

「ん?……」

岩岡はややうろたえぎみに、「ああ、それはあれだ、おれをだ」と言った。

「嘘ですね」と浅見は冷やかに言った。

「住田が恐喝したのは横居マリ子さんです。住田は強奪した金のほんの一部しか持って逃げなかった。残りの金を持って寸又峡に来るように、マリ子夫人を脅迫したのです。来なければ、共犯関係をバラすと」

岩岡は何か反論をしかけたが、それが言葉にならないうちに、浅見は言った。

「マリ子夫人がなぜ岩岡さんに救いを求めに行ったのかが、僕にはよく分かりません。それはやはり十七年前の真二さんの事件のことと関係があるのでしょうか?」

「そうだよ」と岩岡は鈍重《どんじゅう》に答えた。もはや観念したのか、浅見の推論を否定する気はないらしい。

「この家を買うときにあいだに入った不動産屋が偶然、横居真二の店だった。十七年前のあの事件のときも、真二とはあまり顔を合わせたこともねかったけど、奥さんはおれのことをよく憶《おぼ》えていて、昔のお礼を言われた。それからここの家を格安に斡旋《あっせん》してもらったというわけだ。おれはこういう暮らしだもんで、親しい付き合いはしねかっただが、それ以来、盆暮れには何か送ってくる。だけど、あんたは勘違いしているよ。今度のことで、おれに相談を持ちかけてきたのは、奥さんでなく真二のほうだ」

「えっ、真二さんが？」

「そうだ。奥さんが脅迫されていると言ってな。真二は奥さんが住田に脅迫されている電話を、立ち聞きしたのだそうだ。それで奥さんを問いただして、住田がナミさんを殺した事件というのが、奥さんの手引きによるものだという、恐ろしい話を聞いてしまった」

「やはりそうでしたか……」

「なんだ、あんた、そのことは知らねかったんか？」

岩岡の顔に不信感が浮かびそうになったので、浅見は慌てて言った。

「いや、推測はしていましたが、確信はありませんでしたよ。第一、どういう筋書きでマリ子夫人が住田と組んだかがはっきりしませんからね。たとえ場外車券売り場で知り合ったとしても、そう簡単に殺人事件の共犯者になるとは考えにくいでしょう」

「ほう、そうか、あんた気がついていただかや、さすがだな、ところが、マリ子さんと住田が車券売り場で知り合ったなんて、警察は誰も気がつかねえんだから、情けねえ話だ。しかし、最初から殺人事件の共犯になるつもりはねかったべさ。結果は不幸なことになったけどな。

話を聞いてみると、マリ子さんはパートの車券売り場で、たまたま客の住田と世間話をしていて、借金のことをこぼしたのだそうだ。住田が借金で首が回らねえ話をしたのにつられて、マリ子さんもついポロッと愚痴を言っちまっただな。暴力団がらみの借金を抱えていて、殺されかねねえっていう状況は、そっくりだったもんで、同病あい憐れむみてえなことだったのかもしんねえ。おまけに、本家には一億何千万とかいう金が金庫に眠っているのに——と喋《しゃべ》っちまった。それがすべての事件の始まりだ」

岩岡はくたびれたように首を振ったが、気を取り直して話をつづけた。

「それを聞いた住田が黙っているわけはねえべ。だったらその金を奪うべえということになった。魔がさしたというのかな。いや、もともとマリ子さんには、ナミばあさんへの恨みつらみがあったから、その影響もあったかもしれねえ。ちょうど八月二十四日は花火大会で、内小友の横居家は本家も長男の家も、誰もいねえようになるはずだった。それでもってその晩、押し入った。ところが、誰もいねえと思ったところに、ナミさんが現れて騒ぎ立てたので、住田が前後の見境もなく殺しちまった。その瞬間から、マリ子さんは立派な強盗殺人事件の共犯というわけだ。馬鹿といえば馬鹿なことだけんどな」

岩岡はしきりに首を振った。

「それからのことは、何もかも、もののはずみみてえなもんだな。まず、身辺に捜査の手が伸びてきて、住田が逃げ出した。やつはほとぼりの冷めるまで逃げつづけるつもりだったそうだ。しかしそれには金がいる。やつが持って逃げたのは三百万程度の金だったそうだが、マリ子さんに残りの金を持ってくるよう、逃亡先の寸又峡から恐喝してきた」

「そうそう、そこがどうしても分からないことですが」と浅見は言った。

「マリ子さんがその要求に応じなかったのは、なぜなのですか？」

「金がねかったからだよ」

「えっ？　なかったって、一億四千万円はどうしちゃったんですか？」

「もともと、その金がねかったんだ。金庫の中には、住田が持って逃げた三百万程度の金があっただけだ」

「まさか……」

「ふん、嘘だと思ってるな。マリ子さんが嘘をついてるか、それともおれが嘘をついていると思っただべ。住田もそう考えただよ。金を持って来なければ、何もかも警察にぶちまけると言ってきた。やつも必死だから、そんくれえのことはやりかねなかったべな。住田の思惑としては、東南アジア辺りへ高飛びするつもりだったようだ。だからなんとしてでも金を手に入れたかった。しかし、金がなかったというのは本当のことらしい。切羽つまって、マリ子さんはだんなに隠しおおせなくなった。もっとも、彼女が打ち明けなくても、住田が何度も電話してきたから、しぜん、真二もうすうす気がついてはいたそうだけんどな。

それでもって、二人は相談して、結局、真二がおれに泣きついてきた。あの男は優しいことを言っていた。女房をそこまで追い詰めたのは自分のせいだと。何とかしてマリ子を助けてやってくれと、そこに頭をこすりつけて頼んだ」

岩岡は浅見の脇の畳を指さした。

「自分の本当の母親を殺されているというのにな。おれにとっては、どうでもいいことだったが、そういうなんていうか、夫婦愛みてえなものを見ると、なんだか放ってはおけない気分になっちまった。十七年前、真二が傷害事件を起こしたとき、まるでおれが神様か何かみたいに縋《すが》ってきたときの、マリ子さんのことを思い出しちまったせいかもしんねえ」

「じゃあ、真二さんに頼まれて住田を殺害したということですか」

「そうではない。殺すほかはねえべと言ったのはおれのほうだ。真二は震え上がったが、ほかにしようがねえべ。とどのつまりは、おれの指示に従ってアリバイ工作をした。あんたがさっき言ったとおりだ。予《あらかじ》め期日指定の宅配便を頼んでおいて、真二におれの代役をやらせた。真二は夜中のうちに自宅を抜け出して、配達のある日中だけ、ここに詰めていたってわけだ。おれの車を自宅から少し離れたところに停めておいて、それで往復していたよ。

それでもって、おれは寸又峡へ出かけて行った。住田にはその何日か前から電話して、真二になりすまして、金の受渡しをしたいと連絡を取っていた。待ち合わせ場所は飛龍橋を指定したよ。昔、寸又峡でライフル魔の立て籠《こ》もり事件ていうのがあってな、おれも若い頃、後学のため、現場を見に行ったことがある。寸又峡はその頃とあんまり変わってねえな。大井川鉄道なんかも昔のままだ。飛龍橋も下見する必要がねかった。

朝早く、ノコノコやってきた住田を、ぶん殴って、あっけなく谷底へ突き落とした。これで何もかもうまくゆくと思った。いや、たしかにそこまではうまくいったんだ。住田さえ消してしまえば――と思ったとおりにことは運んだ。ところが、思いがけねえ事態が起きてしまった」

岩岡は天を仰いだ。

6

岩岡が言った「思いがけないこと」とは、むろん久保一義の出現である。久保が岩岡に声をかけさえしなければ、犠牲者は住田に殺された横居ナミと住田自身と、その二人で終わっていただろう。

だが運命の神は人間の浅はかさを弄《もてあそ》ばなければ、気がすまないものらしい。

「久保が現れた時点で、おれは自首するべきだったのだ。久保を殺すなんてことは、筋書きにはねかったのだもんな。しかし、そうしなければ、話は目茶苦茶だ。何のために寸又峡まで出かけて行って住田を殺《や》ったか、まるっきり意味のねえことになってしまう。おれはもちろん、真二もマリ子さんもみんなだめになってしまう。久保にカメラを向けられて声をかけられたとき、おれはただ殺すことしか考えられねえようになってしまったんだよ」

岩岡の訥々《とつとつ》とした述懐は、かえって悲痛な叫びのように聞こえた。

それから岩岡は、久保殺害の事実を、まるで新米の刑事が、生まれて初めて調書を綴《つづ》るような稚拙さで語った。

浅見が想像したように、岩岡と久保は千頭駅近くの食堂で昼食を共にした。そのとき、久保のほうから、「寸又峡へ行くのなら案内しますよ。記念の写真を撮りましょう」と持ちかけた。岩岡の殺意はその瞬間に確定的になった。たまたま久保が喫茶店の「チータ」に立ち寄る用事があったことも、岩岡の犯行にとっては都合がよかった。岩岡は「ひと足先に飛龍橋へ行っている」と言って、「チータ」の駐車場で久保と別れ、団体客に紛れて募金案内所を通過した。久保が呑気《のんき》にソフトクリームをしゃぶっている頃、岩岡は飛龍橋に近い森の中に潜んで、死ぬほど長い時間を耐えていたのだ。

「それはたぶん、あなたにとって最善の選択のつもりだったのだろうけれど、救いがたい身勝手で、冷酷で、反社会的な行為だ。愚かなことをしましたね」

浅見は言わずもがなのことを言った。ともすれば岩岡の動機に同情しようとする、自分の弱さを引き締める意図があった。理由はどうであれ、岩岡は殺人者なのだ。

「そのとおりだ。あんたの言うとおりだ。あのときのおれは、自分が鬼みてえに思えた。住田をおびき出して橋の上から突き落としたときは、それほどでもねかったけんど、久保を殺るときは全身が震えた。落ちてゆく瞬間におれを見た久保の眼がいまでもおれの目に焼きついている。『なんでおれは死ななきゃなんねえんだ』って、そう言っている眼だ。久保はカメラを抱きながら、声も上げずに落ちて行った」

囲炉裏の薪がほとんど燃え尽きて、カサッと音を立てて崩れた。岩岡はその音に驚いて肩を震わせ、慌てて新しく薪をくべた。

それから浅見に顎《あご》で、脇にある電話を示して、「警察さ電話しろや」と言った。

「そうですか、自首してくれるのですね」

「ああ、仕方ねえべ、ことここに至ってはな。あんたを殺して逃げてみても、どうなるもんでもねえ。三人殺せばもう沢山だ」

「二人でしょう」

「ん？　なしてだ？」

「岩岡さんは住田と久保一義さんを寸又峡で殺害した。それだけでしょう」

「いや、伴島さん……伴島も殺した。あんたも分かっているだべ」

「いいえ、あなたは伴島さんは殺していませんね。それどころか、会うチャンスもなかったはずです。なぜなら、伴島さんはあなたが警察を辞めたことも、ここに住んでいることも知らなかったのですからね」

「ふん、そんなふうに庇《かば》ってくれるのはありがてえが、伴島を殺したのはおれだ。その証拠に、死体を捨てた場所もはっきり言える。姫神公園さ登ってゆく坂の途中だ」

「死体遺棄はたしかにあなたの作業だったと思います。しかしそれだけです。あなたは生きている伴島さんとは会わなかった。したがって伴島さんを殺害することもできなかったのです」

「驚いたなあ」

岩岡は呆《あき》れた顔で言った。

「そしたら、伴島は誰が殺ったていうだか。おれ以外に殺るやつはいねえべ。おれには立派な動機がある。伴島は寸又峡の犯行をおれの仕業だと気づいたんだ。んだから殺すしかねかった。殺したくはねかったが、仕方ねかった」

最後のほうはしだいに悲しげに、顔が歪《ゆが》んでいた。

「十月十日、伴島さんは横居真二さんのお宅を訪ねたんです」

浅見は静かに言った。

「ところが、横居夫妻は留守で、伴島さんは不動産屋の店のほうへ行った。そこでマリ子夫人と会って、そのとき、愕然《がくぜん》としてあなたのことに気づいたのですね。なぜだか分かりますか？　あなたが久保さんを殺したのは、結局は無駄な行為でしかなかったのです。久保さんは殺される直前、伴島さんの奥さんに電話で、あなたのことを『面白い人と会った』と伝えたのだそうですよ。しかし伴島さんにはそれが誰のことなのか、ほとんど最期の瞬間まで分からなかったのだと思います。大曲に来て、釣り具店へ行って、それから横居真二さん宅を訪ね、マリ子夫人に会って、そこでようやく思い当たった。マリ子夫人に出会った瞬間、十七年前の出来事が蘇《よみがえ》って、あなたのことに思い当たったのでしょう。そうだ、『面白い人』とは岩岡さんのことだ。これで事件の真相が読めた——と。そしてマリ子夫人に、ご主人に対する嫌疑は晴れましたよと告げた。犯人はかつて大曲署にいた岩岡部長刑事です、とね」

浅見は口を噤《つぐ》み、岩岡も沈黙していた。その瞬間のマリ子の心理状態を、二人ともが疑似体験しているような気分だった。

「マリ子夫人もあなたと同様、最善の選択をしたつもりなのでしょうね。愚かで、独善的で、それ以上に病的な選択を」

「あの奥さんは……」と、岩岡はかすれた声で反論した。

「マリ子さんはおれを救おうとして、無我夢中で伴島を殺っちまったんだ。彼女は優しい人だよ。最初のナミさんが殺された事件も、だんなの真二が借金で苦しんでいるのを見るにしのびなかったために、住田の口車に乗せられてナミさんの金庫を狙いに押し入ったというのが真相だ」

「岩岡さん」と、浅見はまるで歳下の青年を諭《さと》すような口ぶりになった。

「どうして、そんなふうにマリ子さんを庇おうとするのですか？　単なる同情や義侠《ぎきよう》心《しん》だけでは、説明がつかないような気がしてならないのですが」

岩岡はチラッと浅見を見て、すぐに視線を外した。浅見から見えない側の頰を思いきり歪めて、何かに堪えるような顔である。

「そうだな、たしかに説明がつかねえ。なして、そんな余計なことをしただかな。おれ自身、さっぱり気が知れねえだよ。馬鹿でねえかと思う」

岩岡は自分の愚かさをあざ笑って、真っ暗な屋根裏を見上げた。

「あとはあんたが想像したとおりだ。もう何も話すことはねえ。警察に自首するか、それとも、このまま死ぬかだな」

首に手を当てて、絞める真似をした。

「だめですよ、死んじゃ」と、浅見はなるべく冷やかに聞こえるような口調で言った。

「あなたには一連の事件について公にする義務があります。何が起きたのか、殺された久保さんや伴島さんのご遺族に伝える責任があることを、忘れないでください」

「ああ、分かってるだよ。死にはしねえ。ちゃんと決着はつける。だけんど、可哀相だなや、マリ子さんが……」

「おかしいですね」

浅見は思わず微笑を浮かべた。

「ん？　何がおかしいだね？」

「あなたは真二氏やマリ子夫人を優しいと言ったけれど、岩岡さん自身のほうが、ずっと優しいじゃないですか」

「えっ、おれがか？　まさか、冗談でねえよ。おれが優しいだなんて。おれは人殺しの鬼だ。いまだって、あんたを殺して逃げるかどうか、迷っているくれえだ」

「じゃあ、そうしますか？　そんなことができますか？」

「ははは、できねえな。しても意味がねえもんな。それに、第一、金もねえしよ」

岩岡は肩を揺すって、荒い呼吸のような笑い方をした。

岩岡が身の回りを整理するのを待って、浅見は帰途についた。赤いスズキの助手席で、岩岡は疲労感からか、それとも緊張のせいか、無口になった。しかし、車が市内に入り、大曲署の前を素通りするのに気づいて、「どこさ行くだ?」と訊《き》いた。

「横居さんのお宅へ回ります」

「したら、マリ子さんも連れて行くだか」

「ええ、できればそうしたいと思っていますが、たぶん無理でしょう。マリ子夫人は病気ですからね」

「病気? どこが具合悪いんかね?」

「分かりません。娘さんの光葉さんによると、死ぬかもしれないそうです」

「えっ、ほんとかね……」

「本当かどうか分かりません。あのお嬢さんはちょっと風変わりなところがありますからね」

「ふーん、そうかね。どんな娘さんだべ。おれが会ったときは、まだ三つか四つの頃でねかったかな。目玉の大きな可愛い子だったども、もう二十歳は過ぎているだな」

横居家の駐車場には二台の車が停まったままであった。気配を感じたのか、玄関のドアを細めに開けて、光葉の顔が覗《のぞ》いた。浅見と岩岡が近づいてゆくと、詰《なじ》るような目を向けた。

「お母さん、いかがですか?」

浅見は訊いた。光葉は黙って首を横に振った。

「ちょっとお会いできませんか」

「誰、この人？」

岩岡を指さして、訊いた。

「岩岡さんとおっしゃる、ご両親のお友達ですよ」

「ああ、あなたが……」

光葉の表情から警戒の色が消えた。これは浅見にはまったく予想外だった。それから光葉はドアを大きく開いて、二人の客を招じ入れた。しかしドアを離れようとはせずに、外の様子を窺《うかが》っている。

「どなたか来るの？」

「お医者さん」

「そう、そんなに悪いの……」

光葉の案内なしでは、上がり込むわけにもいかない。困惑している二人に、光葉は怪訝《けげん》そうに「何をしてるの？」と言った。

「母さんに会うんでないの？」

二人の客は顔を見合わせて、たがいに相手の意思を確認しあってから、靴を脱いだ。

光葉は外を向いたまま、「二階よ」と言った。玄関に上がってすぐの階段を昇った。

二つある部屋の奥の、障子の嵌《は》まった部屋に横居マリ子は横たわっていた。ファンヒーターがあまり効いていないのか、部屋の中の温度はかなり低い。

マリ子は仰向けに寝て、天井を睨んだ恰好《かっこう》である。浅見は二度会っているが、あのふっくらした秋田美人が、ほんの短いあいだにひどく痩《や》せ衰え、ひと目見て、恐ろしくなるほどの変貌《へんぼう》を遂げていた。

岩岡も「ああ……」と、痛ましそうな声を漏らした。

「奥さん、岩岡です。大丈夫ですか？」

声のした方角へ視線だけを向けたが、目は虚《うつ》ろで、物の実体が見えているのかどうか、それ以上の反応は表情に表れなかった。「ハッ、ハッ」という喘《あえ》ぐような呼吸が早い。

外に車が停まり、客が来た気配がして、間もなく、光葉に伴われた医者と看護婦が上がってきた。医者は先客に構わず病人の脇に膝《ひざ》をついて、腕を取り、瞳孔《どうこう》を覗いて、すぐに看護婦に「救急車を」と言った。

「こんなになるまで、なんで放っておいたんですか」

何かの注射を用意しながら、浅見と岩岡を交互に見て、詰問した。浅見が弁解をしようとするのを抑えて、岩岡が言った。

「だいぶ悪いのですか」

「悪いもなんも、危ないかもしれん。とりあえず病院まではもたせるが」

「病名は何ですか？」

「病名？　そんなもん……極度の栄養障害だろうな。ここの家では、何も食べさせていないのかね。いったい看護はどうなっているんだ」

医者は義憤にたえないと言わんばかりの、はげしい口調だ。

「その人たちはお客さん。何も知らない」

光葉がぶっきらぼうに言った。

「母さんは死ぬ気で、食べなかっただけ」

「えっ、それじゃ、断食してたのか？」

医者は驚いて光葉の顔を見た。そのとき、光葉の両目から急激に涙が溢《あふ》れてきた。

彼女が決して、完全に正気を失っているのではないことを、その涙が証明した。

注射の効き目か、喘ぎが間遠になってきていた。岩岡はマリ子の枕元に額《ぬか》ずいて、

「奥さん、分かりますか、岩岡です」と言った。マリ子は目を閉じたまま頷《うなず》いて、それから、かすかな声で「岩岡さん、ありがとう」と言った。岩岡は「うん」と言って天を仰いだ。溢れるものを堪《こら》えている。その瞬間、浅見は最後の疑問が解けたと思った。

救急車が到着した。浅見も岩岡も、手も口も挟む余地のない慌ただしさで、マリ子

と光葉は救急車で運ばれて行った。

救急車が去ってからずいぶん経って、浅見と岩岡は横居家を出た。周りの家々の人が、遅れて現れた二人の男に好奇の目を向け、何やら囁《ささや》き交わしている。

赤いスズキに乗り込むと、岩岡はふいに「おれがマリ子さんに優しいわけだが」と言い出した。

「惚《ほ》れたっていうことだべな」

ぶっきらぼうな言い方に、彼の含羞《がんしゅう》が感じとれる。浅見は黙ってスズキのエンジンをかけた。乾いた小さな音だが、無音の状態ではいたたまれない気分であった。

「十七年前の、例の真二の事件のとき、事情聴取に行った先で彼女に会って、おれはショックだったなあ。こんな女が世の中にいるんだ——と、つくづく思った。三十八歳になるその年まで、何人かの女に裏切られたが、心底、女に惚れたこともなかった。女を嫌うばっかりだったおれに、惚れることを教えてくれたのが彼女だった。容姿はもちろん美しかったが、それ以上に気持ちだな。だんなと娘に注ぐ愛情ってやつだ。そういうのに、おれは参った。とにかく真二を救うために必死だった。それがなかったならば、真二は傷害罪で一年以上は懲役を食らったべな。おれも警察の人間だから、上が決めたことに逆らうような、損な役回りを務める気にはなれなかったと思う。現実にあの事件のおかげで、おれの昇進はそれっきりストップしちまったもんな。あの事件で行動を共にした伴島さんは、そういうおれに気づいて、『あんた、彼女に惚れたな』と笑っていた。たしかに、笑われてもしようがねえほど、おれはまるでガキのように彼女に惚れた。だからって勘違いしてもらっては困る。それでもって彼女の弱みに付け込んで、どうこうしたってわけじゃねえだよ。そんなことではなくて、なんていうか、一種の信仰みてえなもんかな、聖母マリアみたいな。ははは……」

岩岡は照れて笑った。

「こんな馬鹿な話、あんたには分かんねえべさ」

「いえ、分かりますよ、よく」

浅見はサイドブレーキを外して、車を前進させた。

「んだかね、分かるかね。しかし、世の中のほとんどの人間には理解してもらえねえべなあ。損得の勘定からいえば、何の得にもなんねえもんな。いや、おれ自身、いまだに自分の気持ちが理解できねえほどだもんな。だけんど、そういうこともあるってことだ」

言いきって、「うん」と自らを納得させるように頷いた。

浅見は何の論評も加える気はなかった。岩岡の言うとおり、そういうこともあるのかもしれない。自分がそういう立場になって、岩岡と同じような「愚行」に走らないという自信はない。

高畑の集落を抜け、奥羽本線の踏切を渡って、大曲の市街地に入ってゆく。

「もう一つ、これはあんたにだけ教えることだけんど」と岩岡は言い出した。

「それから一年後に、おれは嫁さんをもらった。そんなに美人ではねえけんど、気立てのいい女だった。娘もできて、おれも人並みのおやじになれた。ところがよ、その女房と娘が交通事故で死んじまった。娘はもうすぐ中学に入る、可愛い盛りだった」

たんたんと話してはいるが、岩岡の胸のうちは察するまでもない。

「事故の原因は居眠りか、ハンドル操作の誤りで、道路脇の電柱に激突したというものだった。現場には急ハンドルを切ったような痕跡《こんせき》があったらしい。目撃者もいて、警察の調べにそう証言したそうだ。おれは信じられなかった。女房は安全運転の権化《ごんげ》みてえなやつだったしな。居眠り運転なんかするわけがねえ。もし急ハンドルを切ったのであれば、対向車線から追越しをかけてはみ出してきた車を避《よ》けようとしたとか、そういうことがあったに違いないと思った。しかし、証言がある以上はどうすることもできなかった。一方的に女房の過失ということで決着した。ところが……」

岩岡は大きく息を吸い込んだ。

「今度のことで、横居真二がおれのところさ助けを求めてきたとき、恐喝者の名前を聞いて驚いた。住田貞義というのは、女房の事故の目撃証言を行なったやつだったたんだ」

「えっ……」

浅見はあやうくブレーキを踏みそうになった。

「じゃあ、その恨みがあって、ですか」

「たぶんな。もし何もなければ、いくらマリ子さんのためでも、そう簡単に頼みを引き受けることはなかったと思う。おまけに殺しを言い出したのはおれのほうだもんな。いや、その話を聞いたとき、そいつなら交通事故の偽証ぐれえはやりかねねえと思った。事故を目撃したというのは嘘ではねえべな。おそらく、ハミ出し禁止のところで追越しをかけたやつがいて、それが女房の事故を誘発したのだろう。それをネタに、住田はその人間を恐喝したにちがいない。そう確信した。だからして、寸又峡で住田を殺《や》るときには、何の抵抗もねかっただ」

話し終えて、岩岡はすっきりしたように、狭いスズキの中で大きく伸びをした。

目の前に大曲署の建物が接近してきた。車を門の中に入れ、玄関の正面、少し離れた位置で停めた。

浅見が付き添って行くというのを、岩岡はかたくなに断った。「小学校の入学式でもあんめえしよ」と笑った。

「しかし、きちんと事実を告げてくれるのでしょうね」

浅見は念を押した。

「ああ、それだば間違えねく、ちゃんと言うだよ。嘘だと思ったら、あんた、明日にでも署長に聞いたらえかんべ」

そう言って車を降りた岩岡に、浅見は声をかけ、カメラを向けた。岩岡は厳粛な顔をして、深々とお辞儀をした。その姿にシャッターを切った。

東読新聞社大曲通信部に戻ると、時刻は午後四時を回っていた。本庄は四時の定時に送る原稿に目ぼしい材料がなくて、時間が過ぎているにもかかわらず、四苦八苦していた。

「岩岡が自首しましたよ」

浅見は挨拶《あいさつ》のように軽く言った。

一瞬、本庄は意味が取れなかったらしい。ずいぶん間を置いてから、「えっ？」と飛び上がった。

「そ、それ、ほんとですか？」

「本当です。写真も撮っておきました」

大曲署の玄関前で岩岡を写したフィルムをカメラから抜いて、本庄に渡した。

「ちょ、ちょっと待ってくださいよ」

本庄は慌てふためき、鈴木嬢に「これ、現像して」とフィルムを渡して、あらためて浅見と向き合った。メモと鉛筆を構え、俊敏な青年記者の顔になっていた。

浅見はこれまでに知りえた事件ストーリーを、かなり細部に到るまで話した。長い話になった。途中、支局から原稿の催促の電話がかかった。本庄は電話の向こうにいるデスクに向かって、「もうちょっと待ってよ。ぶったまげるような特ダネを送るから」と怒鳴った。若造の記者に怒鳴られて、デスクは頭にきているにちがいない。

しかし、それからものの一時間もしないうちに、東読新聞の秋田支局は未曾有《みぞう》の大騒ぎになったはずだ。

翌日の朝刊は東読新聞の一人勝ちだった。一面から大きな活字を組んで、「連続殺人事件の犯人自首」を報じた。社会面はほとんど全面を使っていた。もちろん、本庄は抜かりなく、記事内容について、他社に極秘で大曲署の捜査本部に確認を取っている。捜査本部は仰天して否定したが、署の玄関前で頭を下げた岩岡の写真を突きつけると、観念したように、記事原稿の正しさを認めたそうだ。

岩岡は事実を話すと言っていたが、しかし、岩岡の言葉を、浅見は丸々は信用できないと思っていた。案の定、岩岡は浅見との約束を破った。住田、久保、伴島と、三つの殺人事件は自分の犯行である——と、捜査本部で語ったそうだ。もっとも、それは浅見が本庄に話したのと、寸分違わない内容だった。浅見が予測したとおり、岩岡はついにマリ子を庇《かば》いつづけたのである。

その記事を、浅見は自宅で読んだ。昨夜の最終の「こまち」で帰って、朝は九時過ぎまで眠った。寝ぼけまなこでダイニングルームへ行くと、母親の雪江とお手伝いの須美子がテーブルの上に新聞を広げていた。

「四つの連続殺人事件ですってよ」

雪江が新聞の見出しを指さして言った。

「はあ、恐ろしい話ですねえ。どうも、世の中どうかなっちゃったんですかねえ」

トーストにバターを塗りながら、浅見はとぼけた声をだした。

「光彦はこの事件、知らないの？」

「ああ、そんなようなニュースは見た気がしますけど」

「ふーん、変だわねぇ。事件は静岡県の寸又峡と、秋田県の大曲で起きたんですってよ。どちらも、光彦が行ったり来たりしていたところばかりじゃありませんか」

「…………」

浅見はミルクにむせたふりを装った。

エピローグ

十二月に入って間もなく、浅見は女性名の手紙を二通、受け取った。

手紙の一通は伴島未亡人からで、事件解決が浅見の尽力によるものであることを、島田署の七高と、大曲通信部の本庄から聞いたと書いてあった。

「解決したからといって、決して喜べるものではありませんが、あなた様の無償のお働きによって、主人の無念のいくばくかは晴れましたこと、本当に有り難うございました」

もう一通は、横居真二・光葉連名の、喪中を知らせる薄ネズミ色の枠がついた葉書だった。「喪中につき、年頭のご挨拶をご遠慮させていただきたく」という文面のほかに、空白の部分に小さな文字で、「いろいろお世話になりました。十一月十五日に母が亡くなりました　光葉」と書いてある。

表書きも未熟な丸文字めいた女性らしい文字だ。ことによると、真二はまだ警察の手の中にあって、こういう葉書の手配などは、すべて光葉が取り運んだのかもしれない。だとすると、光葉の「病気」も回復基調にあるのだろう。翌日、かかってきた本庄の電話がそれを証明した。

「浅見さん、一億四千万円が見つかりましたよ」と、本庄は勢い込んで言った。

「どこにあったか、分かりますか？」

「たぶん、横居ナミさんの屋敷じゃありませんか」

「えっ……どうしてそれを？　誰かに聞いたんですか？」

「いいえ、たぶんそんなところかと思っていました。住田やマリ子さんが言ってたように、金庫の中になかったというのが事実なら、それ以外の場所にナミさんが隠したと思うしかありませんからね。用心深くて狷介《けんかい》なナミさんのことです。身内にダイヤルの番号を知っている人間がいるのだから、それくらいのことはやるでしょう。実際、その危惧《きぐ》が当たったじゃないですか」

「なるほど……そう言われてみると、たしかにそのとおりですね。驚いたなあ、どうして誰もそんな単純なことに気がつかなかったのだろう？……だけど、いくら浅見さんでも、その大金が発見できたのはどうしてだか、分からないでしょう」

　本庄は子供のように「どうして」を連発している。

「そうですねえ、もしかすると横居光葉さんが教えてくれたのじゃありませんか？」

「えっ？　えっ？　そうなんですけど……だけど、どうして分かるんです？」

　本庄は驚いた。

「それより、光葉さんはなぜそのことが分かったと言ってるんですか?」

「それが馬鹿げているんだけど、神様のお告げだっていうんですよね。警察でもそう言ってるらしい。デカさんたちが手を焼いてますよ。近所の評判を聞いても、どうもあの娘はおかしいみたいです」

「だとすると、僕もおかしいのかな?」

「えっ? いや、浅見さんはおかしくはないですけどね。だけど、そうか、そういえば浅見さんもおかしいっていうか、不思議な人だなあ……」

本庄は最後まで、煙に巻かれたような声を出していた。

光葉がなぜ金の在《あ》り処《か》を知っていたのか、浅見には分かるような気がしていた。しかしそのことは警察はもちろん、誰にも言うつもりはなかった。あの岩岡でさえ、それは知らないことだ。

母親のマリ子が、自分のいのちに換えてまで守り抜いた秘密だもの、それは暴かれないまま、眠りつづけたほうがいいのだ。

浅見の脳裏に、山も野も川までも、雪に覆われた、秋田の穏やかな風景が浮かんだ。その雪があらゆるものを永遠に覆ってくれるように——と、心から祈った。

自作解説

本書『鄙《ひな》の記憶』は一九九七年八月から九八年三月まで「週刊読売」に連載後、一部加筆修正して単行本にした作品である。

じつは九七年七月七日、まさにこの作品の執筆にかかった頃、僕は重症の帯状疱疹《ほうしん》に罹《かか》り七転八倒の目に遭っている。八月三日に軽井沢の「浅見光彦倶楽部」クラブハウスでサイン会があって、その時は牛乳ビンほどの容器に入った麻酔薬を腰に装着し、脊髄《せきずい》辺りに突き刺した針で神経をブロックさせながら——という異常事態であった。

忘れっぽい僕だから、その激痛がいつまでつづいたか記憶が定かでない。たぶん八月いっぱいぐらいはそういう状態だったにちがいない。激痛が治まった後「半年ぐらい、後遺症の神経痛が残りますよ」と医師は宣言したが、とんでもない、五年経ったいまでも背中の表面に痛みが走る。

そういうハンディを文字通り背負いながらの執筆になった。そのせいで、この時期は他の作品はいっさい断念して『鄙の記憶』一本を必死の思いで綴《つづ》った。ために、九八年に刊行された長編小説はこれと『藍色《あいいろ》回廊殺人事件』の二作のみである。もっとも、その年の作品数が少ないのは、三月から六月にかけての「飛鳥」による世界一周船旅に出掛けたせいでもある。これは一年半前からの予約だったから、いまさらキャンセルできないという理由があった。また一種のサボタージュで、編集者諸氏には評判が悪かった。背中の痛みと同様、いまだに尾を引いている。

さて、この「自作解説」を書くために、ひさびさ『鄙の記憶』を繙《ひもと》いた。僕は作品が刊行された後、ほとんど読み返すことがない。何というか、丁稚《でっち》奉公に行った子どもが藪入《やぶい》りで帰って来るのを迎えるようで、気恥ずかしいような怖いような気分なのである。二年か三年経って恐る恐る開いてみて、ああ、なかなか立派なものじゃないか——と、わが子の成長ぶりに安心したりもするが、それも完全に読み切ることはあまりない。

いま『鄙の記憶』を読み終えて、ある種の感慨を禁じえない。導入部からけっこう感情移入して読み進んだ。その原因は主人公の伴島武龍という人物設定にある。読売新聞社からの注文だったことから、僕には早い段階で主人公は新聞社の地方通信部員にしようという思惑があった。そうして同社の島田通信部を訪ね、実際の通信部員のキャラクターをこの目で確かめた。伴島が僧侶の家の出であることは、いわば実話だ。こんなことは想像だけでは思いつかない。その意味で通信部員氏には心から感謝している。

取材したご本人がそうだったというわけではないけれど、伴島は凡庸な一地方通信部員として描かれている。この事件に遭遇しなければ、平穏で平凡な裡《うち》に退職し、糟《そう》糠《こう》の妻とのんびりした余生を送ることになったであろうキャラクターだ。ところが、第一の事件の被害者・久保が死の直前、彼の留守中に電話してきたことから、伴島の運命は大きく変わった。伴島はその「幸運」をキャッチして、ひさびさに新聞記者魂が蘇《よみがえ》った。

この伴島武龍という人物が、自分で書いたので言いにくいが、何ともいい味を出している。伴島と彼の馴染《なじ》みの刑事「七高」との会話でこういうのがある。


「というと、ホシは久保さんの顔見知りってことになる」

「でしょうね」

「ふーん……」

七高はうなりながらしばらく考え込んで、

「待てよ……」と言った。

「もしそうだとすると、あんたのところに電話して『面白い人』って言ったのは、その人物ってことになりゃしない？」

「たぶん」

伴島は頷《うなず》いた。

「しかも、そいつはあんたも知ってる人物っていうわけだ」

「たぶん」

「ふーん……」

七高は伴島の顔をまじまじと眺めた。伴島の日焼けと酒焼けで不健康に赤みを帯びた皮膚の裏側から、「面白い人」のイメージを探り出すつもりらしい。

「だめですよ、私にはぜんぜん心当たりがないんだから」

伴島はうるさそうに首をひと振りした。


（第一部　群像の中の虚像——の章）

こういうとぼけた遣《や》り取りが、いかにもローカルらしい味わいがある。また、被害者である久保の初七日に遺族を訪ねる場面にこういう記述がある。

奥の仏間へ案内された。久保の両親も揃っていた。伴島は数珠《じゆず》を手にして、少し長めのお経を読んだ。少しわざとらしく、しつこいかな——と思ったが、なるべく哀調を帯びた声で名調子のお経を聞かせた。母親は通夜のとき以上に感激して、涙を流していた。

（同右）

これは伴島の本職が僧侶であったことと密接に関係しているのだが、作品を書き始めた時点では、よもやこんな具合に役に立つだろうとは思いもよらないことだった。これ以外にも「元僧侶」がストーリー上、効果を発揮する部分が随所にある。まさに絶妙のキャラクター設定であり、僕がこの作品にのめり込む第一の原動力になったと思う。

ともあれ、結果からみると、事件との関わりで見せた伴島の活躍は、彼にとっては長い記者生活の最後に放った光芒《こうぼう》のようなものであったのかもしれない。そうしてその最中に浅見光彦と遭遇する。この都会的な好青年との出会いは、伴島の眠っていた記者魂をさらに刺激した。出会った直後に浅見が披露した推理に敬服しながら、長いキャリアに対する自負からくる競争心がかき立てられた。

出された名刺には肩書がない。一匹狼のライターなのだ。「東読」という大きな看板を背負っていると、こういうフリーライターに対しては優越感を抱くものだが、この相手には気圧《けお》されるものを感じた。

（第一部　記憶のトンネル——の章）

じつは、この作品で浅見光彦がこういう登場の仕方をする予定は、僕にはなかった。第一部、第二部という、後にも先にもこれ一作しかない変則的な構成になったのは、まったくの予定外のことである。なぜそうなったのかは、あまり名誉な逸話ではないのでここでは書かない。もし詳しくお知りになりたければ、『浅見光彦のミステリー紀行第八集』(光文社文庫)をお読みいただきたい。

物語の舞台となった静岡県寸又峡は、作中にも書いたとおり、中年以上の方なら「ああ、金嬉老事件の……」と想起するだろう。僕もその一人で、行ったことがないわりに名前をよく知っていた。事件の知識しかないので正直、あまりいいイメージはなかったことになるのだが、実際に行ってみて、桃源郷のような、ちょっと世俗ばなれのした温泉場であることを知った。途中の大井川鉄道も楽しいし、僕たちは千頭駅で下車、あとは車で寸又峡へ向かってしまったが、千頭からさらに軽便鉄道のような井川線に乗り継いでゆくのが面白いらしい。

そして物語はもう一つの舞台である秋田県大曲市へ飛ぶ。なぜ大曲を選んだかは、一つには、そこにも読売新聞社の通信部があったからだ。また『「横山大観」殺人事件』や『鬼首《おにこうべ》殺人事件』『秋田殺人事件』など、秋田県を舞台にした作品が多いことでもお分かりいただけるように、僕には秋田のあちこちに土地鑑がある。第二部の章タイトルにもなっている「雄物川」の上流では、少年時代、ずいぶん釣りをしたものである。

大曲そのものは詳しく知らなかったが、それでも書きやすさという点では馴染みのある場所に近いほうがいい。取材してみると、大曲には日本一といわれる花火コンクールがあって、これが重大な動機づくりに寄与することになった。ただし、連載のどの段階で大曲に舞台を設定しようと思い立ったかは憶えていない。少なくとも当初の予定にはなかったと思う。プロローグはその大曲の花火大会の夜――になっていて、いかにも最初からプロットが用意されていたように見えるが、これは単行本化する際に付け足したものだ。

浅見光彦は寸又峡でも才能の片鱗《へんりん》を見せつけるが、大曲に舞台が移ってからのほうがいかにも彼らしい。同じ「鄙」ではあっても、二つの舞台はまったく対照的な雰囲気で、大曲のほうは横溝正史作品にあるようなたたずまいであった。とくに「庄屋様」の横居家のモデルになった建物の壮大さは、かつて訪れた津和野《つわの》の屋敷（『津和野殺人事件』参照）をはるかに凌駕《りょうが》するもので、舞台背景として申し分なかった。大曲は典型的な地方都市だが、雄大な雄物川を挟んだ対岸の集落は時代を半世紀以上も遡《さかのぼ》ったような気配を漂わせている。僕には東北地方を舞台にした作品が多いのは、こうした土地のもっている雰囲気が好ましいからである。ヒロイン・光葉のイメージは、いまにして思うと「浅見光彦シリーズ」第二作の『平家伝説殺人事件』の佐和と共通した部分があるような気がするが、佐和の郷里である高知県の「平家落人の里」もまた、同じミステリアスな気配をもっていた。不思議で妖《あや》しい物語を紡ぎだすにはうってつけの舞台だったといえる。

さて、『鄙の記憶』の最大の問題点は、いったい真犯人は誰か？——ということだったようだ。もちろん僕はよく分かっているつもりだし、浅見もそのはずだが、読者の中には得心がいかない人もいたらしい。浅見オタクの人がやっているホームページの掲示板で、侃々諤々《かんかんがくがく》の論争があったそうだ。しかし、分からなければ分からないままでもいいかもしれない。捜査に当たった警察も本当のところがどうだったのか、分からないまま捜査を終了させている。

事件後、浅見に届いた横居真二・光葉からの喪中を知らせる葉書に、小さな文字で「いろいろお世話になりました。十一月十五日に母が亡くなりました　光葉」と書いてあったが、十一月十五日は僕の誕生日である。

二〇〇二年春

内田　康夫

本書は、二〇〇二年四月に、幻冬舎文庫として刊行されました。

この作品はフィクションであり、文中に登場する人物、団体名は、実在するものとまったく関係がありません。なお、風景や建造物など、現地の状況と多少異なる点があることをご了承ください。

鄙《ひな》の記憶《きおく》

内田康夫《うちだやすお》

平成18年 10月25日　初版発行
令和7年 6月10日　18版発行

発行者●山下直久

発行●株式会社KADOKAWA
〒102-8177　東京都千代田区富士見2-13-3
電話　0570-002-301（ナビダイヤル）

角川文庫 14424

印刷所●株式会社KADOKAWA
製本所●株式会社KADOKAWA

表紙画●和田三造

●お問い合わせ
https://www.kadokawa.co.jp/（「お問い合わせ」へお進みください）
※内容によっては、お答えできない場合があります。
※サポートは日本国内のみとさせていただきます。
※Japanese text only

ISBN978-4-04-160767-1　C0193

◆◆◆

角川文庫発刊に際して

角　川　源　義

第二次世界大戦の敗北は、軍事力の敗北であった以上に、私たちの若い文化力の敗退であった。私たちの文化が戦争に対して如何に無力であり、単なるあだ花に過ぎなかったかを、私たちは身を以て体験し痛感した。西洋近代文化の摂取にとって、明治以後八十年の歳月は決して短かすぎたとは言えない。にもかかわらず、近代文化の伝統を確立し、自由な批判と柔軟な良識に富む文化層として自らを形成することに私たちは失敗して来た。そしてこれは、各層への文化の普及滲透を任務とする出版人の責任でもあった。

一九四五年以来、私たちは再び振出しに戻り、第一歩から踏み出すことを余儀なくされた。これは大きな不幸ではあるが、反面、これまでの混沌・未熟・歪曲の中にあった我が国の文化に秩序と確たる基礎を齎らすためには絶好の機会でもある。角川書店は、このような祖国の文化的危機にあたり、微力をも顧みず再建の礎石たるべき抱負と決意とをもって出発したが、ここに創立以来の念願を果すべく角川文庫を発刊する。これまで刊行されたあらゆる全集叢書文庫類の長所と短所とを検討し、古今東西の不朽の典籍を、良心的編集のもとに、廉価に、そして書架にふさわしい美本として、多くのひとびとに提供しようとする。しかし私たちは徒らに百科全書的な知識のジレッタントを作ることを目的とせず、あくまで祖国の文化に秩序と再建への道を示し、この文庫を角川書店の栄ある事業として、今後永久に継続発展せしめ、学芸と教養との殿堂として大成せんことを期したい。多くの読書子の愛情ある忠言と支持とによって、この希望と抱負とを完遂せしめられんことを願う。

一九四九年五月三日

角川文庫ベストセラー

後鳥羽伝説殺人事件　内田康夫

一人旅の女性が古書店で見つけた一冊の本。彼女がその本を手にした時、後鳥羽伝説の地を舞台にした殺人劇の幕は切って落とされた！　浮かび上がった意外な犯人とは。名探偵・浅見光彦の初登場作！

本因坊殺人事件　内田康夫

宮城県鳴子温泉で高村本因坊と若手浦上八段との間で争われた天棋戦。高村はタイトルを失い、翌日、荒雄湖で水死体で発見された。観戦記者・近江と天才棋士・浦上が謎の殺人に挑む。

平家伝説殺人事件　内田康夫

銀座のホステス萌子は、三年間で一億五千万になる仕事という言葉に誘われ、偽装結婚をするが、周囲の男たちが次々と不審死を遂げ……シリーズ一のヒロイン、佐和が登場する代表作。

戸隠伝説殺人事件　内田康夫

戸隠は数多くの伝説を生み、神秘性に満ちた土地。長野実業界の大物、武田喜助が〈鬼女紅葉〉の伝説の地で毒殺された。そして第二、第三の奇怪な殺人が……本格伝奇ミステリ。

赤い雲伝説殺人事件　内田康夫

美保子の〈赤い雲〉の絵を買おうとした老人が殺され、絵が消えた！　莫大な利権をめぐって、平家落人の島で起こる連続殺人。絵に秘められた謎とは一体……？　名探偵浅見の名推理が冴える！

角川文庫ベストセラー

佐渡伝説殺人事件　内田康夫

佐渡の願という地名に由来する奇妙な連続殺人。「願の少女」の正体は？　事件の根は三十数年前に佐渡で起こった出来事にあった！　名探偵・浅見光彦が大活躍する本格伝奇ミステリ。

高千穂伝説殺人事件　内田康夫

美貌のヴァイオリニスト・千恵子の父が謎のことばを残し、突然失踪した。千恵子は私立探偵・浅見の助けを借り、神話と伝説の国・高千穂へと向かう。そこに隠された巨大な秘密とは。サスペンス・ミステリ。

琥珀の道《アンバー・ロード》殺人事件　内田康夫

古代日本で、琥珀が岩手県久慈から奈良の都まで運ばれていた。その〈琥珀の道〉をたどったキャラバン隊のメンバーの相次ぐ変死。古代の琥珀の知られざる秘密とは？　名探偵浅見光彦の推理が冴える。

天河伝説殺人事件（上）（下）　内田康夫

能の水上流宗家・和憲には、和鷹、秀美という二人の孫がいた。異母兄弟であるこの二人のうちどちらかが宗家を継ぐだろうと言われていた。だが、舞台で「道成寺」を舞っている途中、和鷹が謎の死を遂げて……。

軽井沢殺人事件　内田康夫

金売買のインチキ商法で世間を騒がせた会社幹部が交通事故死した。「ホトケのオデコ」という妙な言葉と名刺を残して……霧の軽井沢を舞台に、信濃のコロンボ竹村警部と名探偵浅見が初めて競演した記念作。

角川文庫ベストセラー

佐用姫伝説殺人事件　内田康夫

浅見光彦が陶芸家佐橋登陽の個展会場で出会った評論家景山秀太郎が殺された！　死体上には黄色い砂がまかれ、「佐用姫の……」と書かれたメモが残されていた。浅見が挑む佐用姫真実とは？

耳なし芳一からの手紙　内田康夫

下関からの新幹線に乗りこんだ男が死んだ。差出人〝耳なし芳一〟からの謎の手紙「火の山で逢おう」を残して。偶然居あわせたルポライター浅見光彦がこの謎に迫る！　珠玉の旅情ミステリ。

「萩原朔太郎」の亡霊　内田康夫

萩原朔太郎の詩さながらに演出された、オブジェのような異様な死体。元刑事・須貝国雄と警視庁で名探偵の異名をとる岡部警部が、執念で事件の謎を解き明かす！

「首の女《ひと》」殺人事件　内田康夫

真杉光子は姉の小学校の同窓生、宮田と出かけた光太郎・智恵子展で、木彫の〈蟬〉を見つめていた男が福島で殺されたことを知る。そして宮田も島根で変死。奔走する浅見光彦が見つけた真相とは！

浅見光彦殺人事件　内田康夫

詩織の母は「トランプの本」と言い残して病死。父も「トランプの本を見つけた」というダイイング・メッセージを残して非業の死を遂げた。途方にくれた詩織は浅見を頼るが、そこにも死の影が迫り……！

角川文庫ベストセラー

盲目のピアニスト　内田康夫

ある日突然失明した、天才ピアニストとして期待される輝美の周りで次々と人が殺される。気配と音だけが彼女の疑惑を深め、やがて恐ろしい真相が……人の虚実を鮮やかに描き出す出色の短編集。

軽井沢の霧の中で　内田康夫

父親の死をきっかけに、絵里は軽井沢でペンションを始めた。地元の経理士と恋仲になり、逢瀬を終えた夜、彼が殺害された。（アリスの騎士）四人の女性が避暑地で体験する危険なロマネスク・ミステリ。

歌枕殺人事件　内田康夫

浅見家恒例のカルタ会で出会った美女、朝倉理絵。彼女の父親が三年前に殺された事件は未だ未解決。浅見光彦は手帳に残された謎の文字を頼りに真相を追い求めて宮城へ……古歌に封印されていた謎とは!?

竹人形殺人事件　内田康夫

刑事局長である浅見の兄は昔、父が馴染みの女性に贈った竹人形を前に越前大観音の不正を揉み消すよう圧力をかけられる。そんな窮地を救うため北陸へ旅立った弟の光彦に竹細工師殺害事件の容疑がかけられ……。

死者の木霊　内田康夫

信州の松川ダムでばらばら死体が見つかる。借金がらみの単純な殺人事件と見えたが……警視庁の切れ者・岡部警部と信濃のコロンボ・竹村警部が共演した衝撃のデビュー作。

角川文庫ベストセラー

「紅藍《くれない》の女《ひと》」殺人事件　内田康夫

浅見光彦は美人ピアニスト・三郷夕鶴の相談を受ける。彼女の父はあるメッセージを受け取って以来、様子がおかしいというが……童歌に秘められた過去——三郷家の故郷、山形県河北町で名探偵の推理が冴える！

「須磨明石」殺人事件　内田康夫

大阪の新聞社に勤める新人記者・前田淳子が失踪。依頼を受け、神戸に飛んだ浅見光彦は、淳子と最後に会った女子大の後輩・崎上由香里と捜索を始める。明石原人を取材中だった淳子を付け狙う謎の男の正体は。

長野殺人事件　内田康夫

品川区役所で働く直子は「長野県人だから」という不思議な理由で、岡根という男から書類を預かる。その後岡根の死体が長野県で発見され怯える直子から相談を受けた浅見は、県知事選に揺れる長野に乗り込む！

姫島殺人事件　内田康夫

大分県国東半島の先に浮かぶ姫島で起きた殺人事件。取材で滞在していた浅見光彦は、惨殺された長の息子と彼を取り巻く島の人々の微妙な空気に気づく。島の人々が守りたいものとは、なんだったのか——。

遺譜　浅見光彦最後の事件（上）（下）　内田康夫

知らない間に企画された34歳の誕生日会に際し、ドイツ出身の美人ヴァイオリニストに頼まれともに丹波篠山へ赴いた浅見光彦。祖母が託した「遺譜」はどこにあるのか——。史上最大級の難事件！